Qiu Huadong
Collection

邱华栋文集

短篇小说集

十侠

邱华栋 著

江苏凤凰文艺出版社
JIANGSU PHOENIX LITERATURE AND
ART PUBLISHING

目　录

击衣

上篇

1

我现在埋伏在一座桥下，打算刺杀我的仇敌。他会路过这里，我已经打听好了。

我端坐在这赤桥下有大半天了。我是在后半夜抵达这里的，为的是不惊动任何人。我坐久了，一动不动，慢慢觉得我就是一块石头。是的，我是一块石头，已经感觉不到时间的变化了。可赤桥下的水在流，水面的船在走，只有我，静静地凝视着水，一动不动，宛如一块石头。

一只鸟飞了过来，站在我的头顶。

这是一只白色水鸟。它丝毫察觉不到我是一个活物。它站在我的脑袋上，也是为了观望。它在看什么？啊，我知道了，它在盯着河水里倏忽间游来游去的鱼儿。那是它的目标，它紧紧地盯着水面之下游鱼脊背的黑影，瞅准了机会就腾跃而起，像是一把利剑那样扎向水里，瞬间就擒获了一条腹部银白的小鱼儿，从水中奋力跃起，扇动翅膀，翩然飞走了。

那么，我的目标呢？赵襄子会来吗？我坐在这里，穿过了黑夜和凌晨交替的帷幕。我在夜深人静时到达这里，披上灰黑色的衣服，在河边柳树的浓荫遮蔽下，成为一块默然无声的石头，才不会被人注意。

太阳出来的时候，我身上凝结的露水已经去除了我的体味，任何一只昆虫都会觉得我是一块石头，没有什么威胁了。

我的坐姿略微向前倾斜，我能看见河水底下所有的东西。水草的摇摆，鱼儿的追逐，人的丢弃物的残渣，孳生的蚊虫欢快的繁殖。

我在等待赵襄子，我要杀他，我必须杀他，不杀他我无以报答我的主公智伯瑶。我的主公智伯瑶已经死了。可即使他死了，我也要报答他。

在我的怀里，藏着两把利刃。这是两把双刃三尺剑，并不长，但却锋利无比，插入薄牛皮制作的剑鞘里，掖在我的怀里，藏在我的左边和右边的肋下。如果这两把短剑想见血了，它会鸣叫，会发出带着回响的尖利的啸声。那声音，像是从冶造它的铁矿石里就开始发出的，嗡嗡然又铮铮然，然后，我就能感觉到剑体发热，带着渴饮鲜血的欲望，试图从剑鞘中一跃而出。

我凝视着赤桥下的流水，屏气凝神，耳听八方。我听到了马车和骑兵队隐隐从远方走过来的声响。应该是赵襄子的人马正在过来。

这时，我腰间的两把三尺剑忽然嗡嗡然啸叫了起来，震得我的耳膜疼，一阵晕眩过后，我知道，我的仇人到了，我的剑要喝血了。

剑啸声惊动了趴在我身上歇息的蚊虫和甲虫，它们纷纷逃窜，感觉到一场大战就要来临。

我把双手按在了剑柄上，等待着机会一跃而起，一剑封喉，击杀我的仇人赵襄子。那一时刻，剑喝仇人血，我报恩人恩。

2

可我为什么要杀赵襄子呢？赵襄子又是谁呢？

这话说起来就长了。可必须要从头说起。我呀，是个晋人。在我家所在的村落旁边，有一条大河，常年流着裹着泥沙奔涌不息的黄色河水，所以这条河被称为黄河。

我的父亲是一个打鱼的，他有一条猪尿脬吹起来晒干后连接制成的皮筏子，在这大河边依靠打鱼为生。大河里有个头很大的鲤鱼，大的有一个人那么大，我的父亲就打到过。他先用网将这大鱼兜到了渔网里，那大鱼一直在挣扎，差点把他的猪尿脬筏子弄翻了。然后，再把大鱼拖上岸。

我记得那条大鱼长着很长的金色胡须，嘴巴一翕一动的，像是在说话。眼睛也很大，看着我爸爸，我在一旁帮着他掌握着筏子的稳定，他专心对付那条大鱼。我们的筏子在大河的激流中来回打转，一下子被一个漩涡给捕获了，怎么都没有办法靠岸。

我猜是那条大鱼精在作怪。我说：“爸，那条鱼成精了，它要弄翻我们的筏子，淹死我们！”

我父亲就拿着鱼叉把那条大鱼的眼睛刺瞎，我们的筏子才摆脱了河上那可怕的漩涡，筏子带着拖网奋力奔向岸边。所以，在大河上打鱼，是很危险的事情。

父亲有严重的风湿病，骨节变形，走路困难。但他依靠打鱼养活了我们一家，还有我的奶奶。

我们家原先是贵族，姬姓，我爷爷叫毕阳，是晋国一个有名的侠客，他死去很多年了。爷爷很早就参与到王公贵族的纷争之中，剑术精湛，武功高强，最终却身首异处，下场悲惨。他死之后，我爸爸就远走高飞，远离那些王室、公卿的权力斗争，隐姓埋名，来到了大河边生活。

这里湿气重，容易生病，我爸爸成了一个渔民后，他的骨关节变形了，走路一瘸一拐，摇摇晃晃的，看上去就像是一棵移动的老柳树。作为著名侠客毕阳的儿子，我爸爸厌恶纷争，不再追求名声、金钱和军爵，大隐隐于河边，成了一个普通的渔民，过着艰辛的渔民生活，身体每况愈下。

我不知道他内心里承受了多大的痛苦。从侠客后代的地位，跌入最低等的打鱼人的行列，我父亲是彻底告别了庙堂和江湖。

他后来娶了距离大河不远的黄土梁上的一户种小米为生的人家的女儿为妻，她就是我妈。我妈生下了我，我就在大河边长大。

我父亲让我从小跟着他去打鱼。可我不喜欢水，好几次在河面的筏子上掉下去，差点在滔滔大河里淹死，我就不想子承父业，永远打鱼。到了我十六岁这年，有一天，我爸爸喝了他用玉米发酵、蒸煮、提炼出的淡黄色液体，脸色通红，从木箱子里取出来一件红布包裹着的东西，打开来。

我看到了那是一把剑鞘。

我爸爸手一抽，一柄精美的、闪着寒光的三尺剑就出鞘了。我目瞪口呆，没想到父亲还有这个宝物。

他说："儿子，你看，这是我的父亲，你的爷爷，晋国著名的侠客毕阳生前留下的剑。他死后我改名换姓，跑到了这里谋生计。现在，我把你爷爷的剑交给你。还有一卷木简，上面是一套剑法。我知道你一直不喜欢打鱼为生。现在你也长大了，明天可以出门了。豫让，我也没有让你姓我的姓，就是给你起了这个名字。你可以远走高飞了。"然后，他狂饮玉米佳酿，烂醉如泥。

第二天，我父亲宿酒未醒，肢体僵硬地躺在床上。我摇晃着他："爸爸，我走了！"

他微微点了点头。是不是他也不想看到儿子一辈子打鱼，而是希望我成为我爷爷那样的侠客呢？我想，他一定在这么想。

我把三尺剑裹好，背在身上，和哭哭啼啼的妈妈告别，背着她给我做的干饼，就出门了。

在晋国，有志气的男人，到了十六岁就可以出门远行，向西去秦地，向南去楚地。天地之间，无比广大，都是男人应该去探寻的。我听说后来的小子们都是十八岁才出门远行，那他们可真是又傻又嫩啊。无论如何，男人十六岁就能让女人怀孕，让手里的刀杀人了。

3

我十六岁出门远行，远离我父亲的打鱼生活。离开了父母亲，也离开了那条滔滔大河，我开始在黄土坡上行进。白天走路摘野果喝水吃干饼，晚上在野地里拔出祖父毕阳留下来的三尺宝剑，就着月光，翻看木简上的图谱练习剑法。无尽的黄土坡延绵千里，怎么也走不完似的。可是，终于翻越了无穷无尽的黄土梁子，我被一面大山挡住了去路。

我听说，再往东一路走去，会到达沧海。沧海是一种比湖更大的水，是大河奔流而去的目的地。

我心向往之，可我无法到达沧海，就被山拦住了。

见到了山，我躁动的内心忽然平静了。我知道我可能抵达不了沧海了。我饿了，我已经把妈妈给我烙的干饼吃完了。而我祖父毕阳留下来的那套刻在木简上的剑法，我也练得差不多了。那套剑法，步法灵活，招数直接，往往是近身作战，以速度取胜，一剑封喉，三步杀人。

可男人出门远行，最终都要找一个养活自己的活路。我就沿着大山脚下的一条小路走。走啊走，走啊走，走到了一个村子边上，我望见那边有几棵桑树和榆树。

看到了这种树，我就知道有人家了。果然，在一棵大桑树底下，有一个铁匠铺，叮叮当当地响，我就走过去，打算在铁匠铺找活儿干。

铁匠铺子里，两个伙计在一个中年人的指挥下，叮叮当当地打着铁。他们做了好多铁制的农具，挂满了黄土夯实的墙壁。

我走过去，对着坐在那里喝水的红脸膛中年男人说：“大叔，我叫豫让，我想在您这里歇歇脚，当个打铁的伙计，混口饭吃。”

那个中年人斜眼看了我一下，把喝水的陶罐放下，问：“你多大？”

“十六。”

“离家出走，是不服父母管教？你过去是个打鱼的？”他上下扫了我一眼。

我笑了：“您怎么知道我是打鱼的？”

他微微一乐，脸膛更红了：“闻闻你身上的味儿就知道了，黄河里的鲤鱼可腥了。我看你很聪明，行！你就跟我学打铁吧。我姓贾，你就叫我贾师父吧。这两个小伙计，一个姓刘，一个姓李，你们都跟我好好干。”

我赶紧跪下来，拜了拜铁匠贾师父，感谢他收留了我，这样我就能吃上一口热饭了。

4

我在山脚下的这家铁匠铺子里学打铁，一学就是三年。

跟着贾师父打铁，很有意思。打铁比捕鱼复杂多了，首先，要把铁矿石和木炭混合起来，装进炼铁炉，将矿石炼成铸铁块，然后用铁铲铲出来，再用铗子夹住那红通通的铁块，把它放在铁砧上立即用铁锤捶打。叮叮当当火花四溅，红通通的铁块里的杂质会被锻打出来，剩下的就是精铁了。

贾师父是晋地一个好铁匠，他打铁很有一套。火花四溅中，一件不成形的东西在一团活火中渐渐成形，让我懂得了一个很重要的道理。人也是如此，一开始，你就是那一团不成器的混沌物，渐渐地在火焰和铁锤的共同作用下，才逐渐成形，成了一件可用的东西。

贾师父的铁匠铺远近闻名，不光能打农具，还能打造兵器。矛、戈、刀、剑、枪、刺、戟、锤，都可以打造，不过，他很不喜欢打造兵器，他说："那些兵器都是杀人的，不是养活人的。农具才是养活人的。铁匠要想增福添寿，就要多打造农具，少打造兵器，才是正道啊！"

我师父说得对，可在一个兵荒马乱的年月，哪里能让一个铁匠的梦想完全实现呢？有一天，我们的铁匠铺接到了来自晋阳王室的命令，要求我们打造相当数量的兵器。师父说："看来，晋国要打仗了。"

我问："跟谁打呢？"

师父说："王室和诸侯之间就要打乱仗呢。"

在打造兵器的过程中，我发现我对兵器的兴趣远远大过农具。我精心打造的每一件兵器，都得到了所有人的赞许，只有贾师父一个人是沉默不语的。

他说得对，打造兵器是杀人的，不是养活人的。所以，我没有给师父展示过我爷爷毕阳的那把三尺宝剑，贾师父也不知道，我半夜里会悄悄出去，在旷野上练习剑法。

有一天，铁匠铺外面来了几个骑马的人。

我一看，来者不善。听他们说话的口音，是来自秦地，可能是越过了黄河过来的，听说他们还要往东去。全都穿着黑衣，腰间挎着皮鞘，里面装着腰刀，头上扎着高髻。

三个男人下马之后，要我师父打造三把环首长刀。

我师父说："不打。除了晋阳王室的兵器订货令，我不给私人打造兵器。"

为首的人个子最高，下巴上有一撮毛，他走过来："铁匠就得按要求打造铁器。你打不打？"

贾师父脖子一仰："不打。"

第二个人矮胖，没脖子，他走上来："那你是干什么的？"

我师父说："我打农具。农具是养活人的，刀剑是杀人的。"

第三个瘦得像一棵枣树，也走上来，三人站成了一排："那我们能杀了你，你信不信？"

贾师父淡然一笑："杀了我，那就更打不成了。这几个不成器的徒弟，只会打农具。"

这三个身穿缁衣，体型高、矮、瘦的秦人，可能就是游侠或者刺客。我听师父说，现在天下大乱，到处都是游侠、刺客、说客、谋士、盗匪在行走。兵荒马乱的年代，更要守住做人的底线。

我师父最后说："不打刀剑，你们请走人吧！"

三个人和我师父对阵了好一阵。

忽然，他们拔出了腰刀，刺向了贾师父。我师父反手抄起了一把锄头，和三个人战在一起。

我这才发现贾师父还有那么两下子，我站在一边，眼看着他们战成一团，师父穿着白色的衣服，三个秦人手里的三把腰刀明晃晃，在空中闪耀成一片。师父手中的木柄锄头抵挡着三人的进攻，叮当之声不绝，咔嚓之声不缕。

几股旋风在旋转，地上的尘土飞扬起来，把我的眼睛迷住了，我看不见了。一股旋风刮了过来，我的脑袋上挨了一下重击，眼前一黑，倒地不起了。

等到我醒过来，发现那几个缁衣人已不见了踪迹。贾师父躺在一片尘土中，我扑过去察看，看到他的脖子被割断了，眼睛睁着，身体还有温热，人已经死了。他被杀死了。

我流了泪水。离开父母亲的时候，我没有流泪，可贾师父死了，我流泪了。铁匠铺的招牌幡子也被扯下来了。

另外两个伙计也跑了，铁匠铺完了。

我默默地回到了火炉跟前，重新点燃了炭火。

我流着泪，取出了祖父毕阳留下来的那把三尺剑，开始依照原样，再打造一把新剑。我按照贾师父教给我的冶铁技法，以最快的速度打造着。我的泪水、汗水和我的手上滴出的血，落在铸铁里，成了我打造的这把三尺剑的一部分，成了三尺剑氤氲的内在气质。

我看着铁水从矿石里流出来，冷却，加热，成为铸铁块，然后淬火，烧红，经过反复打造，除去杂质。

一个白天，一个晚上，又一个白天，又一个晚上。到了第五天，我的新剑打造好了，我还缝制了新剑鞘，将剑入鞘。

现在，我有了两把三尺宝剑，祖父毕阳的和我的，这两把短剑将跟着我行走天下。我累极了，睡着了。

5

天还没有亮，我醒过来，听到了我打的这把剑在啸叫。是的，我的新剑在鱼肚白的天光之下啸叫。

这是我第一次听见剑能自己发出鸣叫。而且，神奇的是，我祖父毕阳的那把宝剑和我打造的宝剑一起在我眼前兀自飞舞，两把宝剑相击、相斗、相缠绕，演绎着一出出剑法。

我不知不觉拿起了两根树枝，在那里模仿这两把宝剑给我演示的剑法。这是双剑法，祖父的剑和我的剑，以新的剑法带给了我启示。最后，两把宝剑在半空中神奇地收势，各自入鞘了。

我拿起剑鞘，拔出我打造的那把宝剑，看到了剑身上的鱼肚白的反光。我似乎看见那三个缁衣人在大地上行走。他们杀了我师父，他们是我的仇人，我要杀掉他们。

我的剑也要杀死他们，它要喝血，喝仇人的血。

我舞动双剑，仿佛祖父毕阳附身那样，口念剑诀。使用双剑，两剑的剑尖永不对着一个方向。一剑刺扎，另一剑必须削砍。一剑劈斫，另一剑则一定挥抹。如此剑法快捷、凶狠，当真是双剑无敌了。

练习完毕，我把两把三尺剑一左一右插在腰间，手按剑柄，我现在是双剑侠士豫让。

我的剑要出鞘了，我能感觉到祖父毕阳的血脉也在我体内喧响。

我把贾师父的尸体掩埋了，地上多了一个土堆。

我拜了又拜，我要远行了。我点燃了铁匠铺子，站在空地上，看到了铁匠铺子火焰升腾，扭头向山路的北面走去，我要去寻找那三个缁衣人的下落，我的剑在指示着我前行。

我行走如风，追了一百里路，到达晋中的时候，在镇里追上了那三个骑马的缁衣人。听说，他们不去晋阳了，要到燕赵之地去投奔豪强。

我一家家客栈去找，最后找到了一家后院马厩里拴着马的客栈。伙计说，有三个人骑着三匹高头大马，人在前院休息，马在马厩里吃草。

我要先把他们的马杀了。

我准备好了，先吃饱了饭，只有吃饱了饭，才有力气格斗。杀掉三匹马是要费周折的。我过去杀过河里的金黄大鲤鱼，那还是和我父亲一起干的。我没有杀过马，但只要杀过一匹，第二匹就好杀了。都是那三个秦人的马，好马，秦地出好马，可秦地出了一些坏人。他们十分强悍。

杀马！可马很无辜，所以我要先给它们蒙上眼睛。你要是和一匹马对视，你的心就会软下来。马的目光非常良善，它看谁都像是在看待朋友。我可不能和一匹马对视。

我杀第一匹马的时候，心里有些痛苦，我迅速割断了那匹白马的喉咙，让它来不及嘶鸣，就流干了血，倒地而亡。马死得快一些，不要有痛苦，这样我杀第二匹红马，第三匹黑马，就好办了。

我蒙上它们的眼睛，就像是要杀掉已被判刑的死刑犯。我的剑很锋利，无论是我祖父毕阳留下来的那把，还是我自己打造的那一把。

顷刻之间，三个秦人的三匹马，白马、红马、黑马，就倒在地上，发出了咴咴的低声哀鸣，断了气，死了。

我摇了摇头，表示遗憾和道歉。我是不想杀它们的。

杀第三匹马的咴咴叫声十分凄厉，引起了客栈里住客的注意，一阵骚动。我就是要他们听到的。

三个缁衣人，一高、一矮胖、一干瘦，旋风一样来到了后院，看到了我。

我手里倒提着一柄三尺剑，腰间还有另一把。我看着他们，高声喊道："我是豫让！你们杀了我师父，我是来报仇的。你们今天走不了了！"

三个缁衣人互相看了一眼，明白了。他们杀了我的贾师父，现在，我来复仇了。

我是一个人，他们是三个，而且是亡命徒，说不定他们还背负了什么死罪呢。

此时，起风了，风将远处的灰尘刮了过来，迷了我的眼。我迅速退后几步，稳住心神。这是决战的时刻，不是你死，就是我活。

我腰间的短剑长鸣，引起了他们的注意，为首的高个、下巴有一撮毛的说："当心！他有两把剑！"

我想活下去，所以这场以一对三的恶战，我要加倍小心。

决斗就是狭路相逢勇者胜，我要更加神勇才行。我还没有杀过人，今天我可能开戒了。不是我死，就是他亡。

下巴有一撮毛的高个子缁衣人一个跃步，劈空过来，左手的长鞭缠住了我拿着短剑的右手臂，他右手的短刀直接刺向我的左胸。

这是一招制敌的必杀技啊，说时迟那时快，我也是快步跟进，在长鞭盘绕住我右手臂的同时，我针锋相对，左手的短剑却已直接刺出。

在场的几个人都看见我们像两团云那样撞在了一起。然后，我的剑扎透了他的心脏，他的刀擦破了我的右肩膀。

他软软地倒了下去。

剩下的两个一胖一瘦，一左一右包抄过来。忽然，客栈里敲响了敲锣声。锣声紧密如雨点，不知道是为什么。

我们这场后院的格斗却还在进行。三匹马的血流出来了，蜿蜒如巨大的蛇，在后院里的黄土地上爬行。血腥味儿刺鼻，死亡的气息就在跟前，我闻得很真切。

我说："我是豫让！你们是何人？"

但这两个缁衣人不说话，他们一胖一瘦、一左一右，包抄过来。

我们都像猫那样弓起了脊背，形成了一个三角形，不动了。

这是要发力纵身跃动之前的准备。嗡然一声响，他们的手里多了两把长刀。黑铁打造，我看出来，锋利不如我手里的短剑。就像一阵黑色旋风，他们刮过来。又像是一只白色鸟，我在黑色旋风中腾空而起。

地上的树叶和杂草被卷起来，我们的刀剑相击之声不绝于耳，衣袂飘飘，黑白相间，我们三个动若脱兔，静若顽石。

一阵暴风骤雨般的缠斗后，风停雨歇，半空中树叶纷纷落下，我站在那里，而那两个杀了我师父的秦人，已经被我的短剑劈中，哀叫着倒地身亡。

我走过去，捡起他们手边的两把黑铁刀，但见锋刃处都是坑坑洼洼的，显然锋利不及我的两把三尺精铁剑。

我赢了。我杀了他们三个，为我的师父报仇了。我也告慰了我的祖父毕阳，他的孙子出山了。

6

杀掉了那三个秦人，我在所经之地名声大噪。

我继续北行，来到了晋地的大城晋阳。这里有的是都城胜景，房屋连绵几十里，屋顶之上就是白云缭绕。远处山峦起伏，近处人流如织。

我很不习惯，想在大城市里找一个铁匠铺子，干老本行谋生。

我走着，在都城之内的街上，有人在看墙上贴的什么东西。原来，是有很多的招聘天下勇士和奇才的小广告，刻写在木牌上。我看了一下没明白，就走进了一家茶馆，要了点黑茶解渴。

我听到几个人在那里议论什么晋国的六卿贵族，听了半天，没明白。我问："这晋国六卿都是谁？谁势力最大啊？"

一个客官说："晋王衰微了！有权的当然是六卿了。范氏，中行氏，智氏，赵氏，韩氏，魏氏，都是军功贵族，比晋王室要有实力啊。你去投奔他们吧。"

于是，我就投奔了范氏。

这范氏主人是一个大胖子，傲慢无比，钱粮很多，他到处招揽英才和奇才，前去投靠范氏的人太多了，整个大宅里都满了，几百人挤在一起。

我去报到了，报了姓名、年龄，他们就让我去放马。

我说："我是一个铁匠，我可以打造兵器和农具。"

招募的看着我："不需要。我们的农具和兵器都很多，就让你去放马。"

于是，我就去放马。我一放马才知道这活儿不好干，很疲惫，不是我擅长的事，马有跑丢的，有被人偷走的。等我晚上回到范氏府邸大宅子，管我的人看到我把马放丢了，就去禀告范氏。

范氏大怒，要鞭打我，被手下的谋士阻止了，说："马丢了，也许还能找回来。可鞭打才招募来的英才的事传出去，您的名声就不好了呀。”

肥胖的范氏十分生气：“可他就是一个废物！哪里是什么英才，放马都不会干，还能杀敌啊？弄丢了我的马，还不让我打他。那我的气怎么出？我罚他三个月不许吃肉！”

于是，就不让我吃肉了。还不让我放马了，改放羊了。三个月不知肉味儿的滋味儿太难受了。

我一怒之下走了，离开了范氏府邸，去中行氏那里当了一名守卫。

这中行氏也是晋国六卿之一，很有钱，宅子很大，田产绵延几百里，也蓄养了一千几百个门客、勇士、谋士、奇才。我仔细观察，这些从四面八方来的人，说是人才，其实都是来混口饭吃的，大部分脑子不好使，也没有胆量杀人，更不会打铁了。

中行氏很有威仪，他是一个干瘦的人，喜欢穿着很大的袍子走来走去，抬头看天，低头思索，走起路来一点声音都没有。

有一天，我正在房梁上攀缘，百无聊赖地瞭望着中行氏的大院子，忽然看到中行氏走过来，他那肥大的袍子的边摆随着步伐走动，扫动了地上的落叶，就像是一个瘦高的无常鬼走过去一样。

我忍不住，觉得他很怪诞，就咯咯地笑了起来。

他抬头看到了我，抬头说：“你笑什么？你这个人，本就是个闲人，可能还是个骗子。你来应聘，吃我的，喝我的，整天没事，你还笑我，你你你——现在就给我滚！”

于是，我就滚了。我来到了大街上，既想哭又好笑，我是真咽不下这口气。没有人知道我豫让的双剑本领，我是空怀一腔热血，忠义双全，可我去报答谁呢？像范氏、中行氏这些晋国军功贵族都是脑满肠肥、目光短浅之辈，哪里知道我豫让的博大志气呢？

我愤愤然走了，成了一个浪人。

7

不久，传来了范氏、中行氏先后被智伯打败并将他们的田产吞并的消息。而主导这一事件的，是智氏大族的智伯瑶，也是六卿之一。于是，我就投奔了智伯瑶。

智伯瑶正是在晋国主事的时候，他也在招揽英雄、奇才、谋士和门客，为自己心中的大计在谋划着。

此前，晋国主事的公卿大权在赵家，赵鞅死后，晋国正卿的地位却由智伯瑶取而代之了，赵家对此很愤怒，智伯必须要防范赵氏。

赵鞅有一个儿子叫赵襄子，本来不是继承人，赵氏的继承人是赵伯鲁，但赵襄子很聪慧，后来赵鞅废了赵伯鲁的继承人地位，将公卿主位传给了赵襄子。

晋国公让智伯担任晋国的正卿之后，赵襄子就对智伯瑶怀恨在心。

两个人的关系很不好，他们曾一同率兵讨伐郑国，包围了郑国首都。赵襄子为了保存实力，总是率兵躲在智伯瑶的部队后面。

智伯就大骂赵襄子，说他胆怯自私，相貌丑陋，有一次商议完大事，喝酒的时候智伯瑶假装醉酒，把酒杯扔到了赵襄子的脸上。

赵襄子的手下愤而群起，要动手杀智伯。但赵襄子阻挡住了手下。事后他告诉他们："我能忍辱负重，不然，我父亲也不会把赵伯鲁废了，让我继承他公卿的大位。你们等着吧！会有我报仇的那一天的。"

这都是我后来听说的。

我一看到智伯瑶，就知道他是一个志向高远的人，他的额头很高很亮堂，眼睛里有着深邃的光芒，是一个做事沉稳的人。不过，为了看看他待人好不好，我吃一堑长一智，故意把自己的脚弄破，伤口有脓血，蓬头垢面，也不洗澡，一瘸一拐地去上门应聘。

智伯瑶见到了我是这个样子，脸上立即现出了十分关切的神情。他亲自查看我的伤口，给我泡药水洗脚。看到我腿上生疮了，他情急之下，竟然亲自用嘴吮吸那些脓血，然后给我敷药包扎。

我大惊失色，贵为公卿的人，他怎么能如此屈尊就驾，侍奉一个门客呢？我十分羞愧。

智伯却说："得一士不易，我知道你是豫让，你爷爷是毕阳。你杀了三个秦人，还会打造锋利的兵器和好农具。我得以对待国士的礼节对待你啊。"

下篇

1

智伯说到做到，他果然以国士待我，对我很尊重，这么一个晋国的公卿大贵族，每次见到我，都是和颜悦色的，说话声音都不大。他招揽的一千几百个门客、谋士和勇士，也都很受照顾。

他还给我找了一个良善人家的女儿竹影做老婆，让我有了一个温柔贤淑的妻子，有了一个家。她平时在家纺织蓝布，我则在智伯瑶身边忙碌。我负责训练一队善用短刃的勇士。我知道智伯的脑子里，有一个很大的计划。他正在谋划着要一一翦除那些对手，需要我们这些勇士、死士为他效力。

智伯瑶也常来观看我训练勇士，有时候也亲自动手比画两下。

智伯瑶首先要收拾的，就是赵氏家族的赵襄子。可后来智伯瑶却死在了赵襄子的手里，而我从此踏上了为智伯复仇的道路。

这一切都是怎么发生的？且听我慢慢讲来。

春秋五霸，诸侯国里的霸主本来有我们晋国。可是后来，晋国公家族不争气，就形成了六卿拥有实权的局面：范氏、中行氏、智氏、赵氏、韩氏、魏氏，这几家氏族大户拥有大量田产和私兵，还蓄养了很多的门客、勇士、刺客，晋国王室衰微了。

前面说了，范氏和中行氏我都效力过，但这两家目光短浅，在六卿中实力最弱，先后被智伯瑶击溃，田产、土地都被智伯瑶吞并了。

等到我投奔到智伯瑶的府上做了侠客死士，这时的智伯瑶家族，是留存的四大公卿家族中实力最雄厚的。

就在前不久，越王勾践卧薪尝胆，灭了吴王夫差之后，勾践意气风发，带着大队人马北上中原，举行了一次诸侯会盟，宣布成为新的霸主。晋国的诸侯国地位进一步下降了。

得到了这个消息，我的主公智伯瑶十分郁闷。他派人请来了赵襄子、魏桓子和韩康子，一起商议如何重振晋国的雄风，毕竟，大家都是晋国人。

在智伯家里，四个公卿面对面坐着。寒暄过后，正卿智伯瑶直接切入到会面的主题：

“今天，我这个正卿请三家大夫来，是为了商议一件大事。你们都听说了越王勾践志得意满，前来北方会盟诸侯国，宣布他是如今霸主的事了吧？其他诸侯国，都得听他的。你们看，一个南方的小小越国，都能称雄于世，我们的晋国是北方大国，当诸侯盟主很多年，可眼下连越国的气势都不如了，晋国不应该在我们手里衰落下去啊！”

赵襄子捻着胡须，问：“智伯，那作为正卿，您有什么好主意？”

那个时候我在他们会商之处的长廊巡逻，在藤蔓的浓荫之下，小心观察着有没有刺客来袭，听到了智伯瑶和赵襄子这一段对话。我做好了他们三家公卿可能欲行不轨的预案。我密切观察着他们带来的那些人，其中就有刺客和勇士。不过，在智伯瑶府邸，他们一般不会轻举妄动。我的双剑一出，必杀人于五步之内。

我听见主公智伯瑶说："我当然有好主意了。为了重振晋国的霸主地位，我智氏家愿意拿出来方圆一百里的土地，连带这土地上的一万户人口，都献给晋公，以壮大晋国王室家族的实力。也希望大家能配合一下，共同这么做。"

韩康子心急口快，他说："好好好！为了晋国，韩家愿意！"

魏桓子犹豫了半天，说："这事儿比较大，诸位公卿，献出这么大一块土地，连带一万户的人口，那我们自己家的力量就小多了，我能不能回家再和兄弟商量商量？"

智伯瑶很爽快："这事儿都是自愿的，也不能强迫。"

赵襄子一直沉默不语，没有应答这一建议。显然，他是不情愿的。

四个公卿大夫的会商结束之后，智伯瑶说到做到，立即向晋出公献上了方圆一百里的土地和一万户的人口。接着，韩康子也给晋出公献上了方圆一百里的田地和一万户的人口。

晋出公很高兴，派人直接去问智伯瑶：

"你们四家公卿不是都开会讨论过了吗？那魏桓子和赵襄子怎么还不献上土地和人口？此时他们不积极，我晋国何时才能强大起来？越国都能站在我大晋国头上拉屎撒尿，我这个晋出公怎么才能说话硬气，做事大气？"

智伯瑶沉默不语。于是，他派我前去魏氏公卿府邸，面见魏桓子，带去口信，问他这个问题怎么办。

魏桓子犹豫了七天，最后也向晋出公献上了方圆一百里的土地和一百里土地之上的人口。

赵襄子却带话给智伯说：

“我想明白了，我赵家的土地和人户，都是赵家祖上积累下来的，怎么可以随便就献给那不争气的晋出公呢？我不干！要钱没有，要地不给，要人，更不行！”

晋出公得到了这个消息，大怒，立即传令智伯瑶、韩康子和魏桓子，三家公卿联合起来即刻发兵攻打赵襄子，由我家主公智伯瑶领中军，作为攻打赵襄子的主力，韩康子和魏桓子分别担任右路军和左路军统领，发兵超过十万，浩浩荡荡杀向了赵襄子所在的城邑晋阳。

2

我也在攻打赵氏的队伍里，就守卫在智伯瑶的身边。

智伯瑶的中军，韩康子、魏桓子的右路军和左路军，三军合围了晋阳城，把晋阳城围成了铁桶一般。可赵襄子在城内龟缩着，任凭我们在城外叫骂，也不出来迎战。等到三支部队靠近晋阳城墙，城上的箭垛后立即射下来一阵箭雨。三家围兵被箭雨射中，死伤不少。

赵襄子就是不出来迎战。他知道自己势单力孤，失道寡助，肯定一出来就要束手就擒了。

困兽犹斗，就这样，赵襄子在城内守了很久，晋阳也攻不下来。

有一天，智伯瑶带领我们去城外的一片高地察看地形，他看到了一条大河，在太阳底下闪闪发亮，蜿蜒而来。他灵机一动，心里有了一个主意。

回到军营，他找来韩康子、魏桓子一起商议，想了一个绝妙的办法。

第二天，大队人马按照智伯瑶的命令，在环绕晋阳城流过的晋水上游，建了一个水坝，拦住流水，然后在下游挖开河道，将晋水河道引向了晋阳城的大门。

我还记得那是一个秋季，秋水暴涨于晋水之中，秋水从天而降。智伯让兵士挖开上游大坝，大水立即顺着新挖的河道冲向了晋阳城，一下子就水淹晋阳城，晋阳成了泽国。

赵襄子的人马不得不在城内的屋顶上睡觉，在街上的两棵树之间拿绳子挂着铁锅做饭，人人恨死了智伯瑶，可就是不投降，还在晋阳城墙上齐声大喊："水淹晋阳！决不投降，智伯坏蛋，不得好死！决不投降，英勇晋阳！坏蛋智伯！不得好死！"

智伯瑶站在高地上，威风凛凛，豪气干云。他看着水淹晋阳，对韩康子和魏桓子说：

"二位公卿，你们看，晋阳挺不了几天了！城墙再坚固，也挡不住大水啊！看来，这大水能轻易灭掉一个城邑。你们家附近，是不是也有这样的河流啊？"

智伯瑶本来开玩笑说的话，结果是言者无意，听者有心。原来，韩康子的封邑在平阳，就靠近汾河，那也是一条大河，魏桓子的封邑在安邑，旁边也有一条大河，城邑边上有大河，有大河就有了被水淹的危险，这就提醒了韩康子和魏桓子了。

韩康子和魏桓子的心里就开始嘀咕了。他们心想，你智伯瑶今天以这一招对付赵襄子，明天，你就会以这一招来对付我们俩啊！韩康子和魏桓子互相看了一眼，心怀鬼胎，心惊胆战，就回营休息了。

到了晚上，有一个人先摸到了韩康子军营，接着，又去了魏桓子的军营里密谈。那个人，是从晋阳城里溜索放下来的信使，赵襄子的谋士张孟谈。

张孟谈带来的消息是，赵襄子恳请他们俩公卿联手赵家，三家一起干掉智伯瑶，再瓜分智伯瑶的土地，接着一不做二不休，赵、韩、魏三家再把晋国给分掉，来一个三家分晋。

三家分晋？没错！这可是一个大主意，晋国是块大肥肉啊！三家分晋？这主意太吸引人了！韩康子和魏桓子激动了。人为财死，鸟为食亡，王为权所忙。韩康子和魏桓子连说好好好，同意和赵襄子联手干掉智伯瑶。

3

又有一只鸟落在了我的头顶。我把奔跑的思绪收回到眼前。都以为我是一块石头，包括飞鸟，包括流水，包括游鱼。

这是一只白色鹭鸟，它的腿很长，站在我的头顶看水下游鱼。就在此时，我听到了在遥远的地方，传来了马车隆隆碾过石板路的声音，传来了马的呼哧呼哧的沉重喘气声，传来了旌旗招展的猎猎风声，传来了侍从走卒、护卫跟班的杂沓的脚步声。那是赵襄子的大队人马过来了。

此刻，在等待赵襄子的人马到来的时候，在这赤桥之下，我想起来当年跟随智伯攻打晋阳城那一天晚上的事情。

当时，智伯瑶的部属都在城外扎营，过了三更了，我们都在熟睡之中，忽然我听到了一片喊杀声，猛然惊醒了。就着明亮的月光，我起来一看，哎呀！兵营里面都是水。

原来，是晋水冲了我们的军营，大水被人引到了我们扎营的地方。情况十分糟糕，紧接着，军营外箭雨嗖嗖，喊杀声震天，我们被包围了。齐腰深的水淹了整个智伯瑶的军营，几万人在水深齐腰的状态下仓促应战，而前来攻打我们的，正是临阵叛变的韩康子、魏桓子的军队，还有前来合围的赵襄子的大队出城的士兵。

一时间，但见三家合围我们的士兵们驾驶小船，推动着木筏和排筏，密密麻麻，在水面拿长枪刺杀我们。场面十分混乱，我在奋战中保护智伯瑶且战且退，不离他寸步，流矢如同飞蝗，我紧随智伯瑶，挡在他前面，我手里的双剑舞成花，将飞矢纷纷击落。但涌上来的敌兵越来越多。我保护智伯瑶向高处转移。身边其他护卫继续抵挡敌人，我抢到了一条小船，托举智伯上船，我也站在船上，让人摇橹前行。

场面混乱极了。一个木筏子冲过来，上面站着很多赵襄子的兵士，大喊："抓智伯瑶！智伯瑶在这里！"

他们长枪、短刀乱舞，围了过来。我大喊一声，冲了过去，手起剑落，敌人纷纷落水。

远远地，我看见了赵襄子，在一艘船上指挥着这次偷袭战。他下令数百人构成的弓弩队，对准了我和智伯瑶。情急之下，我挡在智伯瑶跟前，只听一阵破空之声，万箭齐发，乱箭射来。智伯瑶一把把我推下水，眼看着几只箭一下子就射中了智伯瑶。他大叫一声，掉到了水里。很多韩康子、魏桓子的士兵涉水冲过来，我们寡不敌众，智伯瑶被他们架起来就走了。

我腿部中箭，动弹不得，在水面淹了个半死，就像是一具浮尸。等到我浮出水面，看到大势已去。智伯瑶的军队被对手击溃了。

顷刻之间，这世界就换了一个模样了。又过了半个时辰，对手鸣金收兵，智伯瑶完败于阴谋联手的赵、韩、魏三公卿。

我逃跑了。智伯招募的其他勇士们在这一场智伯和三家贵族打仗的过程中，大部分都牺牲了。逃跑的几个，也都四散不见了。

我不会束手就擒的，死士报仇，十年不晚。他们杀了智伯瑶，我就要给智伯报仇。我不敢回家去和妻子竹影相聚，而是逃到了青楷山上的密林里，扮成一个采药人，暂时躲了起来。

我听到了赵、韩、魏三家击败智伯瑶之后，一不做二不休，接着就去攻打智伯瑶的封邑了。赵襄子将智伯瑶家族的几代人共二百多口，全都杀掉了。我还听说，智伯瑶府邸的前院后院，大宅内外，到处都是尸体。然后是赵、韩、魏三家公卿，瓜分了智氏所拥有的田地，联手攻打晋出公。

晋出公紧急向邻国齐国和鲁国借兵，讨伐这三家公卿的不义之举。

鲁国答应借兵，可齐国很狡诈，不愿意借兵。鲁国的兵还没有到，赵、韩、魏的士兵就已经包围了晋出公，晋出公被迫出逃，慌乱中得了急病，死在了前往齐国的路上。接着，晋国宗室姬骄被立为晋国国君，这是最后一代晋国国君。可姬骄很快又死了。然后，赵襄子联手韩、魏两家瓜分了晋国，三家分晋。

赵、韩、魏三家把晋国分了，可我的事还没有完。我不管他们的国家大事。他们之间打打杀杀，窃国者为诸侯，窃针者斩。这就是现实，可我要复仇，我要杀掉那个杀了我的主公智伯瑶的赵襄子。

在山上，我听说，赵襄子非常恨智伯，让人把智伯瑶的脑袋放在滚水里煮了三天，把眼睛、头发、皮肉都煮烂了，剔除干净之后，将智伯瑶的头颅骨做成了一个酒具。

赵襄子拿着智伯的头骨当作酒葫芦喝酒作乐，大笑道："当年，他智伯瑶看不起我，竟然装醉，把酒杯扔到我脸上来侮辱我，我的脸到现在还有伤疤呢。他还说我相貌丑陋，懦弱猥琐，现在呢，看看是你智伯瑶丑陋，还是我难看？你说说你，他死得有多难看啊！"

4

我在青楷山上以树为巢，以岩洞为住所隐藏起来，伺机再出击。

在山上，我仰脸对着苍天大喊："啊！士为知己者死，女为悦己者容，智伯是我的主公，待我以国士，我当以忠义来报答。智伯啊，你死得太惨了，你的头颅至今还在仇人赵襄子的手里，他拿着你的头骨当作酒器喝酒呢！我活一天，就耻辱一天，我一定要为你报仇！否则，我的魂今后不会安稳啊！"

我在山上一待就是三个月，饥餐渴饮野兽血，笑摘野果当杂粮，一边苦练短刃双剑术。必须要做到一剑封喉。而我一剑封喉的目标，就是赵襄子了。要做到一剑封喉，必须眼疾手快。怎么快？我就每天练习。

山上飞虫多，嗡嗡嘤嘤飞来飞去。我在溪流之间的岩石上跳来跳去，练习腾跃，手到、眼到、剑到，双剑齐发，一只只小飞虫立时被我腰斩，撒落在我脚下。我仰天大哭，接着又大笑不止，大悲大喜，情绪激动。有时候，我端坐于石头之上，攀缘在树枝之间，一听到有蚊虫嗡嘤，立即出手，但见那蚊虫早就身首异处，死于半空之中了。

到了秋季，时机成熟了，我下山了，听说赵襄子在大兴土木，修建宫殿，我想潜入赵襄子府内。可这赵襄子十分狡猾，他听说豫让脱逃了，可能伺机要前来报复。他也害怕有人混进来，就不再招揽英才和勇士了，严防有人靠近他。他只招收工匠，并且严格考核工匠技术。

怎么靠近他，混入赵氏府邸呢？我苦苦思索，后来，我想到了一个办法。

我先是改名换姓，不再叫豫让，而是改作来自焦作的刘浏，然后，我穿上破衣烂衫，假扮成一个受过刑罚的人。

我用短剑一刀刀地把我的脸划伤，毁了面容。我脸上皮肉那个疼啊！我咬着牙做了，这样即使伤好了，也看不出来我是豫让了。

我做这一切的目的，就是为了接近赵襄子，然后刺杀他，为智伯瑶报仇。

我前去赵襄子的府邸，问管事的，需不需要一个能修厕所的人。

管事的一看我这个样子，觉得我去干清洗厕所的脏活是最合适的人了，因为我自己就脏得像一坨屎。

我就这样进入了赵府，在赵襄子府邸里每天清洗厕所。

人有贵贱、尊卑、美丑、高低之分，但是，在拉屎撒尿这一点上，皇帝、贵族和贱民都是一样的，每天一样拉屎撒尿，都是有尿骚屎臭的，没哪个公主夫人、王公贵族、将军大臣的屎尿就是香的。所以，高门大院很需要清洗厕所的人。这就是人的弱点，也是靠近赵襄子的机会，因为他每天也要拉屎撒尿。这就给了我天大的机会。赵府的厕所很脏，很臭，活儿很多。他的府邸很大，厕所也有好几个，哪个是赵襄子如厕的厕所呢？我慢慢打听到了。

我干得很勤快，在厕所清洗工中获得了班头的表扬，然后，我被派到专门清洗赵襄子如厕的那个隐蔽的厕所去干活了。

5

赵襄子终于出现了，这一天，他是急匆匆地跑进了位于墙角一棵枣树下的那个不起眼的小厕所，蹲下来就拉屎。

我装作在一边清洗池子，想着该怎么动手。可我觉得，他蹲在那里，这时我就出手，实在不是一个剑客能做得出来的，我一定要等他拉完屎出来净手的时候，我再下手，才算是有礼有节。

我一边清洗厕所，一边听见他内急的声音。赵襄子拉屎很痛快，显然是个急性子。吭哧吭哧半天，似乎也很享受。等到他出来净手的时候，不经意看了站起来的我一眼。就是这一眼，我们四目相对，他立即就明白了。要说这赵襄子绝不是等闲之辈呢，他大叫："刺客！有刺客！"然后，他夺路而逃，奔出了厕所。

我愣了一下，我没有想到他的反应这么快。我奔出去，右手里的短剑在手，甩了出去。厕所外面有四个卫兵，手执长矛和朴刀护卫赵襄子，咣当一声，挡住了我的剑。我脚上的箭伤还没有完全好，一步没有赶上，就跌倒了，这时，那些兵士将我团团围住，把我拿下，捆了起来。

我追悔莫及，真后悔应该在他蹲着的时候就杀了他。

赵襄子这才走过来，在谋士和勇士的簇拥下，走到我跟前，仔细问我："你这个人，真是焦作的刘浏？你说说，我给你一份工作，让你有口饭吃，你为什么要杀我，恩将仇报？"

我仰天哈哈大笑："赵襄子！我不是焦作的刘浏，那是我假冒的。我是豫让，你看清楚了！你杀了我的主公智伯瑶，还拿他的头骨当喝酒的酒器，我不能苟活，我就是来杀你，为他报仇的！"

赵襄子愣了一下，他顿住了，不知道说什么好了。他也听说过我的一些事。这时，他身边的人说："浑蛋豫让！你这刺客，休得胡说！主公大人，应该立即诛杀豫让才对！赶紧把他推出去杀了！"

所有的人都在喊："主公，把豫让杀了！杀了豫让！杀了豫让！"一时间是群情激奋，刀枪嗡嘤，一片鼓噪。

看来大家都很躁动，都想杀了我这个刺客。我是在他们手里了，逃不脱了。我大喊："智伯主公！我没有替你杀了仇敌赵襄子，是我自己无能，不该在他如厕时不雅观，不忍下手，现在我就要被杀身死，前来追随你了！"

赵襄子一直在沉吟。听我这么一说，说到因为他如厕时不雅，我不忍下手这一句，脸色一变，他那宽大的袍子的衣袖一挥，说：

"且慢！各位，你们都听见了，这豫让虽然要刺杀我，可他是个义人。他没有在我如厕时动手，因为那样不雅，不是勇士和侠客该干的，这说明，他放过了我一次。豫让啊，你早就声名在外，是个侠义忠勇之人。不错，智伯瑶是我杀了，他的家族也是我灭了，智伯家如今没有一个后人了，现在，只有你这个他的勇士还记得给他报仇，就凭借这一点，我赵襄子就佩服你。豫让，我不再拿智伯的头骨当酒具了，你是一个忠义之人！来人啊，把他给我放了，让他走吧！"

众人不解，一时没有反应过来。

赵襄子顿脚大骂："蠢货，给我放人！让豫让走，这是一个天下难得的忠义之人！不管他还来不来找我，我都要在今天放了他。我今后小心点，躲着他就好了。"

众人这才醒悟过来，放开了捆着我的绳索。

我奋力挣脱，然后赶紧夺门而走了。

6

我重新逃到了山里，在那里茹毛饮血，痛定思痛，想着下一步应该怎么办。想来想去，还是觉得智伯瑶待我如国士，我必须要报恩啊！我还是要杀掉赵襄子，即使他放了我一马。

在山上住了一整个冬天，我觉得没有人再想起我了，我下了山，来到了晋阳城，还是打算伺机刺杀赵襄子。

上一次一是我太仁慈，没有立即下手，二是赵襄子太聪明，他一下子就看出了我的意图，从我的眼睛里读到了一个刺客的心。这说明我还不够老练，不够成熟，不能让人忘记我的本来。我打算扮演一个乞丐，重新回到城市中。我在身上涂上黑漆，黑漆混合了桐油烫伤了我的皮肤，然后生出了疮疤，我也不医治，疮疤就发出了恶臭，我跑到街市上行乞，借机行事。

有一天，我在街上行乞。"行行好！行行好！"我对路人高举着一个木钵，路人匆匆而过，谁都不理会我这个披头散发，浑身疮疤，散发着恶臭的、看不出来是人是兽是鬼的家伙了。

忽然，我熟悉的一个人出现了。那是我的老婆竹影。她来集市买东西，提着一个竹篮子，篮子里装满了刚买的蔬菜。路过街头拐角处，她听到了我的声音"行行好！行行好！"就快步走过来看我。

我一看，完了，这下她就要认出我来了，我赶紧继续装疯卖傻，眼珠不转了，呆滞无比，对着她也喊："夫人，行行好！给点钱买吃的，行行好！"

我的傻老婆竹影仔细地看着我，她的表情十分疑惑，只听她自言自语："这个人，外形不似我的丈夫，可说话的声音，倒很像我那很久不回家的丈夫豫让。这又是怎么回事呢？"然后，她还是给我扔了一点布币，走了。

我看着她离开，内心里悲欣交集。无法在这一刻相认，是因为我有别的使命。目送她远行，我默默地说："竹影，对不起你了，从此，你就没有我这个丈夫了！"心里流动着决绝的液体。

等我情绪平复下来，我又想，刚才听到了她疑惑的自言自语，幸亏我浑身恶臭，没有露馅。过去，我是一个体面人，智伯瑶教会了我礼仪和举止，出入家庭和府邸，我都是仪表非凡。看来，我现在的装扮能以假乱真，可我的声音还是会被熟悉的人听出来。既然我的老婆能听出我说话的声音，那我就破坏掉我的嗓子吧！

我找到了一家客栈，在他们的后厨里取到了一点木炭，放在一块小木板上。火星四溅，形成了小小的颗粒。

我抓起来几枚燃烧的火炭，就往嗓子眼儿里一丢，哎呀哦，哎哟哟！烫死我了！我闷声大叫。那火炭滚烫滚烫的，一下子将我的嗓子眼烫哑了。火热的木炭烫哑了我的喉咙，让我说出的话变成了嘶哑的。

我大颗大颗地流泪，为我自己，也为死去的主公智伯瑶，和我的妻子竹影。

7

我再次出现在街上行乞之后，又碰到了我的老婆竹影。她荆钗布裙，采买家居用品，路过我的乞讨之地，又心生疑惑，靠近观察我。

我嘶哑着嗓子对她喊：“行行好！给点钱，行行好！”

她愣了一下，这一次完全确认了我不是她的丈夫豫让，就赶紧躲开了浑身恶臭的我。她认不出我了。

她走了，我默然了很久很久，心境变得苍凉了。

我一边行乞，一边继续观察着街市上的情况，逐步了解到了赵襄子的行踪。赵襄子府邸戒备森严，但他早晚要出门。他只要是一出门，不管他身边围了多少人，我都要一跃而起，五步杀一人，直到杀掉他为止。

可他就是没有再出现，我只好每天继续在赵襄子府邸附近行乞。

到了晚上，我就在城外林间空地上练习双刃剑术，揣摩祖父毕阳的剑术。祖父有时候附体于我，有时候则像是站在一边指点我，我的剑术精进很快。在十步之外的树上，捆着一个圆圆的毛毡子，我在月光之下，盘腿坐在那里，忽然，我嘶哑着低吼了一声，一跃而起，十步并作三步，已然奔到了树前。手里多了两把从怀里取出的三尺短剑，舞着八字花，瞬间就横竖各三剑，将树上代表赵襄子的人形毛毡子割得体无完肤了。

一跃而起，五步杀人，一剑封喉。此乃剑术的必杀技。

这一天，我再次靠近赵襄子府邸，假装残疾人，在地上盘桓而行。

就在这时，我一个过去的友人、教书先生成昊，正走过一座小亭子边，他看到了我。尽管我浑身癞痢，恶臭难闻，嗓音嘶哑，长发粘连，缁衣破烂，他还是认出我来了。

他走了过来，从袋子里取出几个烧饼，在我跟前蹲下，和我的目光对视。

我就和他对视。看看谁能认出来谁。我们足足对视了半袋烟的工夫，他扑哧笑了：“你是豫让。你就别装了。”

我黯然地低下了头。我嗫嚅地说：“是，我是豫让。你不要声张。”我现在的确很饿，就接过了他递给我的烧饼。

他一把拉住我的手，哭了，小声说："豫让啊！你怎么成了这个样子！我真为你难过啊！一个盖世侠客，在街上乔扮要饭的乞丐，在这里遭受所有人的白眼，我知道你想要干什么，我也知道你的脑子里想的都是什么。你要去杀一个人！"

我抬头看他，嗓音是破的："成昊，那你说，我要杀谁？"

他说："谁都知道你要刺杀赵襄子为智伯瑶报仇啊！上一次在他的府上，他抓住你又放了你，都传为美谈了。你怎么还想杀他啊？"

我说："智伯之恩，必当献身以报。我必须要杀掉赵襄子，不管他是不是放过我，我不会放过他了。"

成昊说："如果是这样，你也不必这样假扮恶臭无比的乞儿啊。你完全可以凭借你的才能，前去赵襄子的府内应聘为勇士。你出现在他身边，这样不就可以下手杀了他吗？干吗把自己搞得这么残身苦形，在这里守株待兔，茫然无迹，这多费劲啊！"

我回答他："你说的那些个做法，就不是我这个正人君子能做得出来的事了。假如成了赵襄子的门客，得到了他的信任，依靠的是虚与委蛇，然后借助他对我的信任又出手杀他，那就是不义之人了。这等龌龊之事，我是做不出来的。人做任何事，都要专心致志，忠义双全。豫让是做不出来这利用他对我的信赖去杀他的背德之事。那样的话，我豫让就会留下千古骂名。即使是智伯在世，也是不耻于我的。我也会愧对自己，愧对天下人的。好了，你现在明白了，我必须以复仇者的面目，光明正大地出现在赵襄子的面前，当面和他算清楚这笔账，杀了他，给我的主公，待我如同国士的主公智伯瑶报仇雪恨！"

成昊看着我，听我说这么说，默然良久。

他说："那好吧……豫让，祝你好运。"他走了。

成昊听懂了我说的是什么。士为知己者死，女为悦己者容，我必须要为智伯瑶报仇。智伯瑶本来是一个雄才大略之人，他要是不死，就能重振晋国雄风。可他却死在了赵襄子的奸计之下，实在令人扼腕叹息。

8

我就这样装疯卖傻，在街头乞讨，很快掌握了赵襄子出行的一些信息。因我在他的府邸厕所那一次的刺杀没有成功，他提高了警惕，很少出行了。

我打听到他出行去祭祀，必经过一座桥。这座桥叫作赤桥，桥身被漆成了红色。我趁着夜色来到了桥下，等待赵襄子的队伍经过。

此刻，仿佛时间凝固了。我头顶站立着的那只白鸟静默良久，展翅而去，它掠过了水面，捕捉到了一条银色小鱼。就在此时，我听到了车轮滚滚马萧萧，兵器相击各在腰的杂沓声响。赵襄子的大队人马，气派非凡，浩浩荡荡地过来了。就在他们抵达桥头五十步左右的地方，忽然一阵马嘶，我听到他们的阵脚有些混乱。

马比人敏感，马感觉到了桥下的异样，我该现身了。

我扬起了头，不再去关注眼前的流水。逝水啊，你将从此一去不复返，勇士啊，你将从此抛头颅洒热血。我默默念着这几句，然后一跃而起，飞上了赤桥头。

在我前面，几匹高头大马受惊了，咴咴叫着，扬起了前蹄，掀翻了马上端坐的卫兵。卫兵见到我，立即冲上前来。我像旋风一样在他们眼前跑过。我左手是祖父毕阳的短剑，右手是我自己打造的短剑。剑到之处，人必伤亡。但见四个人瞬间全部倒地而死。

“刺客！有刺客！”赵襄子的队伍里大乱，停住了前进的步伐。

我说：“智伯主公，我今天要为你复仇了！”我再次一跃而起，冲向了前面的队列，击杀了几个人。他们纷纷倒地。

是的，快意恩仇啊，报仇雪恨的最后时刻来临了。我在赤桥头，大喊：“赵襄子！你出来！我是豫让，我要砍你的头祭奠我的主公！”

赵襄子的队列旌旗招展。一阵大风刮过来，一时间人喊马嘶，一片混乱。立刻，更多的人手执利刃，将我团团围住。弓箭队、长枪队、短刀队纷纷上阵，我被包围得水泄不通。护卫统领满身铁甲，他手里的旗子一挥，立马有短刀队上来和我对阵。

这一场厮杀，是风和沙的较量，是石和水的较量，是木和金的较量，是土和火的较量。顷刻之间，我杀伤他们的刀队无数，倒地一大片。然后我继续被围住了。

队列里出现了一匹高头大马，马上端坐的，正是赵襄子。他冠带巍峨，神情焦躁，大喊：“又是你这个豫让，上一次我已经放了你一条性命，怎么你又来刺杀我？”

我后退几步，预防弓箭队射杀我，对他淡然一笑：“赵襄子！你使用了离间计谋，水淹智伯瑶的部队，杀了我的主公智伯，这一切的账当然要算到你的头上。今天，我就是要来为主公报仇的！”

赵襄子摇了摇头说：“豫让啊，不是这个道理。我就奇怪了。你的主公不光是智伯瑶一个人，对不对？你先前还曾在范氏、中行氏的府邸做过勇士，他们不都是你的主公？当年，恰恰是智伯瑶把你的这两个前主公给灭了，你怎么不为范氏和中行氏复仇，先去杀了智伯瑶呢？你却恩义不分，反而投奔了智伯瑶，成了杀你主公的仇人的勇士门客。你说说，你这忠义从何而来呢？俗话说，勇士不事二主，智伯瑶都是你的第三个主公了，而我杀了智伯瑶，那也是为了不受他的戕害。你从哪一点能说服我，谈什么忠义，来为你的第三个主公智伯报仇呢？”

我哈哈大笑，嘶哑着嗓子，大声说：“赵襄子，你听好了！很简单，范氏、中行氏目光短浅，他们待我如草芥，如敝帚，我就以草芥之心、破扫帚之心回报他们。而只有智伯待我如国士，我就要以死士之忠来回报他。道理就这么简单。士为知己者死！所以，我必须要杀了你。今天，不是我杀了你，就是你杀了我，总之，我要以生命报答智伯！”

赵襄子看着我，长叹一声，潸然泪下：“哎呀，豫让啊，你说得也有道理，真让我没有办法。你为了主公智伯来杀我复仇，几次不成，也是奇葩啊。其实，你的忠义之举，早就声名远播，四海皆闻了。我想说的是，我上一次抓到了你，又放了你，我也对得起你了，对你有救命之恩。现在，你又来杀我，那我就要不客气了。来人，上前给我拿下豫让！”

赵襄子手下的人立即围了上来。又是一阵风刮过来，我一个转身，低头旋转着，冲入围兵之中。这一场鏖战惊心动魄，精彩绝伦。我手里的双剑有如神助，说时迟那时快，人人都听见了耳畔响起了叮当铿锵之声，我手里的短剑就像闪电，刺削、劈砍着这些兵士。

天空中忽然来了一朵黑云，遮蔽了一切。等到我再次闪身而出，但见一片哀号，三十多个士兵死伤一大片。这场桥头的恶战，我一人对阵上百人，还没有输。接着，又有几十人围了上来，长枪、短矛、大刀，个个如猛虎，围住我，一点点缩小包围圈。弓箭手在外围伺机袭击了我。我也身中三箭，脚上有伤，疲乏至极，插翅难逃了。

可我还是挡在赵襄子的前面，巍然而立。我绝不退缩，直到流尽最后一滴血。

赵襄子说：“豫让，你今天是跑不了了，你就投降吧！”

我的血在流，我说：“我听说明白事理的人不掩人之美，愿意成全别人。而我豫让以忠义自居，也是一直这么做的，今天要以死忠来报答主公智伯。上一次我去府上刺杀大人，而你抓住了我，又宽赦释放了我，天下人都称赞您的贤明和对我的义。今天，我显然是插翅难飞了，杀你也辜负了你对我的仁义。我是忠义不能两全了。我固然愿意一死，但我有一个愿望，不知道你能不能答应？”

赵襄子说：“豫让，你说。”

我的嗓子非常疼痛，嘶哑着说：“我想恳请你脱下外衣，我以剑刺击你的华服，那等于我已刺杀你，从而报答了我的主公智伯。那样的话，我今天甘愿投降，对你也没有一点怨恨了。如何？”

赵襄子一听，长叹一声，凛然地说：

“豫让啊，你真是说服我了，我也很佩服你这个死士之举。罢了！好吧，就这样，你以击衣代替刺杀我，这样保全了你的忠，也体现了我的义，而你又以自愿投降，而成就了你的忠义。我也因答应了你的要求，而结束我们的恩怨。”

说罢，他脱下了外衣，交给了手下人。手下人接过他的外衣，两个人一左一右，展开了赵襄子那宽大的华美外衣，就像是赵襄子展开双手，站立在猎猎的风中一样。

我挥舞两把短剑，使劲全身力气，三次跃起，都刺中了展开来的赵襄子的衣服，三击而刺破了三个洞。之后，我力气衰竭，我想，我的使命也结束了。我报答了我的主公智伯瑶，他待我如国士，士为知己者死，我今天圆满了。

我大笑着向赵襄子远远地一拜：

“谢公卿大人，今天，我豫让可以死而无憾了！”

然后，我将双剑一横一竖，一抹一刺，自杀而死。那个瞬间，我能感觉到冰凉的、嗜血的两把剑哀鸣着，划过了我的脖颈，扎中了我的心脏。我听见了我那喧腾着的热血，从血管里喷涌而出。

我死了，可我的名字将永留人间。

2018 年 6 月 1 日

龟息

1

站在山巅下伸出来的悬崖平台上，就能看到大海。每天早晨，师父都在那里练功。

我第一次看到师父在那里练功的时候，简直惊呆了：

当时，太阳还没有出来，苍茫的云海愤怒地翻腾着，仿佛要爆炸一样，一团团红白的云在上下翻动，似乎有什么怪物要破云而出，颜色渐渐变亮了。忽然，大地似乎猛地抖动了一下，一轮红日，还泛着金黄色喷薄而出，刹那间一切都亮了起来，所有的东西被照亮了。人在和朝阳对视的时候都要闭上眼睛，假如万物有眼睛的话，那么这一刻必须要闭上眼睛，否则你就会被照瞎。

等到我和万物一刹那闭上眼睛又睁开眼睛之后，世界稍微暗了一点，可以分辨所有的东西了，我看到我的师父，他白须冉冉，长发飘飘，双腿分开膝盖微曲，手臂伸出手心朝上，面对喷薄而出的朝阳，缓缓地吸气，吸气，很久之后才呼气，呼气。他的一吸一呼用的时间比较长，大概有半个时辰，对于我来说肯定要窒息而死，但是我的师父就能做到。而在他身旁的那些大大小小的岩石上，有十多只大小不一的乌龟，也面对着朝阳，伸出了脑袋，在那里一吸一呼。

没错，我师父练的就是龟息功。我师父说，乌龟为什么能够长寿？那就是因为乌龟的呼吸有它自己的窍门。我的师父和那些乌龟一起，面对着朝阳一呼一吸，一吸一呼，直到太阳渐渐升到了中天，天空大亮才作罢。然后师父收功，大喝一声：哎呦啊——声音很长，使野果纷纷掉落树下，猿猴惊得到处奔走，蜻蜓大面积飞起来。

然后，他让我去山上采蕨，采橡实，师父则回到山洞里打坐去了。那些乌龟也纷纷转身，回到了各自的洞穴里静卧，或者去喝水了。

2

我的师父高誓的年纪是一个谜。我问他有多大，他说，大概三百多岁。我师父掌握了长寿的秘诀，这一点只有我知道。我是个孤儿，无父无母，我懂事之后，师父告诉我，我是他在山道上捡来的。因为我是个残疾，一条腿是瘸的，于是，生我的父母亲就把我丢弃了。但我的师父不嫌弃我，他把我捡到了之后就带我上山，抚养我长大。

在山上只有几间草棚和一些山洞，是师父和我的居所。师父拄着一根拐杖，他行走如龟，吃得很简单。他也种菜，养一些山羊和鸡。这么多年了，我看到他的容颜从来都没有改变。

一开始，我长得很快，但是渐渐地，我发现我不怎么变化了。师父在我长到一定的年纪，就开始教我练习龟息功。

“你要好好观察乌龟。乌龟是长寿的动物，”他告诉我，“你要看乌龟是怎么呼吸的，你就能像我一样长寿了。”

结果，我这一观察就是三年。师父弄来了不少乌龟。大大小小的乌龟，就聚集在这座山的犄角旮旯里。我师父能把它们召唤而来，也能把它们驱散而去。大的乌龟几乎有半间屋子那么大。

我一开始很不喜欢乌龟，它们呆头呆脑，动作迟缓，目光清亮而迟滞。不过，它们都很善良，它们活得都很长。我师父记得每只乌龟的年纪，他说最年长的和他一样的年纪，“像它，也有三百多岁了，我记得它那个时候只有巴掌大，现在，它像一块巨大的岩石。”

那只年纪最老的乌龟，看上去的确像是一块巨大的石头，身上的龟甲坚硬无比，菱形格子纹整齐而神秘。

然后师父就教我练习龟息功。龟息功，就是像乌龟一样呼吸。一呼一吸，一吸一呼，乌龟的呼吸节奏十分缓慢，就像它的动作一样。

“人活着。就是凭借一口气，没气，人就死了。所以要练气。练气，其实就是掌握呼和吸。人和乌龟不一样，比方你，一开始是用喉咙呼吸，你看你就这样，对吧？”师父捋着自己的白色长须，笑着指点我说，“用喉咙呼吸，节奏快，短而浅，一口气只是在嘴巴里出入，不经过肺部，更不走丹田，那就没有什么用。然后就是胸部的呼吸，你深深地吸一口气，然后呼出来，对了，就这样，这就是胸部的呼吸，肺部的呼吸。这样气息能够在肺部循环，充满了血液。这都是正常的呼吸，人都是这么呼吸的。”

师父顿了一下，接着一个腾挪，转眼之间就从一边的山岩上，抱过来一只乌龟。乌龟无辜地看着我们，龟头缩进了龟甲，只留着尖尖的鼻子在试探着空气，眼睛是张开的。

“然后是用小腹丹田呼吸，来，跟我做，坐下来，盘腿，收手放在小腹处，手心朝内。一吸，然后让这口气沿着胸腔布满，渐渐地下沉，一直到小腹，再转圈，把气聚在小腹，心里想着那股气盘旋成一个圈，转转转转转，是不是越转越快？是不是越来越热？”

我感到小腹里有一股热气在转圈，越转越快，越来越热。我点了点头。

“你再呼气，把这口气完全呼出去，缓慢地，全部呼出去，数一百二十下，让你自己彻底空荡荡。你在呼气的时候，最好听不到自己呼气的声音，才算是好的。这是小腹丹田的呼吸。这一招练好了，最后才是卧式呼吸。”

师父说罢，由打坐的方式变成了侧卧，一只手撑着脑袋，一只手放在腰侧：“卧式呼吸，就是要卧如古松，就是要日久年深，就是要静水深流，就是要无动于衷——让你自己在不知不觉的状态下，进入没有呼吸的状态。你自然有鼻子，有嘴巴，有喉咙，有肺叶，有小腹丹田，但是你渐渐地感觉不到这些器官了，你进入了无呼无吸的状态里，实际上你的皮肤每一个毛孔都在呼吸，到了这一个地步，你就算是练龟息功入门了。但入门之后，接着还有三个阶段，才可以掌握这一门长寿功法。”

就是这龟息功的前四个阶段，我也练习了五年。到后来，我的确是能够做到无呼无吸，却又全身都在呼吸。我和乌龟一起蹲在那里，坐在那里，趴在那里，躺在那里，侧卧在那里，我都能够呼吸着，渐渐地忘记了自己的年龄。

3

我师父高誓说他活了三百多岁，我很好奇，他都知道外面发生了什么，我也奇怪他为什么不让我下山。师父一直严禁我下山去，进入人的世界里。

“不要去人多的地方，不要去。”

“为什么？”

“我见到的太多了，很失望，不愿意再回到世间去。外面的世道很混乱，先前还有个周朝，后来就天下大乱，到处都是血光之灾，人们互相打打杀杀，他们的命都很短，如过眼烟云，一下子就没了。很可惜，因为每个人只有一次生命。可没有人珍惜，对别人的生命也不珍惜，巧取豪夺。而你，跟我练习了龟息功，长寿下去，能够看到更多的我说的人间景象。”

师父的这一番话，却让我更加好奇人间的景象了。“那么现在呢？现在是什么朝代？”

师父仰天长叹：“现在我们在秦朝，喜欢黑色，有一个人自称是始皇帝，所以叫秦始皇。他已经当了很多年的皇帝了。不过，我预感到他很快就要来找我，而我不得不和他见面了。”

师父的表情变得忧虑了起来。

“师父您怎么知道他会来和您见面呢？”我感到师父真的是料事如神。不过，我怎么都想不到，师父能够预测到和始皇帝见面的事情。

“徒弟啊，我都活了这么久，什么事情不知道呢？这些年，始皇帝进行了三次巡游，周游天下，他一直在寻找长寿的秘诀呢。等到他知道我在这里，就会找上门来的。他迟早都会知道的。”

“那他知道您有龟息功吗？”

师父说：“不久前，我看到了一些上山砍柴的人很陌生。他们摸到了我们一早练习龟息功的地方，偷看到了我练功的全过程。虽然我不用转身，就知道他们隐藏在我背后的树丛里，隐身在石头后面观察我们。他们就是始皇帝的密探，在四处打探长生不老的人。”

我师父真是太厉害了。他的脑袋后面好像都长着眼睛，什么都能看到。我却没有这个功力，我不转身就什么都看不到。不过，我佩带了青铜剑，我会砍杀那些靠近我师父的人。

“始皇帝找上门来，您怎么办？”我不知道那个很厉害的始皇帝找上这座山，然后找到了会龟息功的我师父高誓，结果会怎么样。

“他找到我，那我只好把龟息功教给他，让他长寿下去，一直活着，主宰人间事，主宰天下苍生的命运，”他顿了一下，接着长叹一声，“那可就是一个大灾难喽。”

我当时还想象不出来，一个皇帝永远活着意味着什么。但我直觉觉得我师父的龟息功是不可能教给任何人，除了我，绝对是密不外传的，不能让别人知道，尤其是不能让坏人知道。

4

我师父还有一个友人叫羡门，他一直住在海上一座常年被云雾笼罩的小岛上，而这座岛屿还经常到处漂移。

有一天，羡门来到了山上，找到了我的师父。他们是两个我几乎分不清楚的白须老头，长须过腰，彼此见面，十分亲热。

然后他们喝山泉泡的草叶水，吃松子和野果。

他们坐下来聊天。他们先谈了一阵子最近的天气和认识的人的情况。羡门告诉我师父，始皇帝派了一个叫徐福的人，带了满船的童男童女，前往东部苍茫的大海，去寻找瀛洲天堂和长生不老之地。结果，徐福路过羡门居住的海岛，在海岛上，羡门给他们的船补充了给养，然后徐福带着那几百童男童女，继续向大海深处而去，后来就一直没有回来。

羡门当时问徐福，“‘你对始皇帝说了你能找到长生不老之地和药方，你真能找到吗？’你猜他怎么对我说？徐福说，‘你是高人，我老实告诉你，我那是在欺骗始皇帝的，我哪里能够找到长生不老之地和药方呢？可始皇帝最关心这个，那么我不过是借此骗一些钱财，然后远走高飞而已’。”

我师父说："徐福走了，你来了，我知道你有要紧的事情告诉我，对不对？"

羡门说："是这样。徐福虽然欺骗了始皇帝，跑到很远的大海之上了，我知道那大海之东，还有很多大岛，在更远的海上，还有陆地。徐福一直向东走，不再回来，他起码还有一个活路，就是跑得远远的，让始皇帝抓不到。而你高誓，动起来就像乌龟，是不能跑那么远的，所以我要来告诉你一些事情。"

师父说："什么事情？"

羡门说："我听说始皇帝要进行他的第四次巡游了，巡游的路线就是直奔这里而来，他的探子已经发现了你，他就要来和你见面了。"

我听了大惊。我师父高誓果然料事如神啊。

羡门接着说："这个始皇帝精力过人，年轻的时候，他一天批阅的奏折有一百二十斤。最近一些年，他都在秦国的驰道上奔驰，马不停蹄地巡视着自己的巨大的统一的国家。一直有人在他旁边说，海外有仙山，仙山上有仙人住在那里。而仙人有长生不老之药。还有方士告诉始皇帝，说当年齐宣王和燕昭王都派人来到了这里，寻找仙人和长生不老之药，果然找到了一些丹药，吃了就活了一百五十岁。始皇帝一直在吃丹药，但那些丹药有毒，那都是骗他的方士炼丹炼出来的假东西。所以，他现在要来取你的龟息功了，你要做好准备。我来，就是为了这件事。"

我师父说："羡门啊，我其实已经料到了。我在山巅上每天练功，吐纳之际，常常能看到海市蜃楼。我要是想看看你在干什么，我就能在海市蜃楼里面看见你的活动。海市蜃楼能把远处的景象带到我的跟前来。有人以为海市蜃楼是虚假的，是不真实的，其实不是。有一次，一位采药老人就忽然发了狂，说是要去那个神仙居住的仙境去，发足狂奔，结果跌落悬崖而死。这是我亲眼所见。最近，一是有陌生人在山上窥探我练功，二是我在海市蜃楼里看到了咸阳城内的一些异象。我判断，始皇帝肯定要再次东巡了。”

羡门说：“你有准备了就好！始皇帝曾说，徐福去了这么久了，应该回来了。那蓬莱方丈有无间，瀛洲有仙山仙人，徐福一定找到了。为了迎接他归来，始皇帝建了琅琊台，派人在琅琊台等徐福，结果空等了三个月，也不见徐福回来。他哪里知道徐福就是一个骗子，他早就跑到东海的大岛上，和那些童男童女一起建立了一个小国也说不定呢。他不会再回来了。始皇帝因此就会把目光投向了别处，包括来寻找长生不老的人，然后就会找到你。”

我师父点了点头：“那我必须要有准备了。我听说，始皇帝后来信赖方士卢生，他所居住的未央宫，无数的亭台楼阁互相观望，各座宫殿都用甬道相连接，而始皇帝就在这些宫殿之间游走。他希望秦朝能够传递万世而不歇。可人都是要死的，他也日渐衰老，因此他四处求仙，寻找长生不老之药。他登基后就开始在骊山修建大墓，到现在还没有竣工，四处征发人、财、物，天下百姓苦不堪言，早就怨声载道，闻达天庭了。我想，这是一个无道之君。他来找我，我是见还是不见呢？”

羡门很忧虑：“你不见是不行的，你的行踪已经被发觉了，他要见你，你还能往哪里躲呢？你名声在外，躲是躲不过的。”

我师父说：“容我想想怎么办吧。是祸躲不过。谢谢你远道而来，告诉我这个消息。”

然后，我师父和羡门亲切地告辞。

羡门长须飘飘，他骑上一头牛，慢悠悠地消失在了山道上。

5

有一天，师父把我喊到了身边：“过来，徒儿，我给你看一样东西。”

我来到了他的身边，他拿出来一个木头匣子，打开后取出里面被麻布包着的东西。然后我看见了一些青白色的石片，被绳子穿在了一起。他展开给我看：

“这个是导引图，是我的师父传给我的，他活了五百岁。每个师父只能选择一个徒弟，把自己的龟息功传授给他，然后，师父还是会慢慢老去。没有不死的人，只是比一般的人要长寿很多罢了。我过去告诉你，我已经活了三百多岁了，我见过繁盛而讲究礼节的朝代，而你还年轻，却生逢严酷的时代，接下来会是乱世。我希望你把我的龟息功学到手，继续传递下去。”

我不知道师父说这些到底是什么意思，就好像我们要分别了一样。但此刻他的表情是庄严的，我不由自主地点了点头。

师父把那串石片继续展开来，说：“这不是普通的石片，是遥远的大昆山深处采集的玉石片，很坚硬。上面是我的师父镌刻的龟息功导引图。你看看，一招一式，都很清楚。”

我仔细地看，果然，在这青白玉石片上面镌刻的都是小人，那些小人还在做动作，站、坐、卧、躺、蹲、跳，各种姿势都有，手上腿上也都有动作。

“导引图，就是导引我们练习龟息功的教学图。这是师父的传家宝贝，我现在交给你了。”

我大惊失色：“师父！我可不敢拿，这太珍贵了。也太难了，我看不懂，怕丢。再说了，南山的猴子很讨厌，它们来造访我的时候，总是喜欢和我开玩笑，把我的一些东西拿走，不还给我。猴子会把这个抢走的。”

师父哈哈笑了：“你还记得这个事。那是顽皮的小猴子干的，拿你东西的猴子我都惩罚它了，后来，它的母亲猴把你的东西还回来了。它们还是很懂事的。这导引图交给你，是让你知道，一旦师父遇到了不测，你能把这龟息功传下去。但只能传一个人，要根器好，人品正的，而且还要出世，不能是入世的人。”

“什么是出世和入世的人？”

“入世，就是出去当官当兵，出世，就是像现在这样在山上住着，当隐士。入世又无道之人一旦修习了龟息功，比一般的人活得长，然后做坏事，那对世界是一个灾难，所以，看人要准。”

我拔出腰间的青铜剑：“师父，龟息功使人长寿，被这刀剑所伤，也不会死吗？”

师父哈哈笑了：“练了龟息功，照样也会死于刀剑。只是没有人知道你会龟息功，尽量躲开想杀害你的人，你就能一直活着。一直到这想杀你的人死去，你还活着，看到了所有的结局为止。来，你跟着我，继续一招一式地按照龟息功导引图抓紧练功。你现在才练到了四成功夫。只有练到了六成，你才能够自己摸索下去，不用师父指导了。现在，你还是一个半吊子。”

我点了点头收起了青铜剑，接过了师父手里的宝贝，然后把青白玉石片导引图慢慢展开，一片片的，一共四十八片，晶莹剔透，玉石无瑕，导引图清晰可见。那导引者在引导着我，走进龟息功的奇妙世界。

从那天开始，师父对我的训练就更加严格了。吐纳，呼吸，闭气，冥思，长眠，都练习了。

师父还会缩骨功，那就是，将骨头缩起来，身体也就整个跟着缩了起来，最后缩成了一团球，比原来小多了。

“万一躲不过灾厄，我就缩成这样，成为穿山甲一样的动物，躲在山洞里不吃不喝，等待明君的出现。”

缩骨功一旦把人缩小到了小球那么大，躲在洞穴里不出来可以好多年。这就像是黑熊冬眠一样，等到再出来的时候，人虽然变瘦了很多，但还活得好好的。

我是个瘦高个，我不知道能不能练出来这个缩骨功。但在练习吸日精法和吸月华法方面，我的进步很快。

6

按照导引图，修习吸日精法要在早晨练功。即使碰上了乌云天，也不要紧。因为乌云翻滚一阵子之后，往往要云开雾散，天空会逐渐明亮。所以，在晦暗的时刻要有耐心。只见那天空中黑云怒卷，就像人间有不平之事让上天恼怒了一般。实际上，大地却是静寂而平和的。云海怒涛不断爆炸，然后，你静静等待，一轮红日最终会喷薄而出，刹那之间，世界明亮了。

这一刻，我看到大大小小的乌龟也伸出了脑袋，和静静打坐的师父一起，将脸迎向了太阳。

师父练的是吸日精法。这一功法的要领就在于，面对初升之朝阳，这一刻是世界阳气最盛的时候，必须面对初升的太阳将这巨大的阳性活跃的太阳的精气吸纳到自己的身体里。一吸一呼，一吸一呼，在这呼吸之间吐纳完成，一个时辰的时间里，就积累了一天对日精的吸纳。

这是龟息功最为重要的基础功法。有内功的人必须学会储存能量。

“重要的是活着看到那些作恶的人纷纷死去，躲开那些无妄之灾，能躲就躲开，不要去正面相撞，你撞不过世间那黑暗的力量。”

师父总是教给我非常重要的道理，我似懂非懂。姑且都先听着，听不懂再让师父以后解释。很长时间了，我们相依为命。

师父吃得很少，有时候我们在山上打一些野物，由我背到山下换些粮食。山泉和溪水，够我们用的。草屋和石罅，洞穴和丛林，到处都是居所。

我问我师父：“您是怎么看待长生不老的？”

师父叹了一口气，说："其实，过于长寿也是很累人的事情，让我有时感到厌倦。一个人一直不死，而你见到的其他人却纷纷死去，你就会感觉到孤独和苦闷。有那么一段时间，好像是在我两百岁的时候，有一段时间里，我特别的苦闷和忧伤，因为我发现，我认识的好几代人全都死光了。那还是在一个小镇上，我感到了极其悲伤。我不想再活下去了，我走出了屋子，想走向一条河的深处自杀。正是在这个时候，河岸边一只巨龟向我走来。月光下，它看着我，它很有灵性，它的目光让我明白了，它是要我像它一样，隐忍着活下去。于是，我彻悟了。来到山上，继续修炼龟息功。龟息功就在我的身上越练越神奇。现在，我已经感觉不到自己生命的变化了，可能变得非常缓慢，消耗也很少，龟息神功让一个人有能量长期不用进食就能活着，练习吸日精法很有用。"

修习龟息神功，除了吸日精法，还要练习吸月华法。因为太阳和月亮是天空中距离地球最近的星球，带给地球最多能量的，就是太阳和月亮了。但太阳和月亮刚好是一阳一阴，阴阳相对，太阳降落了，月亮就出来了，月亮升起来了，那是因为太阳降落了。当然有时候太阳当空，在遥远的蓝天中，还能看见隐现的月亮，淡淡的光影在天幕里几乎看不见，可它确实还在那里。

师父说："修习吸月华法，就是将月亮的精华吸入人的体内，使人体内的精气神和日精、月华完美融合，达成能量的融汇，形成了你自己的丹炉，在小腹丹田处聚集起来。这样就能够保持能量，慢慢地你只喝水，吃一点干果，比如每天十粒松子，便能维持生命的延续，甚至不排便也不要紧，在山洞里冬眠一样保持低消耗，一直到外面的战争和混乱的时代过去，等你下山，就会看见物是人非，岁月静好了。"

我们在月光下练习吸月华法。月亮之华在夜晚是清寂的，孤远的，渺茫的，但月华却是存在的，必须凝神聚气去捕获。怎么形容呢，我的感觉就像是寒霜一样冰凉，能够覆盖到我的皮肤。

我们坐在月光下的悬崖台上，盘腿坐在那里。一吸一呼，皎洁的月华徐徐从鼻子进入体内，经过胸腔调整，然后聚集到腹部。吐出体内的浊气，月华便在小腹丹田积存下来。

吸日精法、吸月华法需要经常练习，才能感觉到在自己的小腹之中，日精和月华就像是阴阳两团旋转的火球，在互相追逐，互相缠斗，互相亲昵，逐渐地融为了一团。

有时候我控制不住，吸日精法吸得太多，日精大盛，晚上睡觉在半明半昧中我遗精了。

师父发现了我的异样，给我吃了青草丸药，我的体内又协调了。后面的日子里我越长越快，我几乎是迎风而长，就这么成了师父最得力的助手，龟息功在我的身上逐渐成型。

7

几年后，始皇帝巡游东海的消息传来了。虽然师父和我住在高高的山上，但是山下的消息还是像飞鸟一样迅捷地传播。

那段时间，砍柴人、采药人、逃犯和乞丐、隐士和盗匪、被征召的士兵和工匠，在山间小道上不断穿梭，在山下的市镇来往盘桓。消息很确切，始皇帝来到东海，要寻求徐福的下落。

我能够想象始皇帝的出行威仪万方。始皇帝的第五次出巡，浩浩荡荡。大队人马在驰道上疾奔，队列长得看不到尾巴，他的随从车马连绵不绝，车辚辚马嘶鸣，兵器相击，发出了铿然之声。兵器作响，那是渴望喝血的声音，那是要和人的肉体亲近的声音。因此，路上的人早早就避开了。

在我的想象中，一辆神秘的、由铁甲兵护卫的伞盖铜车之上，坐着的始皇帝，在通过车窗向外张望。那么，几年以前的第四次巡狩，他一定同样坐在车里面，表情阴郁地透过小窗口向外面望去。那一次，他看见了什么？他可能看到了在秦国统一天下之前，各国为了御敌在交界之地修建的堤防、高墙和大沟，成了他巡游的障碍。于是他下令把这些堤防、高墙拆掉，把大沟填平，让他的车马队列能够畅通无阻，让他的目光所及之处没有任何阻挡。

那一次的巡游，师父给我讲了，说始皇帝在东临碣石观沧海的时候，留下了一块巨大的刻石。在刻石上记载了这一次的疏通道路、拆除堤围、填平沟壑的举动。后来，他折返郡上，让大将蒙恬夺回被匈奴占领的北部领土，移民边塞，巩固了北部边防。

更多的消息传递到了师父的耳朵里。有人派遣信鸽，给师父捎来了神秘书信。师父的朋友很多，且都是遗世独立的高人，但他们之间保持着某种神秘的联系，以信使、信鸽的方式互通消息。

神秘来信中告诉我师父发生在咸阳都城的很多事。说始皇帝这一次第五次的巡狩，他最直接的目的，还是想寻访仙人和仙药，祈求长生不老。这一年是始皇三十六年，发生了很多让他闹心的天象，这使始皇帝心神不宁。

来信中说，首先是天象中出现了荧惑守心。荧惑就是火星，这一年，火星在周代以来都被看作惩罚之星，它主对人间帝王的作恶多端的惩罚，主人间忧患和死亡丧葬。而心宿中最大的一颗星，象征着帝王的位置，在这一年火星刚好守在心宿的旁边，这意味着巨大的灾异即将上演。一般出现了荧惑守心的天象，那就有可能天子丧亡、灾变陡起、逆子叛乱、百姓流徙。

始皇帝十分迷信谶纬，手下的方士们看到这个天象，马上报告始皇帝这意味着什么，始皇帝心情很郁闷。

第二个天象，是陨石坠地。有一天，在咸阳以东的郊野之上，一道亮光划过夜空，陨石从天而降，轰然一声巨响。第二天人们发现了一块陨石，陨石上刻了几个字“始皇帝死而地分”。始皇帝听到这一消息，大怒，派御史追查陨石刻字事件，结果那片郊野的村人是一问三不知。于是秦始皇下令，把发现这块陨石的村人全都杀了，还将陨石砸碎掩埋了。

于是，始皇帝就让人日夜观察天象，在宫殿之中不断请方士占卜。很快，负责观察天象的官员上奏于他，说在东南方出现了天子气。

这一报告让他更加烦恼。什么是天子气？其实就是一种云气，但这种形状独特的云气，却意味着始皇帝的王位即将被东南方向来的人所替代。

秦始皇立即召开了几百个方士和星象师参加的御前会议，方上们惊悚不定，在大殿之内议论纷纷，力劝他早日东去巡狩，只有他亲临东南方，到达天子气冒出来的地方，以他的亲临镇压那股天子气的邪气，才能破了当地的风水，阻止人间新天子的诞生，保住皇位。

始皇帝这时却觉得自己身体每况愈下。虽然他还不到五十岁，却常常感到精力不济，他想休养一段时间再说。方士们就不再劝说。秦始皇这一年已经感到了身体欠佳，他久服丹药，其实是有了中毒的迹象，但是他并不知道，却还以为是那些不吉利的天象导致他的病患。

那段时间他心情不好，让儒生、博士和方士们撰写“仙真人诗”，歌颂神仙，颂扬他此前的四次巡狩，歌颂他当上始皇帝之后统治天下的丰功伟绩，然后让宫廷乐师谱曲，弹唱演奏，终日在大殿之中欢宴，以消除内心的惶惑和不快。

在这个时候，又传来了一件让他十分郁闷和惶恐的事情。一位从外面赶回来的使者，在夜晚经过华阴的时候，碰到了一个奇怪的人。

这个怪人手捧一块玉璧，他拦住了使者，将玉璧奉送给使者，说：“请将这块玉璧，替我奉献给滈池君。”

滈池是咸阳附近一条叫作滈水的河，人工挖引后形成的一个池子，滈池君是滈池的保护神，这个人要使者转送一块玉璧给滈池神，使者觉得很奇怪，就问这个拦路的怪人，他是什么意思，还有什么话要说。

那个怪人起初一句话都不回答，问得紧了，忽然来了一句："今年祖龙死。"

然后，这个人就在夜幕中消失了。只剩下了使者，捧着一块玉璧呆呆地站在夜色里。但玉璧的存在说明这个怪人也是真实存在的。

使者马不停蹄地赶回了咸阳，赶紧觐见始皇帝，将那块玉璧奉呈始皇帝，还讲述了夜遇怪人的情形。

始皇帝听罢，默然良久，说："山鬼也不过只知道一年的事情罢了。"

众人都看见始皇帝的神情有点恍惚了。退朝时，始皇帝起身向宫外走，还自言自语："祖龙，人之先也。龙，君之象也，这是在说朕呢。"他大步朝外走，忽然回头看着他宠信的方士卢生："要抓紧时间，给朕打卦占卜一次。看看吉凶祸福到底怎样。"

卢生就赶紧安排了一场打卦占卜，得到的卦象显示，始皇帝最好是出游和迁徙，才能得到大吉大利。

于是，就有了这一次，也是他第五次的巡狩，巡狩的目的主要在寻访海上仙人，寻求长生不老之药。

以上就是给师父的来信中说到的内容，师父给我讲了一遍。

可就是这一次始皇帝的巡狩，他人在半途，忽然就死了。那些随从用鲍鱼掩盖他的尸体，一边封锁消息。他没有能活着回到长安，而且是死在和我的师父见面之后。

我不能说始皇帝的死和我师父有关。我绝对不能这么说。但我可以想象，始皇帝那一次见过我师父之后。才离开了海边的大山，没过多久，他就死在回长安的路上了，这本身就很奇怪。后来，我才想到了这一点，就是师父和秦始皇交谈的时候，一定是做了什么事情。

这只是我的猜测，而且作为一个秘密，永远都不会有答案了。不过，即使是有答案，又有什么意义呢？几年之后，即位的秦二世就死了，秦朝就灭亡了，大汉朝建立了。

时间在向前，而历史则消隐在不可靠的记忆和叙事里杂草丛生。

8

我师父高誓并不紧张，不断有信鸽飞来，带来山下的消息：

始皇帝先是派遣了方士卢生前往东海一带寻访仙人。卢生驻扎在蓬莱，然后派出人马四下打探。我师父见到的那些窥探我们练功的人，就是卢生四处派出的探子。

卢生是一个谄媚的方士，生在燕国，却没有燕人的慷慨悲歌，天生一副媚骨，很善于装神弄鬼，冶炼丹药，却很受始皇帝的信任。

始皇帝吃了他炼就的丹药，慢慢地嘴唇发紫，双手发抖，还发生了一次昏厥。但这并不妨碍他寻求长生不老的想法。他越发感觉到了自己身体和精力的衰退。庞大的秦国在他的治理下，在商鞅制定的严刑峻法管理下，人头滚滚，也安定万分。虽然埋伏了很多危机，可还没有爆发，始皇帝寻求仙人和仙药开始变得更加迫切了。

很快到了十月份，始皇帝命令右丞相冯去疾留守咸阳首都，命令左丞相李斯和他的小儿子胡亥随驾，开始了巡狩。他先往东南方向走，抵达会稽，在那里祭祀了大禹，刻石以纪念并歌颂自己的功德。

一路上，凡是方士和博士认为有天子气的地方，他都设法消除掉，不让这地方再有能替代他王位的风水。比如，在虎踞龙盘的金陵，方士看到了王气扶摇直上，在钟山背后。他就下令囚犯挖掘钟山，挖出一条长沟，以断绝王气，还把金陵改为秣陵，贬低这个地方。在云阳，他把一条直道改成弯曲的道路，并且将这一地名改成了曲阿。

他的一系列动作，都意在化解东南方向的天子气。然后，他急急忙忙折向北面的渤海方向，很快到达琅琊，在这里等待先期抵达寻访神仙的卢生前来上奏。

卢生带着韩终、石生两人，在东海一代四下打探。

他们前去寻访传说中的仙人羡门。等到他们抵达大海上羡门居住的那座海岛的时候，羡门已经死了。他们察看了羡门的尸体，他那一头白发长得非常茂密，完全覆盖了缩小了的身体，死去好多天了。

卢生很郁闷，回来报告抵达琅琊的始皇帝：传说中的仙人羡门已经长发覆身，于不久前死了。

“什么？仙人还能死掉？那死掉的人，还能是仙人吗？你给朕说说，这仙人羡门，是不是一个假的仙人啊？你们是不是一直在骗朕，说什么仙人长生不老？是不是人必有一死，绝对不会长生不老？”

卢生讪讪地回答：“陛下息怒。羡门虽然死了，但他的确是一个长寿的人，传说他活了三百多岁。”

始皇帝沉默了，又问：“那还有什么仙人能够寻访得到的？”

卢生赶紧说：“我派韩终前往嵛山，在那里寻访到了久居大山之上的一个仙人，这个仙人叫高誓，传说他活了三百多年，而且还会调制长生不老药，并修习一种叫作龟息功的长生功法。”

始皇帝的面容立即舒展了：“唔？太好了，我要立即见见这个仙人高誓。他在哪里？”

卢生嗫嚅地说：“韩终派人请他，但他在山上，说自已老了，不下山，那座嵛山山林十分茂密，我们后来去请他，但他藏起来了。”

始皇帝大怒：“这个仙人真是没道理，躲避朕是何意思？朕是始皇帝，是唯一继承了天命的人间皇帝，他就算是一个仙人，也不能躲起来不见我啊。我倒要看看他能不能真的躲起来。朕现在传旨，立即放火烧山，看他高誓还躲得下去。”

这个场景，是我师父有一天做梦梦见的。他醒来之后告诉我说，这座山很快要被烧着了，要早做准备。

9

卢生和韩终、石生等几位始皇帝身边的方士和谋臣，带领了一群兵士，杀气腾腾地包围了嵛山。这个时候，师父高誓带着我，在乌龟的引路下，进入隐秘的山洞里躲起来了。

始皇帝下令烧山的命令被火速执行。熊熊的大火就像是风一样，从山脚下蔓延上来。火舌迅疾地将绿色的草地和青绿的灌木，还有高大的乔木全部烧着了。整座大山到处都是火。

大火在东面烧，师父带着我和龟群往西面走。大火在西面烧，师父带着我和龟群往南面走。大火在南面烧，师父带着我和龟群往北面走，大火在北面烧，师父带着我和龟群往地底下藏。

大火烧了好几天，所有的山林都被烧毁了。师父感觉到没有办法再躲藏下去了，只好带着我和龟群现身了。

师父和我身上都盖着湿草叶，从那灰烬遍地和明火暗火不时明灭的山道上穿过，缓慢地下山了。

在我们的身后，走着的是龟群。巨大的陆龟，娇小的旱龟，石龟和草龟，白龟和褐龟，我们全都显身，一起缓慢下山了。

我跟在师父的后面，在出山之前，师父已经把镌刻了龟息功的青白玉导引图郑重地用湿泥封好，交给了我，说：“徒儿，这次可能我们要永别了。始皇帝是一个暴虐之君，我不知道和他会面之后，还能不能脱身。但你是可以逃走的。导引图交给你，龟息功你要带在身上，不断传下去。”

我泪流满面：“师父，我死也要和你在一起！”

“不要说傻话，到时候听我的，我让你走，你就走！”

我们被一众身穿黑衣、身披重甲的兵士带到了始皇帝的行营大帐之内。大帐里，但见灯火通明。师父在前面，抱着一只乌龟，我跟在他后面，手里也抱着一只乌龟，觐见始皇帝。

大帐里的气氛十分肃穆，我跪在那里，不敢抬头，只听见我身前坐着的师父说：“蓬莱人高誓，觐见陛下！”

然后我听到了一个威严而沙哑的声音说：“是仙人高誓吗？”

我师父说：“是高誓，但也是常人，非仙人也。”

始皇帝问：“那仙人高寿啊？”

我师父说：“在下不知有多大年纪了，总之已经很老很老了。”

始皇帝忽然兴致很高地说：“朕早就听说仙人的大名了。仙人羡门，仙人高誓，这一带的人都知道你们两个有二三百岁了。不知仙人可否有长寿之药给朕啊？”

师父说：“在下高誓有长寿之功法，也有养生之草药。”

始皇帝的情绪高涨起来：“唔！是什么长寿之功法？又是什么养生之草药？都给朕献上吧！”

我师父说：“陛下看到我抱着的这只乌龟了吧？高誓一直在修炼一种功法，叫作龟息功。因为乌龟是最长寿的动物，有的都能活几百年。我练习多年，修炼了一身的龟息神功，想给始皇帝献上，并和圣上一起修习，助陛下获得这门功法。另外，我还有亲自采炼的神药丸，吃了之后益寿延年，也想一起献给陛下。”

始皇帝龙颜大悦，起身走过来：“神仙快请起来，这么重要的东西，你给朕带来了，你太好了！”

但我师父依旧长跪不起，说：“高誓恳请始皇帝答应一件事情。”

始皇帝马上有点不悦：“你说。”

“高暂收养过一个孤儿，左腿残疾，行走略有不便。如今这孤儿已经长大成人，就是他。望陛下能够让他现在就走，自己去寻个出路，成家立业，而我愿意跟随陛下的巡狩队伍一起去咸阳都城，把龟息功法传授给陛下，并炼丹。”

始皇帝说：“好！朕同意了。”

师父转过身来，低声对我说：“徒儿，你走吧，往东走，大海是你的方向。”然后大声说，“徒儿，赶紧谢谢陛下！走吧！”

我不由分说伏地叩首之后，立即起身就走。在我的周围是黑压压的人，穿铠甲的人，穿白色、黄色衣服的方士，穿玄色衣服的博士，穿灰色衣服的儒生，还有穿鲜艳衣服的女人，我都不去用正眼看他们，我只管朝外走，朝没有人的地方走。我快步走，使劲走，唯恐始皇帝改变了主意，把我留下来，让我和师父一起跟随他回咸阳。

10

我脱身了，按照师父的指示，我一直向大海的方向走去。

我半路上遇到了一只从大火洗劫过的嵛山上跑下来的麋鹿，它很有灵性地跟着我。我骑上了这只麋鹿，向着大海的方向走。

我走啊走，走了好几天。我来到了海边，然后我在一艘被遗弃的破船上住了下来。

我白天打鱼，晚上练习龟息功法。青白玉的龟息功导引图被我藏在身边。过了不久，就传来了消息，说始皇帝驾崩了。他死了！自从在行宫吃了我师父给他的药丸，肠胃就坏了，一病不起。他气坏了，下令斩杀了我师父高暂，连同我师父带着的那些乌龟。

我还听说，始皇帝巡狩的队伍走到了北边的沙丘，他就不治而亡了。为了掩盖尸体的臭气，卢生、赵高和胡亥一路上用臭鲍鱼覆盖在始皇帝的车上。我忽然明白了，始皇帝的死一定和我师父有关。他也许用有毒的草药，让始皇帝中毒而死。这只是我猜的，我不能肯定这一点，也没有人能证明这一点。

又过了几年，天下大乱，秦二世胡亥也被杀死了。一些流窜的匪徒到处找我。他们也想搜寻长生不老之药。我感觉在岸上已经没有了我的容身之地。

在一个月黑风高的夜晚，我在海边的海滩上，就着月光，看着那些大海龟从海里来到岸上，挖坑产蛋。

等到海龟生产完毕，要回到大海的时候，我主意已定，骑上了一只最大的海龟，呼唤着它。我知道它听懂了我的呼唤。我们朝大海而去，在大海之上，我骑龟而行，我要把龟息功带到遥远的海岛上去，在大海之东，在海市蜃楼里曾经出现的地方，一定有我的藏身之所。

2019年8月4日初稿

易容

1

“听说王莽会变形，是真的吗？”

“我也是听说的，说他会变形成动物，像猪、羊和猴子，说他还会变成一面山墙，一株植物，总之，这王莽想变成什么，他就会变成什么。”

“那他还是人吗？这可能吗？”刘秀很疑惑地问。他想到了自己除了是刘秀，什么都变不成，有点小郁闷。

“我觉得不可能，虽然王莽太坏，这些年干了很多荒唐事，不过他变形成动物、植物和墙壁，还是无稽之谈。不过，他对我们抓到他有严密的准备，这一点倒是真的。比如，他会层层布防，让我们根本就找不着他，让我们进入长安之后一无所获，这是他现在正在做的。”

“那我们怎么办？擒贼先擒王，我现在考虑的就是怎么样才能抓住王莽。”刘秀又问属下。

当时，刘秀的部队在宛城附近的昆阳取得了大捷，显示了他卓越的指挥才能，他也是名声大振。此前，王莽孤注一掷，发布诏书，命令大将王匡率领了十多万人，号称天军三十万，气势汹汹包围了刘秀等绿林军驻扎的昆阳。

刘秀仔细研究军情，让九千人守住昆阳城，自己只带了十几个人冲出包围，前去搬来救兵，然后率领救兵回来，身先士卒，从外围猛力一击，以少胜多，大败了王莽的主力部队。从此，形势发生了很大变化，王莽兵败如山倒了。

现在，更始帝刘玄准备派出一支大军直捣长安，对王莽进行最后一击，但他们不让刘秀领兵去攻打长安，给了他别的任务，这个时候他已经被忌惮了。

刘秀看得很远，他既知道起义军的首领们怎么想，也在想如何让自己更有利。他想出了一个法子，那就是，派一队特遣人马，前往长安直接抓住王莽，立下首功，即使他没有出征长安，人是他擒获的，就很难有人和他争功。

现在遇到的最大的难题就是，王莽异常狡诈，他在宫内设置了很多关卡，防备措施很多，很难抓捕。抓不到王莽，一切都是白搭。

众人都沉默了，似乎感到了毫无办法。这时，陈坪站出来说话了：“我们解了昆阳之围，军心大振，在招兵买马的时候，我听说当地有一位侠客，擅长剑术和易容术。所以，不管王莽会变成什么，只要是他出马，以易容术对待，就能出奇制胜。”

刘秀很兴奋：“啊！那这人太重要了，赶紧把他找来。这个人是谁啊？”

陈坪犹豫了一下子：“不知道他愿不愿意从军打仗，还要去做抓王莽这样极其危险的事情。他叫孟凡人，是个独行侠，他就住在宝天曼山下的石头镇子里。我马上去办。”

刘秀说：“咱解救了昆阳，避免了王莽军的一场杀戮。对那里的人有恩德。估计他会帮我们的。”

2

当天下午，陈坪派人从宝天曼山下的镇子里，找到了孟凡人，并把他请到了刘秀的军中帐。

眼下军情紧急，不能耽误事儿，昆阳大胜之后，刘秀要立即整军出击其他王莽军，即将开拔北上。说是孟凡人。一见之下，刘秀十分喜欢眼前这个清秀的少年。这个孟凡人看上去像是一个面皮白皙，嘴唇红润的女子。男人女相，这可能是他会易容术的关键。他身后还背着一把长剑，腰间悬着一把短剑。

“孟凡人参见将军。”

“快快请起！”刘秀把他搀扶起来，笑着说，“你长得够俊美的了。你已经知道我请你来的原因吧？”

孟凡人说：“知道，我除了会剑术，还会易容术。社会上都传说王莽会变形，虽然是夸大，也让起义军挠头。将军您请我来，就是为了抓住王莽，这是关键。他太狡猾了。”

刘秀拍了拍手，大笑：“对的。你很聪明。剑术我懂一点，但我不懂易容术，你给我说说。”

孟凡人说：“将军，这易容术，就是改变容貌之术。还可细分为化妆术和乔扮术。化妆术采用一些材料，如各种脂粉，蛋清和其他颜料来改变形貌，男变女、女变男都可以用化妆术。那么乔扮术呢，主要靠衣服的搭配和制作面具。我特制了一种胶质面具，这种胶质面具很薄，只比人的脸皮稍微厚一点，用笔在面皮上迅速画出眉毛鼻子眼睛，然后戴在脸上，再以衣服装扮起来，就能假扮他人了。易容术的要诀就是速度要快。迅速摘取和换上面具，达到扮作他人的效果，这需要长期练习才可以成功。我妈在我很小的时候，就把我打扮成一个女孩，等到我十二岁之后遗精了，才明白自己是个男孩，于是，几个家族中的女眷就教我易容，我也喜欢上了易容术，常常在家里变作他人，当作游戏罢了。男变女、女变男我都擅长。”

刘秀兴致很高：“原来如此。怪不得你像个女孩，却是男身。这下好了，你要是扮成王莽喜欢的女人，他肯定上当。”

陈坪说：“我还练了十年的剑术。这一次，将军在昆阳之战中是个孤胆英雄，大败王莽军，解救了昆阳城里我的父老乡亲，我们都记着这个恩德呢。而我自幼在昆阳长大，有点武艺，又学了易容术，也没有别的用处，就想报答您，辅佐将军抓住无道之君、篡权者王莽，恢复汉室，重振雄风。”

刘秀很高兴：“太好了，那我就有信心了。光复汉室是后面的事，现在群雄竞起，还有很多场恶战。有人小心眼，害怕我立头功，不让我率部攻打长安城。我只好单独派一支小队，一共五十个人，保护你去抓王莽。只要抓住了他，王莽的新朝才算完蛋，我们才算胜利了。”

接下来，刘秀和陈坪拿出来早就准备好的王莽身边将领、谋臣和妻小的名单和画像，一一讲解给他，这里面还包括了王莽死去的大儿子王宇的画像。

陈坪还拿出来长安城的皇宫地图，仔细研究王莽的藏身之处，让孟凡人了然于心。

刘秀又说：“此行很危险，让你执行这么重的任务，是我们也没有更多的办法。你多保重。要是在长安遇到危险，就撤出来。留得青山在，不怕没柴烧。咱不做无谓的牺牲。”

孟凡人很感动，他觉得刘秀想问题很全面，点了点头：“您放心吧，只要我进了长安城，就有好戏看了。我会用易容术假扮我见到的任何人，和刚才画像上的王莽身边的人，这样就能叫开城门，通过关卡，逐渐接近目标。这是一个过程，每个环节都很重要，因为王莽也是被一圈一圈的人保护着。将军你看，我备用的胶质面具很薄，我都做好了，带在身上。”

刘秀小心地从孟凡人的手上那锡纸包裹的面皮中，取出来一张，仔细地观瞧，那胶质面皮薄薄的，就像是人的脸被剥下来了一样。

他十分惊叹，说：“嗯，我觉得你能成功。五十人整装待发，都准备好了，现在你就可以出发。”

3

那么，王莽的情况怎么样呢？他的主力部队自从昆阳之战被绿林军大败之后，困在长安城内的王莽的心情就跌入了低谷。他想，也许他最怕的结果要来了——起义军推翻他的王朝，复兴刘姓汉室。

从外人的眼光看来，近些年王莽越来越不靠谱，神经兮兮的，碰到风吹草动，更是有些疑神疑鬼的。于是，他更听信方士的建议，在天凤四年的时候，为了祈求神灵保佑，对付刘秀为首的起义军，他下令手下用五色药石和青铜混合在一起，铸造了一个长二尺五寸，形状像北斗的铜威斗。

威斗在他手里，就象征着权力在他这里，谁也抢不走。他很信这个说法。铜威斗很重，由几个司官换着背，一个人还背不动呢。因为他不能离开这个玩意儿，不能一抬眼看不见这个玩意儿。威斗就是权柄的化身，威斗在他身边，他就有权，不在他的视野之内，他就惊惶不安。尤其是一出宫，几个司官就累得够呛，总要有一个司官背着威斗走在他边上。威斗随着时间的变化而不断转动，王莽在宫内处理公务，这个威斗的斗柄要一直对着王莽坐的位置，决不能偏离方向。他想用这个威斗镇住各路邪魔歪道一般的起义军。结果呢，刘玄、刘秀的起义军却是势如破竹，不断打败他的部队。

到了天凤六年，为了改变运势，他下令颁布了赓续三万六千年的新历法，还派人在各地给百姓宣讲新历法，说自己建立的朝代，将延续三万六千年。王莽想用这次新历法的颁布，使风起云涌的起义军在上天超自然的支配力量运转之下，自行消解。结果事与愿违，他的军队不断遭到起义军的迎头痛击，步步紧逼。

新历法颁布的第二年，有一个骗子为了混口饭吃，就托人告诉王莽，说他会望气，想帮王莽看看他的王气。

王莽这时更加迷信谶纬了，就赶紧召见了这个人。那人说，现在长安城内出现了一种气，这个气很有利于王莽朝廷。这种气叫作土功象，只要王莽立即在都城大兴土木，盖一些新的宗庙，就能镇住起义军的势头。

王莽信以为真，他征召劳役十多万人，钱不够就卖官，接连建了九座庙。浩大的工程使一万多工匠死在工地上。他想求助于祖宗之灵护佑他，可起义军杀声震天，不断逼近长安城。

尤其是，王莽看到各地的刘姓宗室纷纷起兵讨伐他，恼羞成怒。他一不做二不休，除了汉武帝和汉元帝的祀庙，他把其余汉朝皇帝的祀庙全部毁掉，把刘姓皇族宗室的公、侯、伯、子、男的爵位全部剥夺。这么一来，刘姓宗室更是看清楚了他伪装了多年的虚伪面目。

有一天，王莽做了一个噩梦，梦见长乐宫中铸造的铜人，竟然有五座站起来复活了，还向他走了过来。那些铜人十分巨大，拖长的身影就像巨兽一样，把躺在龙床上的王莽覆盖了，让他彻底被黑暗包围。

他大叫一声，醒过来了。醒来后赶紧找郎官算了一卦。他信赖的郎官阳成修来了。前一段时间，王莽的妻子死了，阳成修刚给他献上了符命，那个符命也很滑稽：让他派出四十五个人去寻找妃子，这年月，得娶妃子才能有喜气。四十五个人刚刚派出去。

听到王莽做了这样一个梦，阳成修故作紧张地说："皇上啊，这长乐宫里面的铜人都是汉朝的旧物，而且那些铜人身上铸有'皇帝初兼天下'的铭文，对陛下十分不利。"

王莽脑袋大了："那朕该怎么办？"

"把那些铭文磨去就好了。陛下就有个安稳觉可以睡了。"看到王莽越来越慌乱，阳成修内心窃笑。

王莽就听了阳成修的话，赶紧派人去长乐宫，把那些铜人身上的字磨掉了。磨掉了铜人身上"皇帝初兼天下"这几个字之后，当天晚上他又做了一个梦，梦见了汉高祖刘邦端坐着遥遥地看着他不说话，不怒自威。从汉高祖的身后走出来一位手拿拂尘的道人，大声谴责他："王莽狂徒，你篡了大汉的江山，必遭天谴！"

王莽一惊，醒了过来，大汗淋漓，十分惧怕。想来想去，又找来了郎官阳成修，问他这个梦到底是什么意思。

阳成修说："嗯，这肯定是刘姓宗室在作怪了。他们四下起兵造反，一定要想个办法……"

他给王莽悄悄耳语了几句，大概是害怕被汉高祖的神灵听见吧。

王莽的脸上露出了喜色。当天下午，他命令全副武装的虎贲武士前往汉高祖的祀庙，拔剑四下砍杀空气。又命令铁甲士兵用斧子砍烂了汉高祖祀庙窗户的窗棂，还把桃子煮成粉褐色的汤汁，泼洒在四面墙壁上，污秽了高祖刘邦祀庙的墙壁，因为桃汁可以驱邪，能挡住汉高祖的神灵不要出来诅咒他。

他亲眼看到了这一番破坏，心满意足，但还是不放心，又命令军中的轻车校尉带兵驻扎在高祖的庙里，让一些守卫京师的士兵住在汉高祖的陵园里，以为这样就能阻挡汉朝那些皇帝对他的威压和诅咒了。

可是，汉朝刘姓宗室参与起兵反对他的越来越多。他的精神更加紧张了。术士崔发给他出了一个主意："传说，当年黄帝曾经造了华盖，登天变为仙人，陛下您功德至大，也完全可以效仿登天变仙人。陛下本来就是仙人变的。"

王莽大喜过望，命令工匠建造了一座九重华盖车，高达八丈一尺，下面还装了四个车轮，用六匹马拉着走，帷幕把车轮遮蔽，他一出行，就有三百个身穿黄色衣服的士兵围着前进，华盖车上有几个鼓手一边击鼓，一边和驾驭华盖的人大声喊着："登仙！登仙！登仙！"王莽乘坐的舆车就跟在后面，他透过窗帘子的缝隙悄悄地观察着围观的人。

人们一看见这辆王莽的"仙车"经过，都窃窃私语，交头接耳，嘲笑不已。觉得王莽的神经肯定不怎么正常了。

4

地皇三年的正月，王莽下令建造的九座庙宇建成，里面安放了王莽的列祖列宗，和保护他的神灵牌位。

为了庆祝建九庙成功，王莽举行了一次大典。他坐着六匹马拉着的车子，六匹大马被装扮得花枝招展，每匹马身上都穿着五彩毛线织就的龙纹毯子，还有流苏悬垂，在马的脑袋上，戴上了一个三尺长的犄角直冲前方。最前面是他那辆高达八丈一尺的华盖车开道，后面跟着铁甲虎贲骑士，坐在十辆车上，旌旗招展，八面威风。王莽在九座庙里的牌位面前一一上香祭拜。忙活了一整天，他回到宫内，对支持他建庙的手下人都进行了封赏，算是睡了几天安稳觉。

转眼到了二月，忽然，正在整修换木料的灞桥失火了，上千人救火都没有成功，长安通向东方的灞桥完全被烧毁了。

这个着火事件让王莽立马感到了不安，他叫来了郎官阳成修，问他这是凶兆，还是吉兆。

阳成修已经摸清楚了王莽的脾性，他说："大吉啊。大火烧了旧桥，等待新朝皇帝盖新桥，当然是吉兆。陛下可以再盖一座石桥，改名为长存桥，寓意是新朝长存！"

王莽放下了一颗悬着的脆弱的小心灵，他赏赐了阳成修很多金银。

但局势继续恶化中。地皇四年的秋天，王莽原来的手下隗嚣在陇西割据称雄，发布檄文讨伐王莽。

王莽气坏了，不知道怎么办，到处问计。

术士张邯献上了一个妙计："陛下，《周礼》和《春秋左传》上都记载，国家遇到了大的灾难，可以用哭号来上达天庭消灾避祸，陛下不妨有样学样，也来一个郊野哭诉，这样的话，上天看到陛下这么难，就肯定会帮助陛下的。"

王莽到了无计可施的地步，觉得这也是一个好主意。

他率领着群臣，来到了长安的郊外，设立祭坛，对着苍天哭诉，把他当年应了符命的预言当了皇帝的过程都讲了一遍。"苍天有眼啊，不是我王莽要当皇帝的啊，是上天开眼，给了我当皇帝的天命，为何现在苍天你反而不帮助我剿灭那些反叛的贼人？如果这一切都是臣的错，那就让上天发下雷霆，来诛杀臣莽吧！"

王莽一边讲着嘟囔着，都是车轱辘话，一边大哭，到了最后，他顿足捶胸号啕不止。但却是叫天天不应，叫地地不灵，总之，没有什么反应。跟他上次娶了一位新妃子，办婚礼的时候忽然来了一阵大风，将大树连根拔起完全不一样。王莽假装哭晕过去了。手下人慌作一团，赶紧用凉水扑面，丸药补气，王莽才醒转了过来。

他回到了宫内，写了一篇祭天的文章，祈求上天让他渡过灾厄，并下令让一些郎官带领百姓也到长安郊外去野哭，还早晚各一次。老百姓觉得这个王莽实在是有毛病，但到郊外野哭有一大好处就是管饭，有肉粥喝，那么假装哭几下还能吃饱肚子，何乐而不为呢？有些饥民为了吃饱肚子，就早晚各一次去郊外假装哭天。

王莽这么娶妃子、登仙台、哭天哭地，还是阻挡不住起义大军的步伐。这些瞎折腾只是短暂治疗了王莽的恐惧症。眼看着起义军的大部队就这么直冲长安城而来了。

现在，王莽在宫墙内能听到四面的喊杀声。这个时候，他是绝望呢，还是更加绝望呢？王莽就放出了所有的囚犯，命令他们拿起武器，去和起义军战斗。结果囚犯一放出来，就鸟兽散了。

5

起义大军在城外围住了长安，不断施放乱箭。

孟凡人也来到了城外，但他牢记自己的首要任务就是抓到王莽。他的左右小腿的靴子处插着两把匕首，手里拿着一柄长剑，迎着逃跑的人流向前冲，必须要擒贼先擒王。

面对长安城，但见巍峨的城墙高大无比，起义军喊杀声震天。这一天他记得很清楚，是十月一日，没多久，他们一下子就随着攻城车撞开了城门，他们攻入了宣平门。他和五十个勇士，剥下一些战死的王莽士兵的盔甲穿戴装扮好，混在跑进跑出的人群中。

长安城内，很多地方都在燃烧，尤其是外城的不少民居和官署，被义军发射的带着燃烧的毛毡的火箭射中，在熊熊燃烧，浓烟滚滚。男男女女哭号着到处跑，真是乱得不能再乱了。

这时，忽然从城内冲出一彪人马，马上端坐一个人，神色慌张，想赶紧逃走。有人大喊：“他是王莽的大爪牙张邯！就是他，整天用符命在那里欺骗百姓，让我们去郊野哭天的！”

孟凡人腾跃而起，在空中左手甩出一条白练，一下子将张邯缠绕住，猛地一拉就把他拉了下来。众人冲了上去，刺死了他，孟凡人说：“慢点，不要毁了他的脸。”可他们一下子就把张邯杀死了。

孟凡人赶紧挤进去，看了看张邯的脸，快速取出面膜，用笔画了十几笔，然后迅速把面皮戴在自己的脸上，身边的勇士一看，惊呆了：“太像了，你简直就是张邯在世啊。”

“哎呦，那个死人才是。”孟凡人指着张邯的尸体说。

大家笑了起来。孟凡人说：“跟我走！小心暗箭。”

在长安城内，由线人带领，他们一处处地搜寻前进，一处处地清剿进击。孟凡人扮作张邯，前往皇宫大门。在皇宫的门口，围着一群王莽的将士。为首的是一个大将，他盔甲满身，骑在高头大马之上，这个人是大将王邑。在他后面跟了几百兵士，正准备做最后一搏。看到潮涌过来的义军，他的兵士上前迎战，一时之间打成了一片。王莽的人是誓死守城，在做最后一搏，因此作战十分勇猛，很有战斗力，眼看着孟凡人带的五十人死了一半，要被打败，孟凡人冲了上去。

王邑看到了他，大喜过望：“张邯，是你来了！你快来和我会合，一起杀贼啊，听说他们从两个城门冲进来了。”

但孟凡人手中的长剑一挥，王邑手中的长枪被削断。这削铁如泥的宝剑让王邑惊呆了，孟凡人扯下了脸上的面皮，再一剑刺中王邑。

王邑掉下马来，被愤怒的义军杀死。孟凡人取了袋中的面皮，按照王邑的脸面覆膜，画了一阵子，迅速剥下王邑的铠甲和披风，扮作了王邑，带着剩下的二十多位勇士，朝宫内进发。

6

长安都城的宫门坚固无比。紧紧跟随孟凡人的，是拿着长安地图的一个勇士。但那张地图被汗水浸湿损坏了，看不清楚了。而孟凡人只是依稀记得路线和各道宫门和暗门的名称，却不知道方位在哪里。

这时，长安城内有两个年轻人，带领着一群百姓出逃，一看就知道他们是从外面打进来的起义军。为首的两个年轻人走过来介绍说，他们是朱弟和张鱼，正带着一些人往外逃，说里面每一个关卡都有王莽的人把守。

孟凡人问："你们知道敬法殿的小门在哪里吗？"

朱弟和张鱼就指引他们来到了敬法殿的小门外。

孟凡人上前敲了敲宫门，大喊："我是王邑，开门！"

门内的卫士和宦官听到外面有人喊，打开了一道门缝，一看有一队人马，铠甲满身，为首的一个骑在马上威风凛凛，真是大将军王邑，立即开了门。

等到孟凡人骑马冲进去，他们看见了他身后的那些人，又把门关上了。

在孟凡人的前面五十步外，有一百多手持弓箭的卫兵列阵相迎，有一个卫尉在指挥，喊道："放箭！"

王莽军百箭齐发，孟凡人以一当百，他骑的马咴咴叫着，中箭倒地了。但孟凡人刚一沾地就闪展腾跃而起，手中的剑挥舞得密不透风，格挡中听见箭嗖嗖地落在了地上，成了垂死的蚯蚓样的断箭。

在这紧急关头，孟凡人的身后小门洞开，是朱弟和张鱼用斧头劈开了小门，引领几十个勇士进入到了皇宫之内，冲进了那些弓箭手的队列。短兵相接，孟凡人带的这些人武艺高强，弓箭手无法抵挡。这一阵厮杀之后，弓箭手死伤大半，很快退去。

一进入皇宫，但见皇宫宫殿巍峨肃穆，不见一个人影。他们绕过去打开了宫殿大门，冲进了空无一人的内宫。

嗖嗖的声音在孟凡人的耳边响起，他看见，内宫守卫不断射箭，有的带着火毡，有的带着呼哨，从天空中划过。大殿立即起火了。孟凡人骑马飞奔在前，一路向前。

忽然他听到有人喊："王邑大将军，救我！"

有人看到了扮作王邑的孟凡人冲了过来，随着这一声喊，着火的宫殿里奔跑出来一些女眷和宦官，大火开始熊熊燃烧，烧到了承明殿前，被义军从大殿之内架着的一个女人在冲着他喊。

她是王莽的亲女儿，死去的汉平帝的皇后。而汉平帝是被王莽毒死的，这天下谁都知道。看着眼前这个汉家皇后被义军抓捕，孟凡人笑了笑，取下了面膜："我不是王邑，我叫孟凡人。"

她大喊一声："啊！我哪还有脸再见汉家祖先啊！"

然后，她奋力挣脱了众人对她的束缚，奔向了那一团燃烧着的火焰，一下子扑了进去，把自己烧成了个火球，自焚而死。

亲眼见到这么惨烈的自杀，孟凡人叹息："也算是个烈女啊。"

7

就这样，孟凡人带领着一小股越来越少却越战越勇的勇士，逐步地接近了皇宫内部的王莽藏身之处。他们向前冲，一道道的宫殿大门处，都有着王莽的死党守护在那里。

他扮作了王邑，让王巡上当，然后，他们的勇士击杀了王巡。

孟凡人剥了王巡的衣服，抓紧描摹了王巡的脸面，扮作了王巡，继续进击，然后遇到了王莽手下的猛将赵博，带着一彪人马挡在了前面。

赵博看到王巡来了，放松了警惕，把孟凡人当作了王巡，可那人不是王巡，等到他上当之后，勇士把他俘获，要砍他的脑袋的时候，他说："王巡！你这个叛贼！皇帝真是瞎了眼啊，竟然把你当作了心腹。"

"我是孟凡人"，他说着摘去王巡的面膜。

赵博气坏了，大叫一声，拔剑自刎而死。

孟凡人要取他的面膜。但赵博那张生气的脸很难复原，需要稍微按摩一会儿，让那张脸复原成正常表情的脸。然后，孟凡人就慢慢按摩，内心里的感受很复杂。他用胶膜复原了赵博的脸，做成面膜，戴在了脸上。孟凡人现在成了猛将赵博，继续进击。

他碰到了苗䜣在前面守卫一道关卡。假扮的赵博取得了苗䜣的信任，他打开了一道宫门。

他们进去抓到了他，他不服，大叫："你是谁？你不是赵博吗？"

"我不是赵博，我是孟凡人。"孟凡人身边现在只剩下十几个人了。他心里说，是的，我就是一个凡人。今后也不会让别人知道我这一次的易容。我会剑术，会易容术，扮作他人是我最擅长的事情，我欺骗了你，对不起了，可这场殊死的战斗需要这个，需要兵不厌诈。

苗䜣当场被孟凡人带的勇士砍死了。血腥味让孟凡人有点恶心，他强忍着没有吐出来。整个长安都陷入了血海，到处都是鲜血在喷溅，他都能想象这一刻城破之后的情景。

他的心里有点惋惜，要是这几位猛将都不死，都变成刘秀手下的大将该多好。可他知道，这种情况，每个人都是身不由己，各为其主罢了。阵营决定了命运。就像谁说的，跟人必须跟对。

孟凡人又扮作了苗䜣，遇到了守将唐尊带着一彪人马。这简直就是打一关过一关啊，好吧，孟凡人扮作了苗䜣，让唐尊上了当，唐尊完蛋了。

接着，他扮作了唐尊，然后碰到了王盛。

王盛被抓到了，还是不服："你不是唐尊吗？"

孟凡人摘下了唐尊的面膜。

"我不认识你啊，你是谁！"他怒吼着。

"你当然不认识我。我是一个凡人，你怎么能认识我呢？你不是王莽手下的大将，官拜上将军吗？王莽不是给你加官进爵，让你飞黄腾达吗？

现在，你是我的阶下囚。”

王盛垂头丧气了，一点盛气凌人的架势都没有了。有权的人一旦失去了权力，那就真的是虎落平阳被犬欺，落毛凤凰不如鸡了。

“你也白姓了王。如今王家要完了。王莽连累了王家，你们王家作为外戚，要覆灭了。”

然后他的勇士杀了王盛。这样孟凡人以易容术乔扮他人，带领勇士连过七关，分别杀死了张邯、王邑、王巡、赵博、苗䜣、唐尊、王盛，逼近了内宫殿前。

8

此时的王莽，正躲在宣室前殿躲避外殿的大火。

眼看着火苗子席卷着一座座木头的宫殿，王莽喃喃自语：“早知道这大殿是木头的，并不耐火，我真是应该把宫殿建成石头的。只有石头的宫殿，才更坚固，更耐得住火烧，耐得住水淹，耐得住虫蛀，耐得住斧砍啊！”

在他的身边，一群跟着他的宦官和妇人在哭哭啼啼，六神无主。

王莽被风刮过来的烟熏得直咳嗽。他身上的玺韨悬垂着，手里拿着一把匕首，一位司天郎官捧着显示时刻的栻，随时报告王莽时间是多少：“陛下，现在是午时三刻了。”

王莽看着另一个司官背着的威斗也在随着时间转动着，然后按照时刻变化的方向，他随时端坐在斗柄之上。

听着外面喊杀声阵阵，烟火腾腾，王莽觉得自己坐在威斗之上，奉天承运，胜利的天平依旧在他这一边。但内心里实在有些惊慌，他大叫着给自己打气：“上天给了至尊之位，外面的反贼都是虾兵蟹将，奈我如何！”

眼看着义军就要攻破最后一道门，王莽的一个近侍说：“陛下，赶紧逃吧，这宫殿守不住，大火马上要烧过来了。”

他们簇拥着神智都有些混乱了的王莽，穿过了前殿的一处暗道，出了西白虎门，驾着马车逃到了渐台之上。渐台是一个皇宫内苑的小岛，四面环水，岛上有亭台楼阁，是一个躲避的好去处。

王莽抱着符命，司官拿着威斗，群臣和兵士、死党几百人，最后据守在渐台之上，负隅顽抗。

孟凡人带着勇士攻占了王莽平时活动的宫殿，却见到了空空的宝座。跟着来的起义军焚烧了宝座和宫殿，象征王莽新朝政权的勤政大殿被烧着了。

一些义军手拿利刃，押着一群宦官、士兵和宫女，大声喝问："反虏王莽到底在哪里？"

一个妃子模样的女子说："他们逃到了南面的渐台之上了。渐台有桥，被他们拆掉了。"

孟凡人到达渐台前，看到义军正在对渐台发起攻击。亭台楼阁之外，是假山假石，义军不断蜂拥而至，多达万人，把渐台围了个水泄不通。

孟凡人指挥大家喊："王莽贼人，投降受死！"然后，万箭齐发。只见渐台上王莽的那些随从、兵士、宫女、宦官纷纷倒地。

渐台上的桥被王莽的随从拆毁了。义军立即架设渡桥，还有一些涉水泅渡，冲上了渐台。

这是一场恶战。王莽的人拼死决战，义军誓死要抓到王莽，双方展开了血战。眼看着到了黄昏时分，天色渐晚，义军点亮了风灯和蜡烛，在死尸堆里面寻找王莽，却怎么也找不到他的踪迹。难道王莽真的变成别的东西不见了？

孟凡人扮作了王莽的儿子王宇，穿着王宇在吕宽案中受到牵连时穿的衣服，模仿王宇的声音在喊："父皇——我是王宇——我来找你了——"

忽然，他看见在一间很小的屋子里，有人影在晃动。孟凡人破门而入，看见几具尸体悬挂在梁上，男女都有，是些宦官和宫人。等了一会儿，他又喊："我是王宇——我来找你了——"

一个峨冠博带的男人，从一面柜子的后面走了出来。他老泪纵横，泪流满面。

"是我儿王宇吗？父皇我不是已经把你投入死牢了吗？他们告诉我，你已经死了啊——"

孟凡人一看，眼前的这个人就是王莽。他立即去掉了王宇的面膜，露出真容。

王莽说："你、你、你不是我儿王宇——"

孟凡人说："看来你不会变形，背叛汉室的逆贼，我才不是你的儿子王宇呢。你想想吧，是你十多年前就杀死了你的大儿子王宇，把你的亲孙子王宗也杀死了。你心狠手辣，连猪狗都不如，却当上了天子，让天下人耻笑。"

王莽一惊："你是谁？王宇和王宗，是两个逆子逆孙！他们两个人前后脚用符命来诅咒我，害我！企图用我的办法夺我的皇位。即使是我的骨肉，也不能这么无耻吧。王宇的儿子、我的孙子王宗更坏，他竟然画自己穿了天子衣冠的全身像！大逆不道吧？他还刻了三个想继承大统的印章，悄悄埋在山里面，被我逼问出来了，王宗害怕，就自杀了，他不是我杀的——这些人——"

王莽的声音很苍凉。这是百感交集的时刻，这是乱了方寸，也是一切即将结束的时刻。

"你看看你现在，是什么下场？你和你的正妻生了四个儿子，现在还有几个？一个都没有了，对不对？大儿子王宇因娘舅吕宽案牵连，死了。二儿子王获因为杀奴事件，被你逼令自杀，你以此来收买天下人心。三儿子王安因病而死，倒也善终。四儿子王临自杀身亡，加上大孙子王宗死于自裁，你说说看，你是不是儿孙血脉都败坏，教子无方断后代？更别说你做的祸国殃民的那些事情了。你是不是应该以死向天下人谢罪？”

王莽哑口无言，刚想分辩，孟凡人的身后已经站着好几个人，都知道他是王莽。一个叫杜吴的人，冲过去一刀就刺进了王莽的肚子，王莽手里拿着符命，玺韨垂地，“啊啊”了两声，倒地而亡。

校尉公宾上前，取下了王莽身上戴的绶带，然后割下了王莽的头。孟凡人退后，看到其他义军士兵上前，对着王莽的无头尸发泄。

王莽的头颅后来被交给了当时在长安城内的起义军最高指挥官王宪，王宪这个时候却正忙着霸占王莽的妻妾妃子淫乱取乐呢。他白天穿着王莽的帝服，乘坐王莽的华盖车在长安城内招摇。

三天之后，由李松、邓晔率领的起义军大部队进入长安，将擅权越轨的王宪逮捕斩首了。

王莽的头被快马火速送到了还在宛城驻扎的更始帝刘玄那里。刘玄下令把王莽的头悬挂在宛城的城门之上。

围观的人太多了，有人爬上城门，把王莽的头扔下来，扔在了大街上。那些人把王莽的头在街上踢来踢去的。王莽的舌头也被他们割掉了，因为他太喜欢骗人，说了太多骗人的话。

9

刘秀对孟凡人的这一次行动十分满意，他说：“要不是你抓到王莽，我们取得胜利会很难很难。你的易容术起到了很大作用，武艺也高强，做到了全身而退。”他饶有兴趣地说，“我在想，你易容成我刘秀让我看看开开眼，怎么样？”

孟凡人迟疑了一下，说：“好。如果将军执意如此，那我就冒犯了。请您给我一套您平时穿的便服，我先出去，等一会儿再进来。”

刘秀说：“拿我的一套便服来！”

陈坪接过了随从拿来的便服，递给了孟凡人。他一拜，然后捧着刘秀的便服出了房间。

不到半个时辰，孟凡人再度返回，刘秀一看，惊呆了。眼前这个人，分明就是我刘秀啊！只见两个刘秀简直分不出你我，都是威武中带着清秀，清秀中带着杀气，杀气中带着豪迈，豪迈中带着淡定。孟凡人衣袂飘飘，不仅眉眼形象酷似刘秀，走路做派也像刘秀，连气质也是刘秀的气质。

大家都看呆了，这难道是刘秀的孪生兄弟？众人看看真刘秀，又看看易容装扮的假刘秀，实在觉得难以分辨。

刘秀的脸色大变。孟凡人在一瞬间察觉到了他的脸色大变，知道了刘秀瞬间的心理活动，他感到有点害怕了。

他知道，刘秀内心忽然萌生出一点杀机。孟凡人想，王莽现在死了，他的新朝覆灭了。更始帝刘玄却是一个胸无大志、软弱无能的人。而刘秀却有着一般人没有的韬略和长远的眼光。他必将崛起于这个乱世，成为真正的更始帝——一切重新开始。他也很快要对其他各路起义军进击了。

但孟凡人听到的却是刘秀说出口的话：“孟凡人，你果然是一个奇人。你留下来吧，我刘秀需要你帮我打江山。”

孟凡人笑了笑，没有说话。

天黑之后，孟凡人不辞而别，离开了刘秀的大帐，远走高飞了。

10

孟凡人去了哪里？谁也不知道。总之，他去了一个别人找不到的地方。十年后他听说刘秀还在战斗。刘秀在艰苦卓绝地一步步打败其他各路豪雄。他节节胜利，那些人节节败退。

孟凡人早就知道，刘秀肯定会取得最终的胜利，当上皇帝的，他将复兴汉室，重振大汉雄风。他相信这一点。

至于他，则在一处没人注意的南方小村庄住下来。他和一个叫楚佩瑶的乡间姑娘结婚了，他们还有一个九岁的儿子和一个七岁的女儿。

他的妻子楚佩瑶喜欢养花种草，喜欢自己裁剪衣服，种菜做饭，也喜欢易容术。有时候为了取乐，他们夫妻俩互相假扮对方，然后一起上街去赶集买菜，没有人能分辨出来。

他还是一个凡人，隐姓埋名的孟凡人。他有时候想，做凡人真好，比做达官贵人好，尤其比做皇帝不知道要好多少倍。睡得心安，也不用害怕什么，只要明天早晨一睁眼，就能看见家人都在身边，这多么好。

2020 年 1 月 16 日

刀铭

1

中常侍单超找到我的时候，我正在练习刀法。

刀，不知道从何时诞生，师父在北山上教我练刀的时候，曾给我看过他珍藏的两把古刀，一把是石刀，一把是骨刀，锋刃已经没了。

“这两把刀，是我小时候在芜山上学武艺，我的师父传给我的。他当时说，这两把刀是刀祖，是从古人那里传下来的，不知经历了多少年多少代了。现在，你的刀术技艺已成，可以出山了！我的师父早就死了，现在，我传给你。”

我赶紧跪下来：“师父！弟子学艺未成，不能接刀。”我知道我一旦接了这两把刀祖，我就要被师父赶出山了。

师父不语，冷不丁他左手石刀、右手骨刀，劈头就向我砍抹而来。

师父教我的荒芜刀术有十种技艺：劈、砍、剪、扎、剁、撩、抹、刺、崩、磕。我跟着师父练了十几年，对荒芜刀术早就了然于胸，立即用我的木刀接招。木是青冈木，十分坚硬。这是我平时练习刀术时，用来和师父对打的。

我和师父对刀，刀所到之处，会带来风的旋涡，看不见，但能听见，能够感觉到。只要是我和师父对练刀术，就会引来一群猿猴，在附近的大树间大呼小叫，好不热闹。有时还会有群鸟聚集在四周，刀和刀相击，相磕碰，发出钝响，此时是三把刀在缠斗，石刀、骨刀和木刀。三把刀将两个人影裹在了里面，看不见人，只见人影在旋转，在闪展腾挪，蓦然间，猿猴惊叫，我师父的身影定住了，群鸟飞起来，呼啦啦腾空而去，咔嚓一声响，半空中掉下来一些东西。

我定下神，只见地上有两片东西，原来是师父的石刀和骨刀已然被我的木刀击断，横生生从中间断为两截，刀柄还握在我师父手里，刀身却像抽搐的蛇身一样躺在地上。

我呆住了，单腿跪下来大叫："师父，徒弟有罪——"那些看热闹的猿猴，也感觉我惹了祸，全都呼啸而去，不见了。

师父哈哈大笑："徒儿啊，你不仅无罪，你还能出师了！你走吧，从此你要独自行走江湖了。师父送给你两个字，显、隐。"

我磕头不起："师父，我不愿意下山——"

师父的嘴里却说："两把刀祖被你的木刀击断，说明你的武艺很强，让师父欣慰了。师父送你显和隐这两个字，就像明和暗、阴和阳一样，你自己要时时琢磨。显，就是作为刀客，该你露头的时候，要匡扶正义，要为民除害，要分忧解难。隐，就是一旦遇到了厄难，就必须要隐藏起来，就像刀锋需要隐藏一样，你也要隐起来。天下不太平，我隐藏起来已经有很多年了。现在，你可以下山了！"

就这样，不管我愿意不愿意，我只能下山了。

我来到了京都洛阳城。

在城内，我在一家铁匠铺干活，一开始是小伙计，这家铁匠铺主要是打造农具，后来我学习了错金银的镶嵌手法，开始打造环首刀剑，很受欢迎。为了温习武艺，我隔天就拿着木刀晚上在城外练习，等我练过之后，周围的树总要落满一地树叶。

有天晚上，我正在温习荒芜刀法，一个人出现在暗影里。我说："我看见你了，你走出来吧。"

他走了出来，对我说："陈阳，我们知道你不仅是铁匠和错工，你还是一个隐藏起来的刀客。我是皇帝身边的人，中常侍单超。现在，我们需要你，需要一些勇士，关键的时候，你要听我的号令。"

我明白了，单超作为中常侍，亲自找到我，亮明了身份，那就是皇帝在秘密发号施令。我问："要是我不听呢？"

"那你要么离开这里，隐姓埋名，要么被我们抓起来处死。"

我想起了师父的叮咛，想了想，说："好，你既然是皇帝身边的人，那我答应你。"

"陈阳，需要你的时候，我会派人来找你的。"单超说完，隐入黑色的树影里不见了。

2

一年之后，中常侍单超找到了我。"陈阳，现在需要你行动了。"

我问："我应该怎么做？"

"你现在要做的，就是打造一把环首刀，然后敬献给护卫京城的卫尉梁豪，来作为见面礼。他现在需要一把宝刀。这把刀现在由你来打造。"

"好。我把刀献给卫尉梁豪，接下来怎么做呢？"

“你把宝刀敬献给卫尉梁豪，然后再展示你的刀术，请求成为他的部下。他看到你刀术高强，会收你为贴身护卫。你就在他手下担任护卫，继续隐身。等到机会成熟，我会通知你做什么。那个时候是什么时候，我们现在也不知道，也许很快，也许很慢，也许就不会找你了。一旦找你，你就要起关键作用。”

我点了点头。皇帝的目标，会是谁呢？谁能威胁皇帝的权力呢？一定是掌握军权的人，一定是梁姓人了。如今，大将军梁冀权势滔天，到了尾大不掉的地步，皇帝一定要行动了。

“好，那我来打造一把宝刀，献给梁豪。”

在铁匠铺，我开始打造宝刀。我准备显形了。但我同时打造两把刀，一把给卫尉梁豪，一把是我自己要用的宝刀。

而且，我知道这两把刀还会相遇。刀和刀相遇，那一定是两强相遇，那一定是锋刃对决，那一定是见血见尸。那么，我应该怎么来打造这两把刀呢？

在当朝，锻造刀剑，崇尚古制，工序极其复杂。打造兵器是要由物勒工名制来保证的，就是每一把刀的打造都是有工序、有来由、有去向、有分工。

我开始打造了。铁匠铺里，通红的炉火在燃烧。我打造环首刀的工序，使用了“五十灌、二百四十辟”的灌钢之法。

所谓的灌钢法，就是把生铁和熟铁杂糅，然后进行冶炼，五十灌，就是反复锤炼五十次；二百四十辟，就是锻打二百四十次，将钢的强度提升到顶点。这就是环首刀的辟炼之法，不断折叠，不断锻打二百四十次，一把宝刀森森然渐渐成型。

锻刀的过程简直是凭空而出。刀一开始没有任何造型，矿石冶炼为铁，也需要一个过程。即使是一把刀，也还在自己的睡梦中。但随着冶铁的进程，刀的组成部分在聚合。固体的矿石，经过了烧灼，逐渐变成了液体，那些铁汁深深地藏在矿石里，由火焰烧灼，把它们从石头里烧出来，成为铁水，被倒进了一个石槽模具里，然后成型，在铁砧子上被我和伙计用铁锤用力捶打。

叮当的声音在铁块上布满了回响，铁块被锻造，杂质被剔除，这个过程很复杂。铁块被塑造，打造一把宝刀，是要不断地捶打。渐渐地，好铁成型了，刀身出现了，刀刃越来越锋利，刀醒了，刀成为了刀自己，铁变成了一把刀。最后，变成了一把环首刀。

在这把先打造出来的环首宝刀身上，我还刻有一行刀铭：

“永寿三年，甲午日，卫尉梁君造作。错工陈阳。”

打造环首刀，错工使用的是错金银法，就是用金银交错镶嵌整个刀身。这样使得宝刀非常漂亮，梁豪一定会喜欢。

是的，我叫陈阳。阳，显露于天下，普照万物。

接着，我给自己也打造了另一把宝刀，所用的工艺相同，只是我加了一种矿石，在锻造过程中，还增加了十辟。也就是“五十灌、二百五十辟”。

在刀身上，还铭刻有一个字：隐。

我是陈阳，但这把宝刀必须要隐。锻打造就完毕，我又进行粗磨和细磨。渐渐地，锋刃出来了，反射着杀人见血的寒意。最后，我打造了两把锋利的环首刀，一把刀将献给卫尉梁豪，一把刀留给自己。

单超来了，他仔细摩挲着环首宝刀，说：“好刀！成了。‘卫尉梁君造作’，梁豪一定会喜欢这把刀的。”

我说：“中常侍大人，给卫尉梁豪的刀，比这把我给自己打造的刀，差十辟的锻造，稍微脆一点。这两把刀相遇，我的刀要胜过给他的这把刀。”

单超拿过来我的那一把，仔细端详。外表看，两把刀一模一样，都是错金银法镶嵌，森然放射着寒意。

“刀铭只有一个‘隐’字。好，就是需要你隐藏起来，在梁豪的身边。现在，大将军梁冀的一举一动，我们都在监视着，不断地汇报到了皇帝那里。”

他淡淡地说着。刀在他的手上翻转，我知道眼前的这个大宦官，是皇帝最信任的人。

“好，我们就要靠你打造的环首刀，砍下梁冀的脑袋了。他不会想到的。哈哈哈。不过，在击杀梁冀之前，你还有一个使命，就是去击杀自卖人首领，那些首领有七个人，都是游侠和刀客，必须先把他们除掉。”

“什么是自卖人？”

“自卖人都是些流氓、游侠和盗贼，没饭吃了，他们把自己卖给有势力的人。梁冀在洛阳城外秘密建造了一个自卖人营地。那些人是他关键时刻以备急用的。有七个首领，是你要去翦除的。不过，现在先不用着急，你等我的号令。”

他把刀递给我，刀光一闪，我的身体里掠过了一阵喝了鲜血般的冲动。

是的，环首宝刀只要被我锻造出来，就是要喝血的，刀喝的是人血，只有喝了人血，刀才能继续存活，不然，刀是死刀。

我知道我必须要击杀那些自卖人首领，那些关键时刻要给梁冀大将军卖命的人的首领。

我点了点头，他消失在夜幕中。

3

经人引荐，我去找卫尉梁君，给他敬献宝刀。

卫尉梁君是谁？就是需要这把刀的人。梁君的名字叫作梁豪，他是大将军梁冀的侄子，现在是掌管保卫宫城指挥权的人。

“进来！”

我走进了卫尉梁豪府邸。梁豪看到我之后，说：“听说你要献宝刀与我？”

“是的，在下铁匠、错工陈阳，特献专门为卫尉梁君您打造的宝刀一把！”我单腿跪下，奉上环首宝刀。

梁豪接过来，从刀鞘中抽出环首宝刀，只见森然之光瞬间亮瞎了人眼，刀出鞘就要见光，才是好刀。

他赞道：“好刀！”

梁豪从我的手中拿起了刀，仔细地检视，只见这把环首刀刀刃锋利无比，刀身是中间起脊，一边有刃，刀体比较宽，属于窄刃直身，可以说是轻盈修长，收锋不陡，一共是四尺七寸长。

“这刀好用，还是剑好用？”梁豪忽然问我。

“当然是刀。早在秦代年间，兵器是以剑为主，而到了本朝，多用刀。”

“陈阳，听引荐人说你自幼练习刀法，那你给我施展一下吧。看看你的刀法到底怎么样。”

我站立在演武场上，四周的卫兵手拿刀、枪、剑、戟、斧、钺、钩、叉等各种兵器。他们是保卫皇城的卫尉手下士兵。

梁豪站在一边，看我取出了给他的那把环首刀，开始演练。

我演练的是一套他肯定没有见过的荒芜刀法。荒芜刀，就是刀所到之处要一片荒芜。可见此刀术的泼辣凶狠。只见我稳准狠地一招一式，劈、砍、削、刺、抹、撩、推、扎，举头望月，回首低徊，霹雳如电，腾跃如猿。但见刀花舞成了雪花，快的时候没有人能看清我的脸，慢的时候刀身劈断空气，迟滞如开山辟地一样震撼。

梁豪很兴奋，说：“好了，你不要再回去当铁匠了，你就给我当护卫吧。”

果然如单超所料。我赶紧俯首作揖：“谢卫尉梁君大人，陈阳感激不尽！”

就这样，我在梁豪的手下，当了一名卫兵。

我是刀侠陈阳，现在，我大隐隐于卫尉梁豪的身边。等待指令，随时显现，伺机而出。

山雨欲来风满楼，似乎有些人已经闻到了空气里那种不安的气息。这种不安的气息来自哪里呢？在卫尉梁豪的身边，我耳听目记，逐渐明白了当朝局势形成的来龙去脉。

话说在东汉开国皇帝、光武帝刘秀之后，皇权渐渐旁落，时不时地就是外戚专权。外戚势力在汉高祖刘邦死后，曾酿造了一段时间的皇权危机，那就是吕后篡权，差点颠覆了刘姓江山。

外戚当权，皇帝身边的宦官势力就受到了压抑。于是，皇帝又会借助宦官的力量，打击外戚的势力。外戚被打压下去，宦官得势，照样是鸡犬不宁。本朝一直都存在着这个问题，外戚和宦官互相搞，交替当权。

梁冀是梁皇后的哥哥。他的父亲梁商却是个仁人能臣，温柔敦厚，智谋过人，却并没有权欲，备受重用，官拜执金吾。但梁商的儿子梁冀自小就是一个坏蛋。

梁冀的发迹也有一个过程。他的外表长得很威武：他高耸双肩如同老鹰，走路像兀鹫一样跳着走，摆来摆去的像一道黑影拖长了身子，谁看见谁躲。当年顺帝立为皇帝后，他就加封执金吾梁商的儿子梁冀为襄邑侯，把自己的奶妈宋娥也封了山阳侯的爵位，遭到了大臣李固等人的反对。

李固认为，功劳再高，作为皇帝的乳母，也不应该拥有封国爵位，最后宋娥被取消了封爵。于是，宋娥和宦官都痛恨李固。

顺帝之所以能够取得帝位，得益于宦官的支持，因此，过了一段时间，他下令宦官可以让自己的养子来继承爵位，宦官继续得到皇帝的宠信。

执金吾梁商因谦虚、谨慎，为人处事温和忍耐，被提升为大将军，他的儿子梁冀被任命为执金吾，不久，又任命他为河南尹。

梁冀和他父亲梁商简直是两种人，他自小就顽劣至极，喜欢呼朋唤友，召集一群纨绔子弟，呼啸而来，呼啸而去。喜欢喝酒打群架，为所欲为。成年后因父亲的荫护当上了河南尹，那更是地方官中的实权派，在河南干了很多暴虐多端的事情，洛阳县令吕放曾经做过梁商的门客，他把梁冀的所作所为报告给了梁商。梁商大怒，召回梁冀，当面狠狠责备了儿子。

梁冀因此对吕放怀恨在心，设了埋伏，派刺客刺杀了吕放，还把罪责推给了吕放的仇家。为掩盖事实，又假意推荐吕放的弟弟吕禹为洛阳县令。

后来，梁商病死之前，告诫梁冀说：

“我活着的时候，对朝廷的辅佐其实微不足道，死了之后，丧事一定要从简，不要什么金缕玉衣，这对死人一点好处都没有，只是给别人增加烦扰。你素来惹了不少祸患，一定要戒骄戒躁，有权的时候多想想这权力是烫手的山芋，权力也终有失去的那一天。否则会身败名裂。”

梁冀肯定没有听进去父亲的告诫。一代名臣梁商就此去世，梁冀和弟弟梁不疑打算按照父亲的意见安排丧事从简，但汉顺帝不准，他特地赐了黄心柏木的棺椁一副，玉衣一件，并由梁皇后亲自送灵，毕竟那是她父亲下葬，她送灵是常理。汉顺帝则站在宣阳亭里，遥望着丧葬车队渐渐远去，可以说，梁商之死是极备哀荣。

4

梁商死后不久，也许是梁皇后的枕边风吹得好，汉顺帝提升河南尹、乘氏侯梁冀为大将军，梁冀的弟弟梁不疑为河南尹。这等于是把军政大权都交给了外戚梁氏家族。梁冀一向是暴虐嚣张，名声不好，官却当得越来越大，让人侧目。

顺帝身体不好，在玉堂殿前处理公务时驾崩，太子刘炳即位。当时刘炳才两岁，这么一个儿皇帝只能由人抱着，下诏尊顺帝的梁皇后为皇太后，由梁皇太后临朝主持朝政。顺帝下葬，庙号敬宗。

但这个小皇帝也是没有福气，没多久就死了，被称为冲帝。当时扬州、徐州盗贼兴起，朝廷有些手忙脚乱，这个时候小皇帝又死了，几乎乱了阵脚。太尉李固建议大将军梁冀和皇太后仔细计议，最好从年长些、能担当、有智慧的刘姓皇族中挑选即皇帝位的人。

但梁冀不听，他与梁太后选择了八岁的刘缵即皇帝位。刘缵就是汉质帝。梁冀觉得这样他就更能把持朝政了。那么到了质帝时期，皇权虚置，军权和行政权都在大将军梁冀的手里。在宫内，是梁太后临朝，她又是梁冀的妹妹。那个时候出现了一个怪现象，百官升迁，不去谢皇帝，而是去大将军府，先谢梁冀。

汉质帝本初元年，受太尉李固的谏议，命令各个郡和封国推荐选送明晓经书的明经人士，到太学任教，大将军以下各级官员都要选送自己的儿子到太学读书，一时间，太学里就学的人达到了三万多。京城之中，冠盖云集，车马喧嚣往来，热闹非凡。只要是学习好、成绩好的，就登记在名册上，按照官员出缺的情况进行选任。

汉质帝虽然很年幼，却十分聪明。这年的夏天，在一次早朝的时候，看着不远处的大将军梁冀，指着他说："这是跋扈将军！"

众人都大吃一惊，梁冀更是心里一惊，对质帝十分不满，觉得这个小皇帝要是长大了，还不很快把他这个大将军置于死地？左思右想，决定先下手为强。

他秘密让质帝身边的侍从把毒药揉到了汤饼之中。结果质帝吃了之后，肚子很疼，躺在床上翻滚，于是火速传召太尉李固来到榻前。

李固进宫之后，询问病情，这个时候汉质帝还能说话。只听见汉质帝说：“吃了汤饼之后，就开始感觉肚子不舒服，没有多久，肚子里就开始绞痛，我想喝水——”

站在一边的梁冀说：“喝了水会呕吐的，现在不能喝水。”他的话音未落，汉质帝已经说不出话来，气绝身亡了。

李固见状十分悲痛，趴到汉质帝的尸体上哭了半天。等到平静下来，他就弹劾御医，下令调查汉质帝的食物和御医的用药。

梁冀害怕暴露真相，对李固十分痛恨。但因李固德高望重，即使梁冀多次让人弹劾、陷害李固，梁太后为朝廷大计考虑，都没有采纳。

在商议继承者的时候，李固给梁冀和梁太后上书，再三申明，几年之间汉室帝王之位三次断绝，是天下之不幸。现在，又到了紧急关头，天下大事，只有帝位的选择才是首要的大事，一定要博采广议。

太后让梁冀召集大臣再三商议，结果大家为选立的人争执不下。清河王刘蒜有美德，血统也很正宗，推选的人较多，但他为宦官所嫉恨。

有人跑到了梁冀那里说：“大将军啊！您几代都是皇亲国戚，执掌朝廷大权，门下宾客众多，很多人都执掌一方，肯定有不少过失，要是那个严刑峻法、明察秋毫的刘蒜即位，那就没有大将军您的好日子了，将军就要大祸临头了！”

梁冀听了心乱如麻，跑去和梁太后商议，最后选了蠡吾侯刘志进宫即皇帝位，刘志那一年十五岁。

5

刘志就是汉桓帝。刘志虽然只有十五岁，但他比较聪慧，当上皇帝之后，知道现在是外戚梁氏家族把持朝政，做事情很小心，也很隐忍。为了打消梁冀对他的猜忌，不久，他册封梁冀的妹妹梁女莹为皇后。这等于是亲上加亲，让梁氏的势力进一步扩大了。

太尉李固和杜乔是当朝的清官，很多事情上都和梁冀发生了冲突。经过了一番复杂的缠斗，李固和杜乔被梁冀指使的人弹劾，罗织了罪名，下狱而惨死。梁冀还把李固和杜乔的尸体放在洛阳城的北十字路口示众，放话说："看看谁敢来吊丧，就惩治谁！"

结果，李固的学生郭亮，时年才二十岁，左手拿着奏章和一把斧头，右手抱着铁砧，到宫门之外请求为李固收尸，并守着尸体不走，大哭不止。杜乔从前的属吏杨匡，也前来给杜乔收尸，号啕大哭。

卫兵把他们俩都抓起来，火速奏报朝廷，等候发落。心慈的梁太后把这两个人赦免了。杨匡继续上书，请求安葬李固和杜乔归乡，梁太后批准了。李固和杜乔的尸体得以归葬家乡。

清河王刘蒜也因为上次选皇帝的时候关注度高而成为大目标，被梁冀猜忌，后来他由诸侯王的爵位被贬为尉氏侯，还放逐他到桂阳，他在那里自杀了。

又过了几年，梁太后感到自己精力不济，就下诏把朝政大权归还给了汉桓帝，不再行使皇帝的权力。几个月之后，梁太后去世，她的仁孝德高让人赞叹。汉桓帝安葬梁太后，谥号为顺烈皇后。

得到了实权，汉桓帝仍旧不动声色，沉着应对，为了稳住梁氏家族，他加封大将军梁冀食邑一万户，这样梁冀的食邑到了三万户。同时，加封梁冀的妻子孙寿为襄城君，加赐红色的绶带，与长公主一样。这样尊贵的地位，是别人很难想象的。

孙寿很会迷惑梁冀，因怕梁冀宠爱别的女人，使尽了各种招数，暗地里把梁冀喜欢的女人都害死或者弄残疾。

梁冀很宠爱孙寿，也很惧怕她。孙寿的亲戚家人都因此飞黄腾达了。

梁冀和孙寿在一条大街对面两边，盖了两个大宅子，从各地运来假山假石，珍奇异宝，建筑很奢华，园林是层峦叠嶂，林木深幽，飞瀑流水，还养了一个戏班子夜夜欢歌，引得洛阳人侧目，都觉得大将军梁冀比皇帝还要势大。

梁冀在洛阳周边也建了属于自己的园林。他喜欢兔子，专门建立了一处兔苑，让官吏向民间征集兔子，征集来的每只兔要剃掉一撮毛作为标记，他家的兔子跑了，谁胆敢藏起来不上交，就要判死刑。

有一天，从西域来的一个粟特商人不知道有这个禁令，误杀了一只兔子，结果这个粟特商人跑了，没有被抓住，引发了 些人互相诬告，被处死了十几个人。一只兔子就能让十多人身死，也是很奇绝的事情了。

梁冀暗中派人在汉桓帝身边盯着他，看看皇帝有没有对大将军猜忌之处。汉桓帝平时很小心，没有透露出一点对梁冀不满的信息。

梁冀放心不下，悄悄地在洛阳城西兴建了一处别业，藏匿了几百个流氓、逃犯，说他们是“自卖人”，就是自己把自己卖了混口饭吃的浪人，以备事变时使用他们。

为了迷惑汉桓帝，他还采纳了妻子孙寿的建议，说有人议论梁家功高盖世，梁家得到的功名利禄太多，应该罢免掉梁家一些子弟的官职。他列了一个名单，请求汉桓帝批准免去梁氏家族部分成员的官职，实际上是以退为进。但这一招，却让孙寿家的人的地位抬高了。

孙寿的家族中，担任卿、郡守、校尉、长吏的人有十多人，都是命官，飞扬跋扈，鱼肉乡里，行人敢怒不敢言。

6

汉桓帝早就学会了老谋深算，不动声色，寻求着自己的机会。他用身边几个自己最信赖的宦官不断搜集情报，单超就是其中一个。有个宦官出了主意，说皇帝在上朝的时候，看看梁冀是否佩带兵器。按照惯例，大将军也能佩带刀剑上朝，要借此严加斥责，以此测试梁冀的反应。

元嘉元年，也就是汉桓帝执政的第五年，这年的春天，正月，群臣朝见桓帝，梁冀果然佩带宝剑上朝入宫。

尚书张陵出列，呵斥梁冀退出，并命令虎贲勇士和御林军卫士夺下梁冀佩带的宝剑。梁冀当场跪下，向张陵认错。张陵随即就在朝上弹劾梁冀，请求将梁冀交给廷尉发落，拿他问罪。汉桓帝假意不同意廷尉发落，说，立即下诏，免去梁冀的一年俸禄，作为惩罚就可以了。

这件事之后，梁冀嚣张的气焰有所收敛。满朝百官开始对张陵十分敬佩，认为他敢于在大将军的头上动土。

梁冀的弟弟梁不疑现任河南尹，他找到了张陵，说："你是我举荐的，可现在你却收拾我们梁家人，你是恩将仇报啊。"

张陵说："当年，您是认为我有才能才举荐我，我今天替朝廷伸张法度，恰恰说明你有眼光，并不枉徇私情，我也不可能只想着报答梁家的私恩，对吧？"

梁不疑觉得他说得对，也感到了羞愧。

汉桓帝还是想继续稳住梁冀的心神，他觉得自己的势力还不够到摊牌的时候，不希望梁冀起疑心。转过年，他决定继续褒奖和尊崇梁冀，给他再吃上定心丸。

汉桓帝下令，让朝廷两千石以上的官员们讨论应该给梁冀什么礼仪封号。其实梁冀作为大将军，已经位极人臣了，可梁冀内心里还是觉得不满意。

司隶校尉、太中、大夫、太常等重要大臣，都夸赞梁冀的功劳盖天，堪比周公再世，可以赏赐梁冀更多的土地，掌管更多的封国。

司空黄琼建议说："梁冀入朝，可以不用小步疾行，可以穿鞋上殿，拜见皇帝时，司仪官都只称呼他的官职而不说他的姓名，礼仪都能比照大汉初年宰相萧何的待遇了，还怎么给他更高的荣誉呢？梁冀的封地和食邑也很广大，最多再给两个县的食邑，使他的食邑到达四个县，想想当年的邓禹将军，他可是云台二十八将里排第一位的，曾辅佐光武帝复兴汉室。我提议，那就比照邓禹吧，每次朝见皇帝的时候，可以不与三公坐在一起，而是另设专门的坐席。再把梁冀享受的这项殊荣昭告天下，作为万世表率，想必梁冀大将军是会谢皇帝恩的。”

汉桓帝采纳了黄琼的建议。

颁布了给梁冀的上述殊荣举措之后，梁冀表面上感谢皇帝的皇恩浩荡，可是内心里还是觉得礼仪太轻，心中不快。

转眼之间，到了永寿三年，京城洛阳发生了蝗灾。汉桓帝大赦天下。又过了一年，洛阳继续闹蝗灾，到了年底，南匈奴十二部一起反叛，侵犯汉朝边境。汉桓帝任命京兆尹陈龟为度辽将军，前去平叛。

陈龟临行前，向汉桓帝上书说：“现在的边乱，和洛阳的蝗灾是一样的原因，那就是赋税重，收成少，民难活。现在最应该做的恰恰是免除边境并州、幽州的赋税，让他们休养生息。”

汉桓帝采纳了陈龟的谏议，并州、幽州百姓很高兴。但梁冀素来嫉恨陈龟，认为他当京兆尹，不怎么听他的话，就在汉桓帝面前说，陈龟在外讨伐匈奴，却以柔性治理的方式与那些蛮夷讲和，损害了朝廷的威严，意在捞取个人名利。

汉桓帝下令撤换陈龟，让他回京了。没过多久，又任命他担任尚书。此时陈龟感觉自己和梁冀结怨太深，索性破釜沉舟，直接上书汉桓帝，列举梁冀的几大罪状，请求诛杀大将军梁冀。

汉桓帝没有理会陈龟的陈情上书。陈龟自知会被梁冀加害，因此，绝食七天之后死去。

7

延熹二年，梁皇后依仗姐姐梁太后和哥哥、大将军梁冀的权势，穷极奢华，骄奢淫逸，独占汉桓帝的宠爱不说，她还嫉妒成性，使宫内的其他嫔妃都无法侍奉桓帝。

和平元年梁太后死后，汉桓帝对梁皇后的宠爱顿时衰减。梁皇后自己无子，听说其他的嫔妃怀孕之后，都要派人将那些怀孕的嫔妃害死，或者下药让嫔妃流产。

汉桓帝知道后大怒，但因害怕梁冀的威势，不好公开谴责皇后，但他让梁皇后陪侍的次数越来越少。梁皇后就变得更加忧愁愤懑，精神状态很不稳定，常常歇斯底里。延熹二年的七月，她郁郁而死，被安葬在懿陵，谥号为懿献皇后。

此时，虽然梁皇后死了，梁家权势依旧滔天。从梁商开始，梁氏家族一门出了七个侯爵，三个皇后，六个贵人，两个大将军。担任卿、将、尹、校等各级官职的人有五十多人。梁冀把持朝政，更加独断专行。在宫廷禁军和皇帝身边的人中间到处都是他的耳目。每天，皇帝的一举一动，都是他必须知道的。汉桓帝的情况他可以说是了如指掌。

汉桓帝也很清楚这一点，因此不轻易信任任何人。汉桓帝在悄悄地等待着时机，他知道，每年各地进贡给朝廷的当地名产，最好的不是给他这个皇帝进贡，而是先送到了梁冀大将军的府上。

还有很多官吏和老百姓带着财物去找梁冀，请求做官或者免罪，在梁府门前络绎不绝。远行做官的，临行前都要到梁冀门上呈递谢恩书，才敢到尚书台去接受派遣令。

有个下邳国人叫吴树，他被任命为宛县县令，上任之前到梁冀府上辞行。梁冀说："我的宾客在宛县的有不少，你去了，要多加照顾他们。"

吴树到了宛县，发现梁冀的那些宾客在宛县称霸一方，作威作福，鱼肉百姓，不仅没有照顾他们，反而把他们抓起来杀掉了十几个。吴树的官声很好，几年之后，汉桓帝将他提升为荆州刺史，吴树前来京城，向梁冀辞行。梁冀早就对他怀恨在心，把毒药下在酒里面。吴树喝了酒出门之后，中毒发作，死在了车子上。

侯猛即将就任东郡太守，没有前来拜见梁冀，梁冀内心恼恨，后来找了一个理由，把侯猛腰斩了。

有一个叫袁著的人，是个郎中，汝南人，性情耿直，给梁冀上书一封，里面写道："春、夏、秋、冬四个季节，每个季节到达顶点就会衰退，没有谁能够永远繁盛。高官大爵，无不带来灾祸。大将军现在是位极人臣，功高盖主，要当心了。我一介郎中，远在汝南，都听闻了不少大将军干的坏事，大将军应该警醒和小心了！汉元帝时的御史大夫薛广德把皇帝赐给他的安车高高悬挂起来，根本不敢用，自己才高枕无忧。树木果实太多，必然会折损树枝，伤害树根。如果不抑制自己手里的权力，恐怕大将军就不能保全性命了。"

梁冀看了这封书信，不仅不警醒，还恼羞成怒，派人去汝南搜捕袁著。

袁著早就料到梁冀会来抓他，已经改名换姓躲起来了。但还是有蛛丝马迹被梁冀的人发现了。袁著假装有病将死，家人编织了蒲草人形放在棺木里，散布了袁著已死的消息。但梁冀派去的人打开棺木，识破了袁著的伪装，继续抓捕他，抓到袁著之后把他带到洛阳，梁冀派人审讯鞭打袁著至死。

有个太原人叫胡武，平时和袁著交情很好，曾和袁著一起联名向太尉、司徒、司空三公的府上推荐贤人，但没有把推荐书也抄送梁冀。梁冀打死袁著之后，想起来了这个胡武，就命令京城衙门发文书，立即逮捕胡武。胡武全家六十多口都被杀了。

涿州人崔琦是个才子，很能写文章，曾经得到了梁冀的欣赏。但他知道了梁冀的所作所为后，就写了两篇文章，一篇是《外戚箴》，另一篇是《白鹄赋》，文采飞扬，本意在规劝梁冀。

梁冀看了十分生气，找来崔琦责备他。崔琦说："从前，管仲和萧何辅佐皇帝，都能够听取讽刺和规劝的话。现在，将军的位置比周公还重要，不但不能交结忠良，还想堵住士人的嘴巴，蒙蔽自己的耳朵，这不是指鹿为马、闭目塞听吗？"

梁冀听了，默然无语，放崔琦走了。

崔琦回到了老家，害怕被追杀，就四处躲藏，但梁冀派人将他逮捕，诛杀了。

就这样，大将军梁冀把持朝政二十年，权势滔天，汉桓帝只能将皇权拱手相让，凡事不与梁冀相抗。

以上种种皇朝内幕，都是我从梁豪、单超等人处辗转听来，本都是细碎的，被我逐渐拼凑出来一个整体。陈阳我不是一个傻子，我是一个刀客，却是一个聪慧的人。即使是一阵风，让我闻到了，我都能判断出这一股风里面的讯息。我还闻到了就要发生事变的味道，不信，你等着瞧。

8

梁冀主导的一系列对官吏、士人的杀戮，使汉桓帝也感到巨大的不安全了。有一天，汉桓帝悄悄带了小黄门史唐衡跟他上厕所，问他："我的左右侍卫，和皇后娘家不投合的，都有谁？"

唐衡说："中常侍单超，小黄门史左倌和梁冀的弟弟梁不疑有仇，中常侍徐璜、黄门令具瑗私下里对皇后娘家的骄横十分不满。"

汉桓帝说："好，下次我上厕所的时候，你先把单超和左倌叫来。"

到了下午如厕的时候，汉桓帝在厕所里对单超和左倌说："那人在朝廷专权，胁迫内外，三公、九卿之下莫不怨恨载道，我想要诛杀他，你们怎么想？"

单超说："梁冀等梁家确实是国家的祸害，百姓的仇敌，陛下的大患，早就应该诛杀了。我也提前做了准备，请了游侠安放在卫尉梁豪的身边，以备皇帝使用。无奈我们力量太小，人也少，不知道圣上下了决心没有。"

汉桓帝说："朕忍耐了十多年了。现在请你们抓紧秘密策划，最好再叫上徐璜和具瑗，确保出手的时候一击即中。"

于是，汉桓帝上厕所的时间越来越长，每次如厕，都是他和贴身宦官在密谋。汉桓帝还将单超的手臂咬破，和宦官唐衡、左倌、徐璜、具瑗一起歃血为盟，决定秘密召集豪杰，内外呼应，策动率领御林军伺机一举诛杀梁冀。

到了这一年的八月丁丑，梁冀派的密探说，看到单超和汉桓帝每天都要上厕所，一上厕所，就是半个时辰。梁冀就派了更多的耳目到汉桓帝的身边，汉桓帝决定提前行动。

单超趁着夜色找到了我："我们明早就要行动，你今晚就去解决自卖人的首领，那七个刀客，解散全部自卖人；然后回营房，明早我们行动的时候你要击杀卫尉梁豪，传旨守卫京师的卫队不得哗变，要听大内差遣。这两项都是硬任务，看你的了。"

我点了点头，听到了我那把刀在啸叫。

刀呼啸，人头就要落地，我来到了自卖人的营地。那是在洛阳近郊的一个几百人居住的小花园，本来是梁冀的一处游园。那些自卖人都是鸡鸣狗盗之徒，流氓逃犯之流，平时被梁冀豢养着，准备伺机而动。

擒贼先擒王，我必须杀了那七个带头的。我孤身前往，我是陈阳。我有绝世刀法，荒芜刀法。刀所到之处，将是一片荒芜。我带着我那把“隐”之刀，显形了，我到达了。

我知道那几个人住在花园里一处联排的竹楼中，旁边是一面小湖，由回廊连接。中间是一片开阔的园地，平日里他们就在那里舞枪弄棒，或者点燃篝火，饮酒作乐。我到了之后，看到他们正在那里喝酒，七个人，七把刀，七个长发飘飘不束发的匪徒自卖人。自己把自己卖给了官府，却在这里为虎作伥。

这天晚上的篝火十分旺盛，这些人纵酒狂笑，弹刀而歌。

我出现在了火光飘摇的阴影里。

“谁？”有人大喝一声。

“要你命的人。”我的话音刚落，已经趋步上前，以刀向上一撩。

他警觉地跳了起来，双腿在空中，手中的刀横着向下一磕，只见火花一闪，他的刀就断了，而我的刀继续上撩，从他的脖子到下巴再到脸，把他一下划成了两半。

“老七死了！有人杀我们来了！”

几个人惊呆了，大叫，纷纷去取身旁的刀。

我的眼睛如同老鹰之眼一般扫过了他们。一、二、三、四、五、六，还有六个人，每人手里都拿着刀。这些刀客心慌意乱，刀都拿不稳了。等一会儿，他们就成六条鬼影了。

刀出鞘必见血。刀刀见肉。荒芜刀出世，那就是绝世刀法。

我出师下山以来，每天白天打铁，晚上都要抽空练习刀法。自从在卫尉梁豪手下担任兵士，白天在校阅场上练刀，月黑风高时躺下来在脑海里练习刀法。

眼下，六个人将我团团围住。这绝对是一场恶战，我必须一击即中。

刀法也要快，出奇制胜。

刀法还要猛，劈砍如切瓜。以一刀对六刀，必须各个击破。

啊——有人惨叫，他的胳膊已然脱离了身体，鲜血喷溅而出。然后就不再动弹了。又消灭了一个。

刀光闪闪，所到之处一片呼啸。空气中是血腥和仇恨交织的气味，是恐惧和大战交织的警觉。

铿锵的刀和刀相遇，呼吸中带着沉重的叹息和懊恼，有一颗人头在篝火的照耀中滚动着停下来。那不是我的头，是他们的。

旋风一样的人影飞动，说时快，其实也很迟滞的步法移动，但见人和人忽然靠近，又忽然分离，又一个人倒下身死。这是我杀的第四个，天太黑，我都看不清他长什么样，这让我有点懊恼。

第五个人跳上了场子边上的树，我追上去，飞鸟啄猿猴，树上一阵缭乱的欢腾，一个黑影忽然不动了，掉了下来。

那不是我。

第六个人的刀上沾了油，他点着了之后以火刀对付我，燎着了我的衣服，我在土里滚过。

我的刀横着切过去，将他两条小腿砍断。然后，翻身一刀将他斩首。

第七个人，也就是最后一个首领要跑，我捡起了第六个人的火刀，甩了过去正扎中他的后背。

他浑身起火，扑到篝火堆里，继续燃烧，成了火球。

最后，我一个人站在那里，几具刀客的尸体成了横卧的冰虫。此时大雨纷飞，我敲响了营地的一口人钟。几百个还不明就里的自卖人纷纷走出了屋子，来到了空场，冒着大雨听我说话。我说：

“自卖人听着！奉大内命令，我把你们带头的七个匪徒刀客都杀死了。现在，朝廷要你们自行解散，立即四散而去，并不得与任何人联系。不然，天亮之后，你们的下场和七匪一样！”

我说完，看着他们都十分惊惧。然后，他们一哄而散。

自卖人就这样被瓦解了。

9

自卖人营地瓦解是在头一天深夜。

第二天是个阴天，天公不满，阴风阵阵。梁冀似乎有了察觉，起了猜忌，他立即派遣中黄门张恽入宫监视单超。

张恽一进宫内，就被具瑗逮捕了，罪名是，擅自携带匕首从外入宫，想要刺杀汉桓帝，图谋不轨。

汉桓帝立即召集所有大臣，把他们集中在朝廷之内，告诉他们梁冀要谋反了，必须诛杀。然后派遣尚书尹勋统帅丞、郎以下官员，将代表皇帝和朝廷的符节都收了起来，命令他们守卫宫阁。

同时，命令具瑗前往虎贲军营，立即发动御林军，率领剑戟士一千五百人，前去围堵大将军梁冀府南门。又传令司隶校尉张彪在崇武门军营率兵，从北路包抄梁冀大将军府，让梁冀变成瓮中之鳖，插翅难逃。

梁冀也迅速传令，发动各路军马紧急起事，他期望着自卖人迅速前来救应。他以为养兵千日，用兵一时，光凭借自卖人就能打败御林军。可他左等右等等不来。接着就听报告说，自卖人营地里忽然一个人都没有了，他们一哄而散，七个带头的刀客身首异处，奇怪地死在了那里。

据说是内讧，但梁冀觉得十分奇怪，这时，梁豪急匆匆赶来了。梁冀说："侄子啊，现在皇帝要冲我下手了，我全靠你了！"

梁豪说："没想到皇帝突然发动袭击，我身边的人都不听指挥了，说是要保护皇帝，接到命令决不出营。我就赶到你这里，专门保护你。只要我在，我这把环首宝刀在，您就是安全的。我先出去杀他几个再说！"

梁豪率领一百多个死士，冲出了大将军府，看到了我站在大将军府前的空地上，手里拖着一把环首刀。

“陈阳，是你啊，真没想到献刀之后这么久，你扮演细作隐藏在我身边，让我一点都察觉不到。今天我们要比比刀术了。你有你的荒芜刀法，我有我的繁盛刀法。今天倒要看看荒芜和繁盛，哪个厉害。”梁豪手握“卫尉梁君造作”之刀，向我走来。

我说：“梁豪，各为其主。你就束手就擒吧。梁冀大将军是自作孽不可活。接皇帝命令，作为卫尉，你必须立即投降，不然，你就会死在你自己的刀下。”

梁豪说：“我这把刀是你打造的，现在，这把刀就要喝你的血！”他跨步向前，举刀迎战。

我毫不含糊，立即趋步上前，挥刀进击。

梁豪是卫尉首领，大将军的侄子，自然武艺高强，气壮如山；我是绝世高手，显隐自由，快如飞鸟。

两强相遇，必有一死。

刀可快可慢。快如风，慢如龟。众人看见我们走路拖着地，似乎很滞重，那是我们的刀和刀粘连在了一起，无法分开。

的确如此。这两把刀本来就是亲兄弟，一起从矿石中分泌出液体，一起变成了刀的形，在灌钢法锤炼法下，一次次被锻打，折叠，淬火，烧造，有了刀背和刀刃，然后，刀被唤醒了。

这两把刀相遇，就像是兄弟那样亲密，它们在说话，聊天，拥抱，争吵，背离。亲兄弟一样的两把环首刀，一时间很难分清楚到底哪个强，哪个弱。确实，刀和刀如果都是一个人打造的，那就没有区别，荒芜刀和繁盛刀是此长彼消，就像人间大地，春去夏来，夏去秋盛，秋去冬藏，冬去春到。荒芜之后是繁盛，繁盛之后是荒芜。

众人都看呆了，他们没有见过有两个刀法高手这么以刀缠斗的。我和梁豪足足打了一个时辰，还是分不出胜负。

忽然，大家都听到了咔嚓一声响，我用我的刀背猛磕梁豪的刀，梁豪手里的那把刀断成了两截，半截刀刃飞向了他的脖子，一下将他脖颈切断，他应声倒地。

打造一把环首宝刀，那五十辟、二百四十灌和五十辟、二百五十灌的区别，我想是有的。区别就在于我的刀笑了，他的刀断了，并且切断了自己的脖颈。

我把刀刃向下一戳，梁豪的血顺着刀身向下缓缓流去。梁豪手下那一百多人一哄而散。

大队的御林军、虎贲骑士上前，攻进了将军府。

10

我站在大将军府门外。我知道，梁冀即便是二十年横行霸道权势滔天，今天也完了。我不会走进去，我想他的下场不会好。

后来我听说，梁豪被我杀死，梁冀和孙寿在将军府里面面相觑，不知道应该怎么办。光禄勋袁盱持节进入大将军府中，收回了大将军的印信，并传令梁冀和孙寿自裁，他们只好双双自杀。

接下来，汉桓帝下诏，梁冀亲信三百多人被罢免，梁冀和孙氏家族里的人不管男女老幼，全部押往闹市斩首。三天之内，被连带处死的公卿、刺史和两千石官员也有几十人。太尉胡广、司徒韩缜、司空孙郎，都是依附梁冀的权势来的，当时没有去保卫皇宫，而是在长寿厅内观望局势，被汉桓帝下令逮捕后减死罪，免去官职，贬为平民。

那几天，在整个京城洛阳，眼看着三公九卿都失去了常态，被抓的、被杀的、被贬的很多，皇宫、官府和大街小巷就像是水烧开了一样在沸腾，好几天才慢慢消停下来。

京城百姓听说梁冀夫妇倒了，自杀了，纷纷拍手称快，放鞭炮、悬彩灯表示庆祝。

汉桓帝下令籍没梁冀的财产，由官署变卖，所得钱财数额令人咋舌，并全部收缴国库，同时，桓帝下令减收当年全国租税的一半，并把梁冀在洛阳和周边几个县里的园林土地全部没收，变为耕田，分给贫民耕种。

桓帝还下诏赏赐诛杀梁冀的功臣，将单超、左倌、徐璜、具瑗、唐衡都封为县侯，单超食邑两万户，其余四位宦官食邑一万户。

汉桓帝又将尚书令尹勋封为亭侯。提升大司农黄琼为太尉，光禄大夫祝恬为司徒，大鸿胪盛允为司空。三公现在又齐全了。黄琼位居三公之首，他接着就弹劾各州、郡行为残暴贪婪的官吏，有十多人被处死或者流放，全国都在称赞。

11

我悄悄回到了铁匠铺，继续打铁，有一天，单超来找我，我看见他就知道，我在这里待不下去了。

我正在以错金银法打造一把环首刀。自从我的威武美名传到了皇帝的耳朵里，汉桓帝也想要一把好的宝刀了。

“宝刀打造好了？”单超问我。

我说：“好了，五十辟、二百五十灌的一把好刀。需要刻上铭文吗？”

单超笑了笑：“不用了。皇帝是天下至大至尊，不用刀铭。”

我看到他的手里拿着一个小葫芦。我说：“你找我除了取刀，一定还有别的要说的吧。”

单超说：“陈阳，你是一个聪明人。你是一个功臣，起到了关键作用。可你的危险，别人也看到了。有人要我给你带了些丸药，这丸药药性极强，有人希望我当面看你吃下去。但是，我不想这样。你就即刻远走高飞，再也不要让我看见你，也就没有人再说什么了。”

我说：“明白了。那我还是走吧。”

说罢，我已经纵身一跃，飞上了房顶。但见洛阳城是屋角连天，飞檐斗拱，王气蒸腾，海晏河清。

但这不是我的城市了，我走了。我原来叫陈阳，现在，我叫陈隐，我背着“隐”字刀离开了洛阳，重归山林，谁也找不到我。我必须隐藏起来，就像我不曾出现过一样。

2020 年 1 月 11 日

琴断

1

我师父带着我下山去找嵇康学琴的时候，是在一个夏天。那一年我已经十八岁了。

“你什么时候看飞鸟不动的时候，你就学成了，可以去学别的了。”我师父曾经这么对我说过。“除了武艺，你可以学学弹琴。”

在山上，走兽和飞鸟都很多。八年以来，师父教我学习，在山石之间腾跃，在树杈之间穿梭，在悬崖之上攀缘，在旷野之地凝望。投石击鸟，投叉捕兽，饥餐渴饮，吸日月之精华，采百草之营养，就这么长大了。

我父母死于战乱。那年我才八岁，屠杀发生的时候，我躲在麦草垛里。晚上我出来看到士兵已经走了，村庄被烧毁，父母双亡，家园残破，我惊呆了，然后一个人对着月亮哭。

那天晚上月亮特别大，月光很亮，就像是白昼一样。硝烟还没有散尽，血腥味儿四处弥漫。半死的狗在远处墙根的血泊里惨叫。

忽然我听到有人唱歌，歌声缥缈，由远及近，缓缓而来。我停下来，看到一个身影一下子就飘到了我的身边。那个人破衣烂衫，不成体统，可是双目炯炯，不似常人。他看了看我，又看了看硝烟弥漫的附近村庄，点了点头。

“父母都死了吧？那你跟我走吧，我带你学武艺，你不会再受人欺负了。”

我摇了摇头。他笑了一声，然后几步纵身就跑向那棵在打谷场边的桑树前，倏忽之间就上去了，再一眨眼，就跑回了我的面前，递给我一把桑葚。

“吃吧，吃完了，你跟我走。”

我的嘴里到现在还弥漫着当年那一把桑葚的甜蜜。我举目无亲，谁对我好，谁就是我的亲人。

我说：“我跟你走。你是谁？”

那个走路有点瘸的人说：“我叫石百丈，你今后叫我师父就可以了。你叫啥名字？”

我说：“我姓郑，父母叫我铁蛋。”

“好，小铁蛋，咱们现在走吧，跟我远走天涯。”

从那以后，我就跟着我师父石百丈远走高飞了。

这一走就是上千里，去了北部的山里面，在不知名的大山里住下了。我才知道，师父石百丈是一位武林高手，因不愿意参加任何一方的豪强队伍而远走山林，隐居起来。他教我学习各种武艺，间或读书，他有一箱书籍，是树皮做的纸印的，上面都是圣贤说的话，有经文有诗文有寓言有故事，还有雕版插图。

我习文练武，在山林里逐渐长大了。

前面我说了，师父认为我什么时候看到飞鸟不动的时候我就学成了，可这一点很难。要知道，任何一只飞鸟都是动的。哪里有飞鸟不动的时候？

我就常常在山岩之上，树梢之间，云雾之中追逐、观察飞鸟，手里有弹弓，背上有飞叉，腰间有短剑，腿上有绳镖。

飞鸟一开始都是动的，我盯着飞鸟，看那飞鸟飞得特别快，一眨眼，飞鸟就不见了。然后，只要是见到了鸟，我就要盯着它看。慢慢地，飞鸟的飞行越来越慢，我就能用弹弓射杀，用飞叉叉中，用绳镖击中飞鸟了。

再后来，我能腾空用手抓住一只飞鸟。我开始变得比飞鸟快了。

“那还不行，还不能出山，你得看到飞鸟不动，才是大功告成。”

师父有点显老了，他拄着拐杖，走路一瘸一拐的。可他每天只吃几个核桃、红枣，半块红薯，喝点山泉水就精神矍铄。

直到有一天，我真的看到一只飞鸟在飞过我眼前的时候，是不动的。或者，是我在跟着它一起飞动，我的速度和它的速度是一样的。我跟上它了。或者，是我的视力已然将飞鸟的飞行放大为它怎么飞都是不动的，或者，干脆是那飞鸟已经被我用内力控制住了，它不能再飞动了。

我伸出了手，一把抓住了那只飞鸟，然后，我松开手，飞鸟继续扇动翅膀，但飞鸟实际上没有动了。

“这三种状态都是可能的。你练成了。”师父很满意地对我说，“好了，我们可以下山去找嵇康学琴了。”

“嵇康是谁？”我那时不知道这个人，我以为他是另外一个高手。“他武功高强吗？”

“他没有武功，他是一个文人。是曹操的孙女婿，会制琴，弹琴。你武艺有了，你得去学琴了，还学打铁。其实，你主要是去保护他的。他可能会遇到不测。到时候你要保护他。此前，你就是个学徒。”

师父说到了这里，哈哈笑了起来。

我知道师父让我做的事都是有道理的，我就跟师父下山，前去拜访嵇康先生。

2

我后来才知道嵇康在那个时候真的非常有名，是一个大名士。想想吧，他是曹操的孙女婿，和朝廷内外的权贵们有多少关联呀。

师父带着我，骑驴走了两天，才到达了洛阳北面的一处市镇上。

那个市镇多少有点荒僻。远远地，就听见一处巷子里，传来了叮叮当当的声音。我师父说“到了”。他翻身下驴，我也跟着一起，把两头驴在巷子口的拴马桩上拴好，跟着他走进了那条巷子。

那条巷子外面看十分简陋和狭窄，等走进去之后，却是有容乃大，逐渐开阔了起来。

我师父敲开了一个院子的门，一个女人打开门。师父说了来意，她让我们进去了。我看到，院子很大，有屋舍、大棚、空场、木炭仓。一棵大柳树树叶婆娑，和煦的风吹着，柳树叶摆动起来十分好看，真是迎风摆柳啊。一条水渠环绕着大柳树，穿过了我们的脚下，流水潺潺。在柳树前面，一座棚子里火星四溅，叮当作响，一架鼓风水排正在转动，吹出来的风被送进了一座火炉的入风口。

一个高大的男人，裸着上身背对着我们，正在锻打一块红得发暗的铁块。两个侍女在鼓风水排和炼铁炉跟前来回奔忙。再没有其他人了。

那个高大的男人听到了我们走近的声音，没有回头，就说：“百丈，你来啦？”

我师父说：“是我来了。多年不见了。我还给你带来了一个徒弟。”

高个子男人转身，我看到他身材修长，面容俊美，头巾将长发束起来，看着我师父和我，笑了起来。

我师父施礼说："见过嵇康中散先生，现在先生依然是龙章凤姿啊。"

我眼前的这个俊美的男人就是大名鼎鼎的嵇康了。

他笑着说："石百丈啊石百丈，你是不是要说龙章凤姿照鱼鸟了？怎么，你徒弟的飞鸟不动练成了？"他指了指我，然后招呼我们在一边的石桌边坐下来。

"练成了，可是，还缺一半，就是得跟你学琴。"

嵇康就看我。他的看，温和，渺远，犀利，不经意，有距离，但亲切。他看了我好一阵子，说："好了，收下了。你跟我先学打铁吧。"

我师父石百丈一跃而起，哈哈一笑："好了，嵇中散，那我走了，这孩子叫铁蛋，就交给你打铁学琴了。"

师父石百丈一拜之后，转身就走，几下就不见了。

嵇康看着我师父的身影消失，我赶忙站起来，嵇康喃喃地说："百丈果然名不虚传。"

3

以上是我见到嵇康的情景。那么后来呢？后来我跟着嵇康学打铁。我这才知道，这是他的谋生之道。他打造农具，日用具，还不断地打造一柄精钢剑，可怎么都没有完工。找他买铁器的人很多，大多是慕名而来。原来，他作为一个名士，不愿意做官，只愿意谈玄。

当时的知识分子都喜欢谈玄，而嵇康的几篇文章到处传诵，如《声无哀乐论》《养生论》，都是朝廷里的官吏和知识分子喜欢谈论的题目。他是制琴的名家，声名在外。

我在嵇康先生家里，他待我不远不近的。可能我还是个少年，虽然我都十八岁了，可以娶妻生子了，可他看我还是个少年。

有一天，我对他说："我想学琴。制琴、弹琴都学。"

嵇康斜坐在那里喝茶。他的几个朋友来往都喜欢喝酒，可他不喝酒，也不酿造米酒。他喝茶，喝水。

"那你跟我说说什么是琴，你为什么要学制琴，弹琴？"

百丈师父已经教我读了不少圣贤书，诗文书，以及百艺之书。我能说出一点道道了。

"琴的历史很古老，传说，是伏羲氏当年在山林里，听到了龙吟虎啸，看到了凤鸟来栖，就削砍梧桐木，依照了凤鸟的身形，来制作琴身。所以，任何一把琴，都有自己的额头、脖子、肩膀、腰身、尾巴和脚，此外，还有弦眼、凤眼、龙龈和冠角，来对应凤鸟的身形和山川形状。"

"梧桐木做琴材是比较好。可怎么和伏羲氏扯上关系了呢？"

"制作琴身的木材，据《周礼》上说，一般都出自云和山、空桑山、龙门山。那里出来的琴材最好。"

"这三座大山，都在哪里啊？"

"不知道，在《山海经》里呢。"

嵇康听我这么回答，笑了："那琴弦呢？琴弦又是怎么制作的？"

"传说，琴弦最开始是用的冰蚕丝制作而成。相传，这冰蚕长约七寸，身上有刺，还有鳞甲。它成熟的过程，就是在冰天雪地里作茧自缚，然后不断吐出五彩的蚕丝。琴弦就是用冰蚕的蚕丝捻成的。这种琴弦柔韧性极好，百弹、千弹、万弹都不会断，声音清幽雅致激越高拔。音色润泽，被人们尊称为冰弦。"

嵇康听了我这么说，哈哈大笑："都是胡说，都是胡扯啊。"

我目瞪口呆："先生为何这么说？"

嵇康笑了半天，斜坐在那里喝茶，眼睛也斜着看我："小小少年，读了些歪门邪道的书，就在这里卖弄。我告诉你，琴材无非是出自深山峻岭，当然，梧桐木最好，其他木头也好。深山老林里的树木，在那里安静生长了几十几百年，沐浴日月之光华，采集风雨之灵气。有一天，一个隐士路过这崇山峻岭，遇到参天大树，见到了山泉飞瀑，闻到了鸟语花香，听到了飞鸟走兽，于是，他就砍下木头，斫为琴身，见白云舒展，小鸟欢唱，山岚云涌，大地回春，就弹琴而悠然自得也。什么伏羲氏、冰蚕丝，自然都是胡说八道。”

4

嵇康收我为徒后，遣散了两个农妇帮手。我就是做他打铁的徒弟，他认为我没有向他学琴的资格，所以，我要先学打铁。

打铁很累，风排鼓风需要力气，添木炭烧融矿石需要力气，将铁水熔铸成器物，不断捶打，也需要力气。

我十八岁，这些我都干得了。实在厌烦了，我就一跃而起，在树梢上追逐飞鸟。飞鸟不动，其实是我和它们跑得一样快。所以，看上去飞鸟是不动的。

嵇康打铁，以卖铁具农具为生，读书交友却并不广泛。他有一妻一女，妻子脸上有雀斑，是曹操的孙女。嵇康老家在会稽山，本姓奚，后来为避仇家，搬到了安徽宿州西南的铚县，改了嵇姓。父辈搬到了山阳县这里，距离洛阳都很近，因为曾和曹操是老乡，才有了两家的联姻。

嵇康娶了曹操的孙女，那时嵇康二十三岁。不久，生下一个闺女，此时世事大变，曹家已经失去了魏国的权力，司马氏弄权于朝堂之上。

闺女养在深闺不常见。所以，在嵇康家里，打铁，读书，倒很安静。

嵇康有两个好朋友，一个是吕安，还有一个是向秀。吕安过去住在山东东平，自视甚高，但他服嵇康。有一天，他从山东东平坐马车，跑了一千多里地来找嵇康，嵇康去外面了，不在家。

我听到院子外面有声音，就跑出门，看见一辆有帘子的双轮马车，果然是有客自远方来，就回返报告给嵇康的兄长嵇喜。

嵇喜带着我出门迎接，在门外高声说：“是吕安先生吗？嵇康说你要来的。”

只见那马车窗户的卷帘一掀，一个外貌伟岸的人探头出来，问：“嵇康先生在家吗？”

嵇喜答：“不在，去买东西了。我是他哥哥嵇喜。屋内先请！”

但我看见吕安的神情很失望，他不见嵇康，只看见嵇喜，显然很不喜悦。他说：“那我就不进去了，我在车里等着他回来吧。”

嵇喜很无奈，只得回到房屋内等待嵇康回来，可是左等右等，嵇康就是没有回来，眼看到了吃饭的时间了，怎么办呢？也不能让客人饿着呀。嵇康的夫人做好了饭，叫嵇喜：“请门外车上那个山东客人来吃午饭吧？”

嵇喜没好气地说：“我不管他，他自己饿着好了。他看不起我，我怎么会管他饿不饿呢？”

嵇康的老母亲说：“可咱待客，不能失礼啊。”就叫我提着食盒，把饭送出门，送到吕安的车上。这吕安也不客气，大吃起来。吃完了，还是不见嵇康回来，把碗筷子盘子碟子水杯往食盒里一丢，递给我：“我回东平了，告诉嵇康，我来过了！”

这个人一声令下，马车夫赶着马车“噔噔蹬”跑远了，走了。

我是目瞪口呆。怎么这些读书人，都是脾气古怪，疯疯癫癫的呢？

5

他没走多久，嵇康先生就回来了。嵇喜告诉弟弟吕安来访，不见他，吃了午饭又走了。

嵇康笑了笑：“我写好了《明胆论》，正要和他辩论呢，他可好，跑了。”

但这个吕安没多久还真回来了，他把全家都搬了过来，走了一千多里地，好多辆马车，浩浩荡荡的。

难怪，吕安是大户人家，嵇康告诉我，吕安的父亲是镇北将军吕昭，还当过冀州牧，管着北面一大片，是地方诸侯。他哥哥吕巽，是司马昭信赖的亲信，嵇康一开始和吕巽关系比较好，不认识吕安。有一天，吕巽说：“我有两个弟弟，最小的亲弟弟吕粹，当着河南尹，大弟弟吕安，是庶出的，却是个文人，和你最相像，我想介绍你们认识一下。”

吕安不愿意当官，喜欢当个散淡人，整天到处结交文人雅士，弹琴、喝酒、辩论、写诗。经过吕巽的介绍，嵇康和吕安就这么认识了。吕安和哥哥吕巽、弟弟吕粹都不怎么来往，和嵇康很投缘。

吕安搬到距离嵇康家不远的地方，在那里买下一处宅子和几亩地，从附近一条河流那里引了一条水渠，在自家的院子里开辟了一个菜园子，开始种菜卖菜。

吕安这么做，就是为了能和嵇康常见面。没成想，后来，也是这吕安惹下了祸患，直接导致嵇康的被杀。

这是后话了，我接着说别的。那段时间，除了吕安，嵇康先生还有一个年纪比他小的朋友，叫向秀。三个人常常是形影不离，要么是一起打铁、卖农具、种菜卖菜，要么就是骑驴、驾车远游到兴尽而归。

向秀这个人个子不高，眼睛很大，一副很聪慧的样子，他年纪很小，二十多岁，就敢给《庄子》做注解。我师父曾经让我诵读《庄子》很多遍，可我读是读了，就是不能入脑入心，不懂庄子那些华丽、澎湃、诡异的比喻，到底在说些什么。

向秀曾经对嵇康和吕安说：“我想注《庄子》。”

两个人大笑：“《庄子》还用注解？不用注。”

可向秀说："我偏要注。"于是，他就注解了《庄子》前半部，拿来给两位好朋友看。

嵇康和吕安看了，大吃一惊。嵇康说："你的注，简直要胜过庄周本人了！你这是向庄周挑战呢。"

吕安也说："是庄周在你笔下复活了！哎呀，佩服，佩服，庄周复活了！"

他们三个人大笑着，出门登山去了。

不过，向秀做事情有时候有始无终，兴头没了，他就不做了。《庄子》的注解也是如此，做了一大半，忽然就停下来了。嵇康被杀很多年后，《秋水》篇和《至乐》篇也没有注解完成，向秀也去世了。他的两个儿子向纯和向孝把书稿敬献给了当时的大官郭象，这郭象窃取了向秀的大部分《庄子》注解成果，补上了两篇向秀没来得及注解的，又修改了部分内容，署上自己的名，公然印行于世。这都是后话了。

6

那段时间，前来拜访嵇康的人很多。作为徒弟，我都见证了。

这时，一个影响了嵇康的命运的人，也来找嵇康了。他是钟会。

钟会出身显赫，他的父亲钟繇，曾是魏国的丞相。钟繇是魏国的开国元勋，地位十分尊贵，而钟会则是钟繇庶出的小儿子，自幼奸诈聪慧过人。钟会比嵇康小两岁，因是朝廷贵族，很受朝廷重用，二十多岁就担任了尚书中书侍郎，等于是朝廷中枢的办事员。

司马懿死了，儿子司马师掌权，钟会又被封为了关内侯，司马师死了，司马昭掌权，钟会就成了司马昭的心腹。司马昭的任何谋划，都有钟会的参与。

钟会也是饱读诗书，内心里非常崇敬阮籍和嵇康这两位当时的大文人。

但在这两个人的面前，他都碰了钉子，以至于内心里十分怨恨，也是他后来对嵇康痛下杀手的原因。天妒英才啊！

阮籍比嵇康大十几岁，出身高贵。阮籍的父亲阮瑀曾经是蔡邕的学生，是建安七子之一。蔡邕通五经，擅书法，懂古琴，不仅写有琴谱《蔡氏五弄》，还写了书法著作《笔法》，组织人手校订、书写、刻写了《熹平石经》，成为人间书法经典。

这些大才都是通才，一代传一代。

曹操对司马懿是曾怀有戒心的，姜还是老的辣。曹丕却和司马懿关系很好，经常在曹操面前替司马懿打掩护，以至于后来司马氏专权，夺了曹家的魏国政权。因为这几层复杂的关系，阮籍后来和司马懿的两个儿子司马师和司马昭的关系都不错。

但即便如此，阮籍也不愿意当官。阮籍出身于士族大户，不可能避开高层的权力联姻或者斗争，他采取的办法，就是喝酒卖醉装傻。

司马昭掌权之后，他的小心思最后竟成了"司马昭之心，路人皆知"这个状态。他很苦闷，想来想去，为了改变名声，觉得和文人联姻是一个门径。这时，钟会就给他出了主意。

"主公，我看您平时就和阮籍关系好。他爹是阮瑀，建安七子，曹丕当年专门在《典论》里写到他爹，给予极高评价。阮籍有个女儿，年方十六，聪颖美丽，我看，许配给您的公子司马炎，最为合适。"

司马昭大喜："我也早有此意，还是你懂我的心思，那你去找找阮籍，给我说项说项？"

钟会就去找嵇康说亲。阮籍招待他喝酒，钟会说："阮籍兄，听说你家有女才艺双全初长成？还不请出来，弹琴给我们听听？"

阮籍早就知道了钟会的心思："她出去玩儿了。不在家，我们还是喝酒吧。"

钟会就和阮籍喝酒，阮籍酒量大，怎么喝都喝不醉，但脸已经红了。钟会按捺不住，又提醒阮籍："你和司马昭那么熟悉，你知道他儿子司马炎到了该娶亲的年纪了吧？"

阮籍说："什么发炎了？喝酒，喝酒！"他推杯换盏，大嚼猪肉，装作喝醉了，不知道钟会再说什么。

钟会这么来了三趟，阮籍就天天和他喝酒，瞎聊，不谈正事，或者就弹琴。

阮籍喝醉了，琴弹得更好了。他说，"发狂了！发狂了！"他弹的正是他自己创作的琴曲《酒狂》。

钟会听他弹琴，听出来这《酒狂》曲子中的忧郁、狂放、醉意朦胧、指东打西、烦躁不安和狂放不羁的感觉。

阮籍不理他，兀自弹琴，口中喃喃自语。就像没有他这么个人。钟会忽然很害臊，觉得被愚弄了，就回去了。

司马昭兴冲冲地问："怎么样？我儿司马炎提亲的事，阮籍怎么说？"

钟会脸色阴沉："他这个醉鬼！天天喝醉，哪里是什么建安七子之子，名门之后，都让他败坏了！"

司马昭笑了："还是你爹钟繇对你管教有方啊。当年，你父亲钟繇听说韦诞手里有蔡邕写的《笔法》的唯一手抄本；就上门去，请求抄一遍，可韦诞很吝啬，不给你父亲，说，这书是要给我陪葬用的，不给你抄！你父亲气坏了，回家就怄气吐血，一病不起，好久都不上朝。对不对？阮籍这人也很难弄，你可别吐血了啊！"

钟会这才笑了笑："是啊，这阮籍把我气得够呛。当年我爹是被那个韦诞气得吐血。不过，最后，还是我爹胜利了。"

司马昭捻着胡子，笑着说："笑到最后的人，才是胜利者。你爹钟繇，最后还是得到了那部《笔法》，对吧？韦诞没过多久就病死了。你爹真是胆子大，他竟然亲自带人去掘开了韦诞的坟墓，拿到了那部《笔法》。”

钟会说：“是啊，这笔法我让人抄写了一部，给您也奉上了，您这里就有。喜欢的人都能读到，《笔法》才算有用。不知道阮籍这酒腻子，到底想些什么。”

司马昭冷笑一声：“文人有文人的毛病。可文人也只有一个脑袋。”

钟会吃了一惊：“您是说，要是阮籍不答应把他女儿嫁给您儿子司马炎，就砍掉他的脑袋？”

司马昭捻了一下胡须：“呵呵，我可没有这么说。且要看看他怎么说。”

于是，钟会就继续前往阮籍家里，伺机提亲。

每次钟会来，阮籍就知道他的来意，不由分说就拉他喝酒。

钟会也没有办法，就和阮籍一起喝。每次都喝得酩酊大醉，最后就忘记到阮籍家里来是干什么了。就这么又喝了五十七天，这些天里阮籍是天天醉，钟会也是天天醉。

俩人喝完了舞剑，作诗，画画，写字，发呆，就是不谈提亲这件事。钟会愣是没有完成司马昭交给他的提亲任务。

六十天过去了，传来司马炎喜欢上另一个姑娘的消息。

司马昭就对钟会说：“算了，你别再去那个醉鬼家里了。这事，就不提了。”

钟会暗暗松了一口气：“那，阮籍的头……”

司马昭呵呵笑了：“且在他颈项上再留一留吧。韭菜还在那里，想啥时候割，就啥时候割，对不对？”

7

有一天，我正在树上看鸟，嵇康在卷棚下写字。忽然，我听见了有马蹄的杂沓声响，由远及近，人数还不少。我就做了一个腾跃，看见远处是车马喧腾，一彪车队正在朝嵇康家这边狂奔。

我说："师父，有人来啦。"

嵇康在卷棚下丢掉了正在看的书，对向秀说："来，咱们打铁！"

向秀立即丢掉手里正在做注的《庄子》，他跑到了风排鼓风机那里，踩动水车，以水流带动风排。鼓风机将冶铁的火炉吹旺了。

嵇康脱掉了长衫，裸着上身，我从火炉里取出烧红的铁块。嵇康就挥动锤子，叮叮当当响了起来。

我们打铁打得正热闹，嵇喜听到院门被叩响，就跑过去开门。

呼啦啦一下子进来了一堆人，我看到都是达官贵人，都是公子帅哥，都是仪表堂堂，脚蹬朝天靴，身穿锦绣袍，云髻高悬，金针横穿，挥挥手，江山在我手，走一走，大地抖三抖，所有人兴冲冲往里面走。

为首的一个人，华服俊容，那个人就是钟会。

我在呼哧呼哧拉着风箱，向秀呱唧呱唧踩着水车，嵇康叮叮当当在铁砧子上捶打着一块烧红的铁。没有人理会钟会一行人的到来。

嵇康头也不抬，话也不说，就好像没有人进来一样。

这钟会是绝顶聪明，见没人理会，他屁股后头的公子哥中间，有人刚要发怒，他衣袖一挥，不让那人出声。

我惊呆了。

这一时刻，只听见叮叮当当，嵇康手里的铁锤作响；呱唧呱唧，向秀的风排鼓动；呼哧呼哧，我手里的风箱在响。钟会一行人看了半天，嵇康就当没看见他们这帮子人，一句话也不说。

钟会站在那里十分尴尬，挥汗如雨，站了一袋烟工夫，然后他一挥手，带着这帮慕名而来、要拜见嵇康的公子哥转身就走。

等他们走到大门口，就要出去的时候，我看见嵇康扔下了手里的铁锤，对着钟会的背影高声说："何所闻而来？何所见而去？"

我听明白了，那意思是说，你听到了什么，跑到我这里来了？你又见到了什么，现在走了？

这简直是质问和戏谑了。嵇康风度翩翩，可钟会狡猾过人，只见他一转身，大声说："闻所闻而来，见所见而去！"

钟会说完，扬长而去。

我立即放下手里的风箱拉手，攀缘上那棵大柳树。但见那些人纷纷在巷子口上了冠盖马车，扬长而去了。

我爬下来，说："他们走了。"

向秀走过来，嵇康拿起了铁锤，向秀说："钟会肯定会恨你。您想想，他父亲钟繇嫉妒韦诞拥有蔡邕的《笔法》，都能挖开韦诞的坟墓取到书，这一次他来看你，你不理会他，他必感到羞辱，一定会报复你。"

嵇康笑了起来："我本来就不愿意结交他这类贵人，他的人品我早就知道。狡猾，奸诈，聪明，小气。我的志愿就是住在这穷街陋巷，和亲人朋友说说笑笑，时不时弹弹琴，喝喝酒，打打铁，卖卖菜，如此，心愿足矣。咱们不去管他怎么想。"

8

嵇康曾经带着我去拜访一个隐士。这个人叫孙登，传说他已经活了一百三十岁了。

嵇康说："我每次读到尚子平和台孝威的传记，都非常羡慕他们俩，很想像他们那样生活，做人。"

我问："师父，这尚子平和台孝威是何许人啊？"

嵇康说："这两个人，就是过去住在山里的隐士。尚子平以打柴为生，台孝威以采药为生，他们都是知书达理之人，不事王侯，只愿意做自己喜欢的事情。我正在写的《圣贤高士传赞》里写到他们俩了。所以，我要找隐士孙登，我想和他说说话，我闷得慌，你跟我去吧。”他站起身。

我说：“您说到上山，我就想念我的师父石百丈了。我和他分别也有一年多了。”

嵇康说：“对呀，那我们先去找找你师父。”

我问：“要不要背上琴？”

嵇康说：“背上，在山上找到他的话，兴许我兴之所至，手挥琴弦弹一曲也说不定，全看我的心情了。”

我们出发了，走了三天，我带路，带领嵇康找到了我师父当年带着我隐居的山顶岩洞。

山上百鸟啁啾，云淡风轻，草木繁茂，树木葱茏。可就是不见我师父。

走进那座岩洞，我听见嵇康“啊呀”大叫了一声。

我跑过去一看，原来，我的师父他已经死了！他斜躺在那里，已经化作了一具枯骨。

我顿时泪如雨下，大叫：师父！师父！

“你的师父死了很久。”嵇康拍了拍我的肩膀，然后走到了一处天然的石桌子跟前，看到了一件东西。他说：“你师父知道我要来。你看，他给我留了一块做琴的好木头。”

我擦了擦眼泪，走过去，果然看到了一截梧桐木，想必采过了日月的精华，经受了云雾的浸染，饱受风雨的捶打，是一块上好的梧桐木。一块石头下，压着一块刻着嵇康先生收取的木牌。石百丈师父料事如神，知道嵇康会带着我来找他。他就给他留下了一块做琴的好木头。

嵇康把那块木头背在身上，我们俩对着石百丈的枯骨拜了三拜。

我们下山，转向了另外一座山，去寻找隐士孙登。

9

孙登的确是个隐者，他藏在莽莽大山里，传说，他靠吃野果子野花，饮山泉水和露水为生。

嵇康带着我，在大山里转了三天都没有找到孙登。后来，一个采药人指点，嵇康带着我从一条山羊常走的羊肠小道上攀缘而去，翻过了一处极其险峻的悬崖，然后看到了一片低矮的松林。

那些松树长得都很奇怪，从几块大石头的缝隙里扭曲着长出来，松枝伸展开来就像是扭曲的手臂，松针十分茂密，墨绿色，黑油油的，将一处很不起眼的岩洞遮掩了起来。这座山叫作苏门山，就在山阳不远处，距离我们生活的村子有几十里远。

“山不在高，有隐者则名。”嵇康自言自语道。

我们来到了岩洞口，听见里面有人发出了吆吆喝喝的声音。

嵇康对着岩洞朗声说道：“嵇康求见大隐者孙登先生！”

里面的声音停下来了。接着，从岩洞里走出来一个白胡子老头，牵着一头白色的山羊。看来，这个人就是孙登了。看不出他有多大的年纪，说七十岁、九十岁、一百二十岁都是可以的。

我在一旁看了半天，也看不出他有什么道行，这就是大名鼎鼎的隐者孙登？

嵇康稽首拜谢，表达敬意，这个老头也不回礼，他自顾自向一块伸出悬崖、面向莽莽丛林的山岩走过去。然后，孙登是一言不发，他盘腿坐下来，面向那广大的世界。

只见他嘬着嘴，发出了十分悠长的口哨声。口哨声瞬间就在山林间回荡，悠扬，悠长，悠然，忽高忽低，忽快忽慢，忽粗忽细，我师父嵇康听呆了。

我在一旁小声说："师父，您要弹琴吗？"

嵇康挥了挥手，意思是不弹。

等到孙登噘着嘴吹完了口哨，他还是一言不发地坐在石头上，也不理会师父嵇康和我。

嵇康忽然了悟了，他说："好了，我们回去吧。"

就这样，我和师父嵇康见到了隐者孙登，两个人没有说话，嵇康兴尽而返。

回去的路上，我问师父："您怎么看孙登这样的隐士？"

嵇康骑在一头驴身上，也噘着嘴，模仿着发出了口哨声，然后笑着对我说："孙登很好，可是，我做不了孙登。"

我似乎是明白了。的确，嵇康和孙登根本就不是一路人。他欣赏孙登这样的隐者，但是他不愿意做孙登。

见过了隐者孙登，嵇康已经很满意了，兴尽而归，我跟在他后面，可以感觉到他内心的满足感。

孙登在那里面对莽莽群山，噘着嘴唇发出的啸叫和口哨声，就是在和我师父嵇康说话，而我师父嵇康，也听懂了他在说什么。

10

回到了山阳县，嵇康就认真地把石百丈留下给他的那块上好的梧桐木，制作成了一架七弦琴，命名为"清远"，在琴首处写了这两个字。

他告诉我："这张琴，做好了。你石师父给我留下的这块木头真好。琴木很重要。相传，蔡邕有一次在苏州游历，偶然碰到一户人家，正在烧木头做饭，他听到从厨房传来桐木燃烧时的爆裂声，和一阵阵梧桐木的香气，就赶紧让人从厨房灶台上把那还在燃烧的桐木取出来，一看，果然是一块制琴的好木头。蔡邕就把这块烧焦了一部分的桐木，制成了一张闻名于世的‘焦尾琴’，弹出来的琴音果然不同凡响。”

“除了梧桐木，别的木头也能制作琴面板吗？”我问。

“檀木、乌木、松木做琴面材料也不错。峨眉山和黄山的木头都很好，在风雨中浸染，得日月之精华，最可以拿来做琴。”

我看到嵇康制作的这把琴，在面板的外侧分布着一些大大小小的圆点。我数了数，一共十三个。“这圆点就是徽吧？”

“是徽。徽是音阶的标志，可以用玉石、金银，也可以用鸟兽的骨头来制作。至于琴弦，一直传说，好的琴弦要用蚕丝制作而成。献帝时期，有个寡妇晚上睡不着，就偷窥隔壁邻居家里养的蚕结茧，结果，那蚕很有灵性，结成茧的形状也像这个寡妇的面容一样，十分愁苦。巧的是，蔡邕刚好买回来那种蚕茧，缫丝后制作琴弦，张在琴面上之后，弹奏起来，弹出来的，天然带着寡妇才有的哀愁、幽怨、孤独和伤感的音色。他女儿蔡文姬听到父亲的弹奏，都流下了泪水。蔡邕问女儿蔡文姬，你怎么哭了？蔡文姬回答，父亲，因为你的琴弦用的是寡妇养的蚕丝做的啊！”

后来，凡是弹琴的人都知道著名琴曲有九弄，就是九支曲子，分别是蔡邕的《游春》《渌水》《幽居》《秋思》《坐愁》。另外四弄曲子，是嵇康的《长清》《短清》《长侧》《短侧》。蔡邕的五首曲子，一看名字就知道他的曲子的内容，可这嵇康的四首曲子，是什么内容呢？我有幸亲眼见到了这四首曲子的诞生。那是嵇康一首首写出来的泣血之作。

古琴音就是清声和侧声，这是古琴的基本音调而已。长清就长长的清声，短清，就是短短的清声。长侧，自然就是长的侧声，短侧，就是短短的侧声。如此回旋往复，不断地变调，转调，回旋，变化多端到了无穷的地步，将人的所有情绪都放在清声和侧声中间。

那些日子里，我看到嵇康常常坐在竹影中间，弹琴作曲。有一天我听到了他的琴声激越而嘈杂，十分古怪。那是一首《广陵散》，这首曲子说的是古代刺客聂政刺杀韩王的故事。

我默默地在竹林外，听嵇康弹奏这首曲子。

嵇康后来变得激愤了，可能他感觉到了某种渐渐逼近的压力。他和山涛之间的交往，在他写完了《与山巨源绝交书》之后，就真的没有了。

当时，山涛是司马昭非常信赖的高官。司马昭有时候带兵出征，就将留守洛阳京城、监视曹家宗室的权力交给了山涛。山涛非常欣赏嵇康，可嵇康就是不愿意做官。

嵇康和山涛绝交，起因在山涛调任更高的职位后，他向朝廷举荐了嵇康担任他的原职。按说这是一件天大的好事，多少人都希望这馅饼掉在自己的脑袋上。可这嵇康不仅不领山涛的情，还写下了一篇绝交书，与欣赏他的山涛绝交了。

在那篇雄文中，他用五大段，写了自己不能胜任这个官职的七不堪和二不可，实在振聋发聩，也让人仰视和佩服。一时之间，这篇文章洛阳纸贵，在洛阳的士人中间争相传抄，传为美谈。

这就是嵇康当时让很多人侧目、佩服、不解、激赏、愤怒和崇拜的原因了。据说山涛知道后并不生气，还派人给嵇康送来了水果。那意思是说，不干就不干呗，咱们还是朋友，行不行?

所以我虽然是师从于武艺高强的石百丈，学到了独门绝技飞鸟不动，我越来越觉得，嵇康也是一个侠客，他是一个文侠。

11

在我师父生活的那个时代里，在朝廷中是司马氏一家擅权，掌握着生杀予夺的大权。司马懿与司马师、司马昭两代，父子三人把持朝政，把那些不听话的、怀有二心的、同情曹魏的朝臣、文士都找了理由杀掉了。司马懿杀了曹爽大将军，后来还杀了何晏和王弼，而且还株连三族，也就是夷三族，杀了人为了让他们噤若寒蝉。

嵇康师父告诉我，钟会是一个阴险小人，他父亲在当年是曹操都很信赖的权臣、大书法家钟繇，钟繇和张芝齐名。钟会在父亲身边长大，虽然是庶出的儿子，也学得了父亲的一些书法皮毛。可这个钟会不学好，专门学邪门歪道，不好好写字，却非常善于模仿别人的字迹。

钟会十八岁的时候就干下一件丑闻，士林中都知道。所以嵇康素来看不起钟会，也就是为什么钟会来拜访他，他依旧在那里打铁，连头也不抬的缘故。当年，有个名士叫荀勖，他母亲姓钟，是钟会的远亲，荀勖算得上是钟会的娘家舅舅，平时关系也不错，经常走动。荀勖珍藏了一把从春秋时期越国那里得来的宝剑，一到半夜还会鸣叫，荀勖也经常在宴会上，乘着酒兴，把这把宝剑拿出来让大家一起欣赏。

这把宝剑很有灵性，人多的时候，这把剑就会鸣叫，大家从来没有听过宝剑的啸叫，这下听到了，实在是惊讶和激赏。

后来，有人提醒荀勖说，这把宝剑太宝贵了，还是不要随便拿出来展示了，万一丢了怎么办？荀勖觉得有道理，就交给自己的老母亲钟老太太保管起来，嘱咐母亲说，不是他本人亲自来取，或者有仆人拿着他的手迹纸条来取，是万万不能动这把剑的。

结果，钟会想得到这把宝剑，朝思暮想，想歪了，他竟然模仿了荀勖的字迹，派了一个人去，说是荀勖自己要取那把宝剑。

钟老太太熟悉儿子的字体，一看是儿子写的，不由分说，就把宝剑给人了。这把宝剑就落在了钟会的手里。

荀勖知道后大怒，去找钟会要宝剑，可钟会两手一摊，就是不承认。可见其卑鄙到无耻的地步了。

嵇康本来在那里打铁打得好好的，平时就和吕安、向秀喝喝茶，打打铁，种种菜，加上结伴远游、树下谈玄，可是，祸起萧墙，世事难料。吕安的哥哥吕巽位高权重，他觊觎庶出的弟弟吕安的美貌妻子徐氏，有一天，趁吕安和嵇康出去游玩，请自己的小老婆设计谋，搞了一场夫人们的宴饮聚会，将徐氏灌醉了。然后，吕巽的几个老婆都退场了，吕巽趁机将徐氏奸淫了。

徐氏酒醒了之后，回到家里给归来的吕安哭诉。

吕安大怒，觉得这哥哥真是禽兽不如，他手拿宝剑就要上门和哥哥决斗。

嵇康和吕巽、吕安都熟悉，就在两家之间调停，觉得这家丑不可外扬，劝说吕安不要告官，也劝说吕巽不要闹大，要向弟弟吕安赔不是。

吕巽是司马昭信赖的权臣，吕安去告状，也不会有什么结果。

嵇康将两个人拉到一起，当面劝说。吕巽理亏，发誓不报复吕安，吕安也就没有去刑部告发吕巽。

本来这个事已经平息下来，但几天之后，吕巽却先下手为强，诬告吕安殴打自己的母亲，以不孝之罪，将吕安告上了刑部。他是嫡长子，如此倒打一耙，必然是无法让人分辨。

钟会有个兄长叫钟毓，担任主管司法刑事审判的最高官员廷尉，吕巽早就买通了钟会和钟毓，钟毓立即判处吕安有罪，判他流放到辽东。吕安就这么被流放走了。

12

在吕安被冤屈流放辽东后，我看到嵇康的情绪一落千丈，他感到十分自责，非常愤懑悲伤，写下了又一篇绝交书《与吕长悌绝交书》，派我交给吕巽府上，和吕巽也断绝了来往。

但谁也没有想到，这件事情会继续发酵。吕安被流放到辽东之后，在苦寒之地愤懑至极，写来一封信给嵇康。这封信却落在了钟会的手里。在这封信里，吕安大骂了当朝的黑暗统治，将矛头指向了司马昭、钟毓、钟会和吕巽等一干权臣，信中说，天道不存，王八横行，这群人利欲熏心，把持国家，必须要早早翦除才是。在信里吕安请嵇康利用自己的影响，找士人反抗这群权臣，改变政坛风气。

可想而知，嵇康还没有看到这封信，作为收信人，嵇康也是在劫难逃了。于是，钟毓立即派人拿下了嵇康，将他下到了大牢里。

我去大牢里看望嵇康。

我问他："您觉得，事情会如何发展？"

"他们要杀了我。其实，就是司马昭要杀掉我而已。"嵇康平静地对我说。

"他为什么要杀你？难道不是钟会想借机除掉你？"

"司马昭更想杀我，他是在借钟会的手。别人看见的是钟会恨我，不会看见司马昭之心。"

"您亲眼看到吕安这封写给您的信了吗？就是给您定罪的那封莫须有的信？"

"看了，我看像是吕安的字迹。"嵇康微微一笑，"当然了，钟会是谁的字都能模仿，也许是钟会写的呢。"

"那您为什么不让廷尉钟毓去找吕安对质？"

"没有意义了。问题是，他们就想要杀我，什么理由都能找到。"嵇康淡淡地一笑，"这个结局，我早就想到了，不过，这一天终于来了。明天，就是我和你告别的时候了。不过，你还是现在就走吧。"

嵇康抚琴的右手发出了一挥而就的气势，琴弦激越地弹动着，发出了嘈杂的不耐烦的声音。

"我不想离开您，师父。"我哭了，对嵇康说。

嵇康哈哈一笑："我才不是你的师父，文没有教你读书弹琴，武没有教你习剑杀人。我哪里是你的师父？你的师父，分明是那个拐子石百丈。他是让你来保护我的。我知道你武功不错，但我的死，你是保护不了的。我必须死。"

嵇康说破了一切。是的，我师父石百丈在世人面前喜欢佯装成癫子，还跛脚，长发披散，他在山洞里住着教了我绝世武功。我能三步杀一人，七步杀三人，手挥弦断，琴弦也能用来杀人。我也是来保护他的，可我保护不了他。

"你走吧！"嵇康挥了挥手，让我走。

我想了想，只好走了。

我想，我是要走了，我要去投靠钟会，他杀嵇康，然后我就杀他。

我必须要报仇雪恨。我要寻找机会。

我走了，我参加了军队，不久，就到钟会指挥的禁军中担任了一个统领。

13

嵇康在刑场里，三千太学生在刑场外的空地上泣不成声。

我在太学生后面的军士队伍里，看着那一天的太阳缓缓升起。大地蒸腾着热气，万物都睁开了眼睛。有一名随从文官拿来了一张纸，据说是钟会亲自起草的，宣读给嵇康听：

> 嵇康请听：今皇道开明，四海风靡，边鄙无诡随之民，街巷无异口之议。而康上不臣天子，下不事王侯，轻时傲世，不为物用，无益于今，有败于俗。昔太公诛华士，孔子戮少正卯，以其负才乱群惑众也。今不诛康，无以清洁王道。

嵇康听罢，大笑不止，说："如此说，我真是该死了啊。好吧，且让你们都如愿了。拿琴来，我要最后弹一曲。"

现场鸦雀无声。忽然，墙外太学生的哭声传了进来。

大家都看着掌刑官。掌刑官又看着钟会，钟会额头冒汗，想了想，心烦意乱地示意掌刑官，同意把嵇康随身带着的那张琴给他弹。

嵇康接过了自己那张"清远"琴，正了衣冠，做了空手焚香的动作，然后端坐如仪，手挥琴弦，开始弹了起来。

他高声说："我弹一曲，《广陵散》。"

我听见了嵇康亲自弹的《广陵散》。只是这一次别有不同。相传，这是蔡邕的《琴操》一书里记载的《聂政刺韩王曲》，因有弑君之意，故不流行。一段段那个激越，那个回转往复，那个慷慨就死。四十五段曲子，嵇康一段段地弹下去，从容，淡定，潇洒。

太阳在我们的头顶迅速位移。日影移动，我能想象到嵇康一定是在看着太阳在天空中滑动，手挥琴弦。太阳这万物的主宰，它在空中看着他。弹到了激越之处慷慨之处，三千太学生哭泣不已，在外面倒了一片，纷纷大声说："不平！不平！放了嵇康、嵇中散先生！"

我也暗自流泪。

后来，琴声没有了，弹完了。

行刑手大喊："时刻到！斩——"

嵇康就这么身首异处，被钟会杀了。日影一瞬间忽然黯淡了。

我听说，嵇康看着太阳的影了在弹那曲《广陵散》，弹完之后，长叹一声，"道尽图穷，这《广陵散》，从此绝了。"然后站起来，向行刑台走去。

三千太学生哭声一片。我的泪水早已将眼睛模糊了。一群钟会的士兵冲过来，用鞭子抽打，驱散这三千请愿的太学生。

后来，我走到刑场里，看到嵇康的尸身已被抬走，他的血浸染了一块白布。他那把用我师父石百丈留下来的桐木制作的“清远”琴，还在高台上。只是蚕丝琴弦已经被弹断了两根，琴弦上还有血迹。

我把这张“清远”琴抱在怀里，离开了那里。

14

我要为我的师父嵇康复仇。这是我的使命。我一定要杀了钟会。我要报仇。

嵇康不得生，那么，钟会必须死。

我知道石百丈师父教我武艺，然后把我放在嵇康先生边上的用意。只有我才能报仇。这一点，谁都不知道。再聪明狡诈的人，都不会猜到。司马昭猜不到，嵇康猜不到，钟会更猜不到。

嵇康被杀之后的第二年，司马昭出兵讨伐蜀国。他认为一统天下的时机到了，在这年的冬天，他不顾群臣反对，任命钟会为镇西将军，统领兵马十万，大将邓艾为右将军，率领三万军马，从东南侧呼应。钟会为主将、邓艾为副将，分左路和右路进击蜀国，大军直扑蜀国的北大门剑阁。

钟会领军打仗根本就不行，他迎面就撞上了蜀国的大将姜维率领的蜀军，几番交战，都遭到败绩，无法继续前进，在剑阁形成了对峙局面。

我就在钟会的军中，对这一情况了如指掌。

右路军邓艾率领三万军马，从剑阁西边的阴平出其不意地过了剑门关，蜀道难，却被邓艾的突袭击破。过了剑门关，蜀国的大门被打开了，邓艾直取绵竹，花了半个月打下绵竹之后，直取成都的路就被打通，而蜀国也就无险可守了。

邓艾的部队长驱直入，一路打到了成都，蜀国后主刘禅投降，蜀国就此灭亡了。

这边钟会作为主帅，统领的大军还在和姜维对峙，竟然不能前进一步，实在令钟会恼羞成怒。关键是，他得到的消息，却是邓艾已经挟持了刘禅，让刘禅写给姜维一封信，叫姜维的部队放下武器，在剑阁向钟会投降。

这等于是被邓艾抢了头功大功，这怎么行！于是，钟会在剑阁截留邓艾从成都发往洛阳帝都、报送给司马昭的一封八百里快马加急的战况报告，他发挥了善于模仿别人字迹的本领，以邓艾的口吻，写下了另一封语气狂傲、居功自傲的信，快马发给了司马昭。

他非常了解司马昭，知道司马昭会为他伪造的这封信里面的哪些话而狂怒不已，司马昭收到这封伪造的信，一定会对邓艾大为不满的。

我在一旁看到了这一过程。钟会的一举一动，都在我的眼皮子底下了。

司马昭收到了钟会伪造的邓艾来信，果然勃然大怒，派了禁军特使到达成都，以企图谋反的罪名将邓艾抓捕，把他装入囚车立即押送回洛阳，他所统帅的部队全部交由钟会统领。

钟会的阴谋诡计得逞了。但多行不义必自毙，常有古人说，人在做，天在看。钟会统领十多万军马，到达成都之后，又接受了蜀国的全部投降士兵，开始膨胀起来。他担心邓艾回到洛阳会当面告发他居心不良、陷害忠良，就派了刺客追赶囚车，在剑门关赶上了押送邓艾的囚车队伍，以山贼的装扮包围了押送邓艾的队伍，把他们全部杀死了。

消息传回成都，钟会在蜀国的王宫大殿里狂笑不已。他手舞足蹈，一个人在那里来回跳跃，“天助我也！天助我也！没有想到，我钟会竟然能占领蜀国，据守这天府之地，一人独大，我钟会也有帝王命啊！”他两眼放光，自我膨胀到了极点，帝王梦在眼前浮现。

大殿里只有他一个人。宫女、护卫、书记都被他支走了。他狂笑，暴跳，就像一个小丑一样在那里翻滚。太丑陋了！这一切，只有躲在大殿廊柱上的我看到了。

第二天，钟会从蜀国王宫里发出命令，他假借魏国皇太后的名义，宣布废除天下人共愤恨的、从曹魏那里偷得政权的司马昭的所有权位，向他宣战了。

司马昭也立即发令，发兵讨伐乱臣贼子钟会。

15

钟会以为他占领了蜀国，蜀国自有天险保护，进可攻退可守，但他没有料到，还有我的存在。

我从大殿的廊柱之后，抱着嵇康生前最后所弹的那张“清远”琴，走出来面对钟会。

钟会手里举着铜爵，正在狂饮美酒。看到了我，愣住了：“你是谁？”

我淡然一笑，“你见过我，但你忘记了我。我是替嵇康来索命的。你认识这张琴吗？”

我这么一说完，钟会愣住了：“是嵇康弹《广陵散》的那一张？那又怎么样？他不是已经死了吗？”

“可我还活着，我是来为他报仇的！”我趋步向前，想擒住他。

他转身拔出一柄宝剑，那把剑，正是他从荀勖母亲那里利用模仿笔迹的卑劣手段骗取来的越国宝剑。

他纵身向我扑来，用剑直刺我的心脏。

我一个转身，手中“清远”琴的琴板格击他的宝剑，发出了哐啷一声响。

他的宝剑寒光一闪，我的衣袖被削去一段。

他再次向我劈砍过来。钟会一直在苦练剑术，以备无患。一瞬间，我的脑海里响起了嵇康弹《广陵散》的声音，我手里的“清远”琴挡在额头，被钟会那把锋利无比的宝剑硬生生劈砍了进去，宝剑被清远琴木夹住了。

说时迟那时快，我已经像一团雾一样靠近了钟会，我猛磕他拿剑的右手，宝剑和我的琴板都掉在了地上，我的左手擒住他的右手，我的右手里多了一把琴弦。那正是嵇康弹断了两根的、长短不一的冰蚕琴弦。

冰蚕琴弦细若无物，但却柔韧无比，在我的手指拈动下激荡开来，一下就勒住了钟会的喉咙。

我使劲一勒，只见钟会的眼珠子都憋出来了。他口中咔咔干咳，但出不了气，颈部鲜血喷涌而出，转眼被我勒毙于蜀国的王宫大殿之上。

我看着他缓缓倒地，我松开琴弦，收入囊中，俯身拾起被劈开的“清远”琴板，拔下那柄本来就不属于钟会的越国宝剑，转身一个腾跃，上了殿内的房梁，从那里疾速而走，逃出了大殿。

16

我一个人在大山之中，坐看云起云落，水流云在。

嵇康的琴板被我修复了，琴弦被我安上了。那把越国宝剑，被我装在剑鞘里藏起来了。我静的时候弹琴，想念我师父石百丈和嵇康，他们两个人，一个武侠客，一个文侠客。想动的时候我在树梢上腾跃，追逐飞鸟，飞鸟和我一起飞，我使用内力，让飞鸟扇动翅膀，但却飞不动。

没有人知道我是谁，我是无名之人，在大山里，看水流云在，看飞鸟不动。

2018 年 8 月 12 日

听功

1

听功，就是一门听声音的功夫。隔空听声，远达百丈，这是听功的极限了。在这一距离之内，我只要屏住呼吸，闭上眼睛然后去倾听，凡是我想听到的，不管是什么人和东西发出的声音，即使是万物都在喧响，也能被我听见，被我逐一分辨。

我盘腿坐在那里。我只需要闭上眼睛，等待内心沉静下来。然后，我就入定了，我就能够听到我想听到的一切：近处的、远处的所有声音，如同乱麻一样，突如其来地涌入我的耳朵里，那么多声音在喧闹，纠缠，如同河流之滔滔，如同一万棵树在大风中摇摆。

这一刻，就需要我仔细分辨，哪些是风吹草木之声，哪些是人声，哪些是走兽和飞禽的声音。水的波纹在缓慢扩展，一只飞鸟在水面掠过。柳树梢在风中发出了轻盈而尖利的呼啸。有人敲钟，钟声悠扬，震落了一只攀爬在橡树叶上的瓢虫。有人在桥上走过，他撒向河面的吃食，被鱼唇喋喋亲吻。一波波的浪冲刷着河岸，蚂蚁在对话，一条菜青虫从蔬菜叶子上缓慢爬过。

有人在窃窃私语。而我正是要捕捉人的说话声。我把注意力朝那个方向凝聚。很快，这些说话的声音就逐渐清晰了，被我分辨开来。我听到了他们的说话声。我慢慢地寻找，辨别，就能找到我想听的人说的话，我就能放大那些声音，而且，全都记在我的心里。

我叫葛十，我爸爸叫葛根。没有根系，就没有躯干，这可能是我爸爸给我取名的缘由。我学会了听功这一门功夫，而我的师父早就死去了。

说起我师父，我记得，在我很小的时候，大概是七岁光景，一天，我还在家门口玩耍，忽然听到了风声很响，风声中有人的步履传过来，一个人的声音对我说："你等着，我要来找你了。"

我对我妈妈说："妈妈！有人从后山过来了，他是个老头，他要来找我！"

我妈妈很吃惊，她远远地眺望，什么人都没有发现。等了好半晌，果然有一个人从后山过来了。

我盯着他看，我知道他要找的人是我。远远地，他从一棵树下走过来，到了我的跟前。他长发飘飘，是一个须发皆白的老人。他说："你这个孩子，估计读书不行，还是跟我去练武术吧。"

那个时候外面的世界比较乱，大事天天发生，是个群雄竞起，逐鹿中原的时代。谁都能感觉到，这是天命在发生变化了。白发老人和我父母聊了半天，告诉他们，他是终南山高德寺的高僧，特来寻找有慧根的孩子练习绝技。我爸爸就相信他说的话。后来，他说好了十年之后，把一个武艺神奇的儿子还给我父母，我父母含泪同意了。

然后，他就把我带走了。

他把我带到了秦地的大山里。莽莽的山林中，我跟着师父练习武功。他的身形如同猛虎，敏捷如同飞禽。他教会了我很多武功。刀、枪、棍、剑、斧、钺、钩、叉、镖、锤、锏、戟等各类器械，还有内功闭气功，就是闭住一口气，半个时辰不呼吸，外功则是排打功，怎么打都不疼。内练一口气，外练筋骨皮，这些常规的武术，基本的技法，我都能行了。一般我面对十个、二十个兵士对打，他们都不在我的话下。

最后练的是听功。听万事万物，我的师父说，只要是活着的东西，都能发出声音。死物就没有声音了，或者只能被动地发出声音，比如一只死鸟，只有翅膀在风的吹拂下才会有一点沙沙声。声音是万物之现形，隐藏的任何东西，都将因为声音而暴露。所以必须要用耳朵去听。

那些年，我师父带着我在终南山的山林里尖啸，带领我穿越广大的长安城，在人声鼎沸的闹市去分辨每一个人的声音。

“总有一天，这绝学你能用上。你将来要为朝廷效劳的。我是在为他们帮忙。”师父就这么告诉我。

等到我二十多岁的时候，听功练成了，我师父这时交给了我一个地址，让我去找地址上的人。那时候师父已经是绝症缠身，病入膏肓。有一天，他从绝壁上跳了下去，我再也看不见他了。我把头探向悬崖之下，只见一团团的雾气翻滚着涌上来，我听不到一点他的声音。隔了一天，只有兀鹫和蚂蚁吞噬他的尸骨之声传来。我哭了。

2

此时天下太平，政通人和，没有妖孽乱世，也没有胡马侵袭。当朝皇帝是唐高祖李渊的儿子李世民。

李世民曾在玄武门发动兵变，杀了哥哥建成和弟弟元吉，逼父亲李渊退位当了太上皇，自己当上了皇帝，虽然一直为人诟病，但天命如此，众人慢慢也就不再腹诽了，这一晃，如今也已经过去十多年了。

就在贞观十七年（公元643年）四月一日这一天，李世民突然传旨，废了自己的大儿子李承乾的太子位，下诏将李承乾贬为庶人，令天下人惊呆了。接着，宫内传出李世民当面许了他的第四个儿子李泰，在两天后当太子的消息。

然后，四日这一天，李泰并没有被如期宣布立为太子，宫内宫外静悄悄的。众大臣觉得很奇怪。

到了四月六日，李泰因为带领人马前往宫内面见父皇，忽然被李世民派禁军拘禁起来，说李泰企图谋反，皇子李泰竟然被打入了大牢。

四月七日，李世民转立他的另一个儿子、晋王李治为太子，并为这一结果拔刀想自残，被长孙无忌等几位大臣近身夺下长刀。相传，李世民扑倒在床上痛哭流涕，大哭不止。

几天时间里，这一系列的废立储君太子的宫廷事变扑朔迷离，令人眼花缭乱，如同电光石火一般到处都是疑点。到底是怎么回事呢？且听我慢慢说来。

李世民的得力辅臣，是大司徒长孙无忌。长孙无忌是河南洛阳人，他的先祖是鲜卑人拓跋氏，是北魏的皇族，他的妹妹就是文德顺圣长孙皇后，因此，他是李世民的内兄和国舅爷。当时，李世民最为倚重的心腹大臣有四个人，除了大司徒长孙无忌，还有大司空房玄龄、谏议大夫褚遂良、兵部尚书李勣等。其中，长孙无忌的话，李世民是最能听进去的。

我师父去世前，给我的纸条，要我去找的人，就是长孙无忌。我就是长孙无忌的秘密武器，是他暗中招揽的侠隐。

自从李世民经过了兄弟相争的血腥事件，夺得了天下大位之后，他就特别注意延揽人才，招引各路豪侠，培植密探和侠隐。长孙无忌这个国舅爷的一项工作，就是帮助李世民延揽人才。

我就是这样拿着师父的那张纸条，投奔到了长孙无忌大司徒府上的。长孙无忌是个矮子，长得实在不怎么样，甚至算得上丑陋，脸上有很多麻点，传说他小时候得过天花，差点死了，留下了疤痕。不过，他有勇有谋，一开口说话，你就会觉得这个人不一般。

招募英雄死士，需要一次公开比武考试。那一天，很多人都来了，大家是刀枪棍相见，拳打脚腿踢，你来我往地斗了一番。最后，长孙无忌要每个人在一间密室里，单独给他演示一种自己的绝活。

我就给他演示了我的听功。他说："你的师父是我的朋友，他说，你有绝活，将是我的臂膀，你且演练给我看看。"

我说："司徒大人，您让几个人去几十丈之外的地方说话，我能听到，能分辨清楚，然后复述出来。"

长孙无忌有点不相信，亲自参加了这场测试。他和三个人去我看不见的地方说话，然后，他回来了，问我，你都听见啥了？

我就把他们的谈话全部复述了一遍，包括他们对我的嘲笑。这一次，大司徒长孙无忌的脸色大变。

3

我就成了长孙无忌国舅的秘密武器。实际上，我真正是圣上李世民的秘密暗器了。

可能一般人都不知道，李世民之所以能在极其劣势的情况下，取得了玄武门兵变的胜利，得了皇帝大位，就是因为他很早就布局了内线细作网络。也就是说，当时，在他哥哥李建成和弟弟李元吉府上，都有他布置隐藏下来的眼线。

没有这些眼线，他绝对不能取得兵变的成功，早就被碎尸万段了。

说起来，武德九年（公元 626 年）夏天的那场载入史册的兵变，最后以唐王李世民大获全胜而告终，改变了大唐的进程和走向，这其中细作起到了一定的作用。

早在玄武门事变几年以前，唐王李世民就未雨绸缪地把太子李建成的部下、玄武门的守将常何、敬君弘、吕世衡发展为自己人，还把李建成的近臣王晊发展成眼线。

李建成和李元吉一密谋要发动兵变除掉李世民，王晊就得知了，他马上将这一紧急消息密报给李世民，使李世民抓住了应对的黄金时间。最后，李世民才在玄武门杀掉了伏击他的兄弟俩，一举成功。

所以，李世民非常注重发展眼线，注重密探的作用。自打李世民以玄武门事件的血腥方式取得了皇帝大位之后。接下来，防止阴谋诡计和宫廷政变，是李世民工作的第一要义，也是他内心里最担心和恐惧的地方。所以，我们这些高手才被安插到了他的太子府和亲王府那里，随时打探和密报消息。

长孙无忌就负责这方面的工作，我被秘密招揽到了长孙无忌手下。然后，看似很偶然的，我被禁军统领派到了当朝太子李承乾的太子府上，当上了一名护卫统领。

现在，你肯定明白了，李世民悄悄在他的皇子身边安插了不少像我这样的人。只是我们隐蔽得很深，平时只有单线联系，绝对不能暴露。我们平时不显山不露水的，互相也不认识。关键时刻，我们就要挺身而出，发挥作用。等到作用发挥完了，我们将再次隐身到人和事件的背后，消失不见。

这就是我们的状况。我们个个身怀绝技，像我的听功，就是这么在后来的太子废立事变中发挥了很大作用，改变了大唐的历史进程。

当然，我们总是隐蔽的，幕后的，甚至是见不得人的，这也是后来我被远远地发配到了南方瘴疠之地的原因。实际上，我也愿意去那里终老一生。靠近权力中心的人，实在很难有善终。

4

还是从头细说吧。我在前面说了，贞观十七年（公元643年），也就是李世民当上皇帝的第十七年的四月初，仅仅几天时间里，在长安宫内就发生了一系列令人目瞪口呆的太子废立事件。

首先，是四月一日这一天发生的事。此前的三月，大唐爆发了一场多少有点荒诞的反叛事件，这场反叛很快被剿灭了。反叛的主角是谁呢？就是皇上李世民的第五个儿子、齐王李祐。李祐在齐地他的封地造反，被李世民派去的军队剿灭，是完全可以预见的结局。

而风起于青萍之末。受到了这场三月李祐反叛事件的牵连，四月一日，当朝太子李承乾和李世民的弟弟李元昌暗中联手、企图逼宫让李世民退位的事情，就跟着败露了。

这件事的显形，我这个埋伏在太子府内的内线，起到了关键的作用。是的，在这一时刻，我站出来了，作为一个见证人，我举证了李承乾和李元昌联手谋反的阴谋诡计。

怎么太子还要谋反呢？他不是早晚都会当皇帝的吗？那么着急干嘛？是啊，我也是觉得，太子还很年轻啊，还是不成熟啊，你谋反你老爹，这绝对是找死。

四月一日这一天，长孙无忌来到大牢里向我面授机宜，他走了之后，我就出首举证李承乾和李元昌有联手谋反的阴谋。

我的举证十分具体详细，因为，依靠我的听功，我将太子李承乾和亲王李元昌的谋反计划和盘托出，时间、地点、人物、对话、经过、预谋，全都说出来了。

审讯官将我说的内容，再拿去和大牢里被枷号的太子和亲王对质，两个人听了，都惊呆了，他们做梦都想不到，他们说的话，打算做的事，圣上竟然了如指掌。在铁的证据面前，只好乖乖认罪了。

在审讯的过程中，当然不会告诉李承乾和李元昌，他们策划谋反所说的话是怎么被如此精确地知道了的。这两个人做梦都想不到，他们谋反的那些对话，是被我这个叫葛干的人一句句地听到了，记在心里了。哪一天，什么时候，地点，以及要做的事情。

于是，圣上下旨，李承乾的太子位立即被废，贬为庶民，并被看押起来。

李承乾被逮捕之后，李泰作为受到宠爱的皇子，那几天都在李世民的身边守候，心里是波涛翻滚。

李泰是何人？他是李世民的第四个儿子，是嫡次子。显然，李承乾的太子位被废了，还被关押起来，作为受到父皇宠爱的嫡次子李泰，就很有可能被立为太子，他自己的心思也立时活跃了起来。

这个李泰自幼就十分聪颖，李世民其实早就想把他立为太子，这是有端倪的。因为，太子李承乾在生理上有点缺陷。他幼年时病过一场，等病好了，结果患了脚疾，走路一瘸一拐的，比较难看。这个毛病也让李承乾有点心理变态，导致他怨恨父皇，也是他谋反逼宫想让父皇退位的根由之一。

但李世民一直很宠爱皇子李承乾的，即使他走路不好看，一瘸一拐，即使李泰等其他皇子更加帅气、聪颖、能干，李世民也没有换太子的打算。结果，是李祐的谋反牵连到了我，我不得不暴露了，接着我就在长孙无忌的安排下，举证太子李承乾和汉王李元昌谋划逼宫的事。

后来，李世民再三权衡，即使大臣们认为太子谋划逼宫造反，是对父皇的大不敬，有企图弑君之罪，但李世民也没有杀掉自己的儿子，只是把汉王李元昌赐死了，把李承乾流放到了黔地，他在那里忧惧而死。这等于没有直接死在父皇李世民的手上。

这些都是后话了。

5

那么，首先，在这一年的三月，李世民的第五个儿子齐王李祐为什么会谋反呢？他的谋反发生之后，怎么又牵连到了我这个隐藏在太子府内的眼线葛干的头上呢？我是怎么被捕，又怎么在此时供出了太子李承乾和李元昌的逼宫谋反阴谋呢？这么做有什么好处？导致了什么结果？这一环套一环的事儿，我来一一说给你听。

李祐是李世民的第五个亲儿子，被封在齐州做齐王。李祐的谋反事件，我看从他外祖父那里就能找到点根由。他的外祖父叫阴世师，当过隋朝的骠骑将军、张掖太守、武贲郎将等官职。在隋朝末年大乱之际，他和代王杨侑守在长安，李渊在太原起兵，阴世师把李渊当年才十四岁的小儿子李智云杀了，他还派人找到了李渊的家族墓地，把他五世家族墓的祖坟给刨了。

这可算是家仇国恨啊，所以，李渊入主长安之后，就把阴世师抓起来杀掉了。李渊还让李世民娶了阴世师的女儿阴氏，这就生下了李祐。

我和李祐认识也有很多年了。多年以前（公元 638 年），李祐生过一场大病，从齐州来到了长安，在都城治病养病长达三年。

李祐在长安京城养病的时候，他的舅舅阴弘智劝说这个外甥："齐王啊，亲外甥！我帮你分析分析你所处的地位。你看，当今圣上，你的父皇李世民的儿子比较多，今后争夺继承权的斗争会非常激烈。虽然你不是太子，但我观察，这太子的储君地位会发生变化。太子李承乾的脚不好，走路一瘸一拐，性情也很乖戾。我听说皇上并不真心喜欢李承乾，还让他四儿子魏王李泰留在身边伺候着，根本就不去魏王封地。”

李祐问：“这又能说明什么问题？”

阴弘智说：“这说明，李泰在皇上心里的位置不一般，是非常不一般的，你想想，都不让他离开皇上身边，那是想随时要找他，想见了就能随时见到。而李泰也很乖巧，特别会讨李世民的欢心。李泰爱好文学，圣上就让李泰在魏王府开设了一个文学馆，天天和一帮诗人浪子墨客在一起，舞文弄墨的。”

李祐问：“皇上让魏王开设文学馆，无非是让他有个散心的去处呗，那帮文人能起多大作用啊？”

阴弘智说：“这李泰是趁机招募了不少文人和武士作为自己的智囊和死士。你年轻，很多事情都不知道，你的外祖父，我的父亲，是你爷爷亲自下令杀的，这件事你都不知道！当然了，这隋朝唐朝很多人都是亲戚关系，关系复杂得我都说不清楚，我们阴家和你们李家，既是亲人，又是仇敌啊，可这怎么说呢，我就说这当今圣上李世民，当年和他哥哥李建成争夺皇位，就是开设了文学馆，招揽了不少人才，成了关键时刻发挥作用的智囊人才啊。现在，皇上让李泰开设文学馆，这不明摆着，他有可能当上太子嘛。”

李祐有点懂了：“舅舅，可这太子也不是说换就换的。这是自打李承乾这个瘸子哥哥一出生，就定下来了的事。”

“但我看，那个李承乾也不是省油的灯。据我所知，他和李世民的弟弟，你的皇叔、汉王李元昌关系好，两个人结成了死党，打算伺机干点什么呢。在这种情况下，我看今后你也有当太子的机会呢。这是谁都说不准的事儿。所以，你要招募些能人，关键的时候，他们要为你出力。即使你不能登得大位，也能保全自己的性命和实力。舅舅我是真心在为你着想啊。”

阴弘智的这一番话，李祐是完全听进去了，他问："那我应该怎么做呢？我是两眼一抹黑，出门就迷路啊。这长安城这么大，哪里有我的人呢？除了舅舅你这个贴心人，连我妈都不向着我。"

阴弘智微微一笑："齐王啊，我的亲外甥，这事就交给我办好了，我的大舅子燕弘信，你知道，这人在长安门路广，认识的人多，让他来帮你物色奇人怪才勇士吧。不过，这事只能是秘密进行，只有你知、我知、天知、地知、我的大舅子知道才行。"

6

当时，我已经在太子李承乾府里担任卫士副统领了。燕弘信是黑道、白道都有人脉的人，在长安城，他广为结交武士豪侠、怪才浪人，那些长安城内会射箭的，能耍飞刀的，会轻功草上飞的，善于攀爬、飞檐走壁的，能写文章骂人的，会书法绘画的，都被他一一访遍了。

我也被燕弘信给找到了。他听说过我的外家功夫，刀、枪、棍、剑、绳、拳样样不错，就和我密谈了两次，希望发展我为齐王李祐在太子府内的眼线，好有个内应。

我本来是长孙无忌国舅的细作，到太子府埋伏起来，这下又有了新情况，我不知道怎么办。

我立即通过单线联系，把这个情况报告给了长孙无忌，我真正的后台。他发来指令，要我答应燕弘信，成为齐王的秘密内应，继续埋伏在太子府内。

我就是这么成了齐王李祐名单上他的人的。我也因此而从细作变成了双面细作。太子李承乾不知道我是长孙无忌派来的细作，又是齐王李祐发展的内线，最后是长孙无忌掌握着几个方面的情况。

为此，我还见过齐王李祐一次。他要当面考我，看看我的功夫到底怎么样。

我就给他演示了我的武功。第一，我让他把一把大铁锁丢入井中，我跳下那口又深又窄的井，很快就把铁锁拿出来了。第二，我让十个人一齐朝我射箭，我用一把单刀防卫。我把单刀舞成了车轮，十人各射十箭，都被我的刀花挡住了，我毫发无损。第三，我展示了轻功绝技：在齐王府花园小湖的水面上凌波快速行走，到湖水中央的亭子里，把坐在那里弹琴的一个歌女背在我身上，踏着水面又迅速回到了他眼前。

这三下，让齐王对我是青睐有加。

但我没有露的，是我那旷世绝活——听功。我就露了这三小手，就成了齐王李祐信赖的勇士。而我的听功，只有长孙无忌国舅才知道。

话说在长安居住三年之后（公元 641 年），李祐的病养好了，他就回到了自己的封地齐州，继续派人和我保持单线联系。

我在太子府内，也受到了太子李承乾的器重，节节高升，成了他手下的护卫统领。

暗地里，燕弘信也不断告诉我一些齐王的情况。

可这个齐王李祐是个不成器的皇子。李世民对所有皇子的管教都很严，而李祐喜欢游猎，女人，歌舞，饮酒作乐，最是顽劣。李世民派在齐州负责管教李祐的长史，都被李祐羞辱过。比如，就在贞观十七年（公元 643 年）这一年，发生了李祐与权万纪之间的矛盾。权万纪是皇上给李祐找的老师，专门监督、规训、教导李祐的大臣。他对李祐的纨绔行为，多次规劝，李祐都不听，他干的坏事权万纪就密报到皇上那里，李世民就下诏书斥责了李祐。这样，权万纪和李祐的关系就十分紧张，到后来，权万纪被李祐找了借口给杀了。

齐王杀了皇上派的皇子的老师，李世民知道后大怒，立即派刑部尚书刘德威带了人，去齐州处理这件事。

这边李祐杀了权万纪，一时间乱了方寸，他心乱如麻，左思右想，干脆一不做二不休，谋反了！

身边的谋士也都认为，此时谋反，天时地利人和。

李祐就立即征发齐州境内十五岁以上的男子为兵士，组建了军队，还任命死党当了上柱国等中央政府才有的官，又封了一堆王，率领军队“清君侧”。

一时之间，齐州是一片混乱。

李世民得知这一消息，怕刘德威带的人太少，就让兵部尚书李勣带了一支铁甲士兵杀向了齐州，讨伐李祐。大股正规军一到，本来就阴奉阳违、虚与委蛇的李祐身边人纷纷倒戈，他临时拼凑的部队也四散了。李祐的造反势力顷刻间土崩瓦解，李祐被抓回长安候审。

李世民把他由齐王贬为庶人，李祐的心腹死党四十多人全部被杀，其余跟随的人免罪。

李祐、阴弘智、燕弘信等人被押解到长安后，在审讯中，李祐、燕弘信就把招募的内应和细作构成的网络，全部都招供了。原来，李祐在长安城各个王府和官衙内，收买安插了不少人。有的就藏在王府和官吏宅邸的复壁中。复壁就是夹层，在大唐的大宅子都很流行修建复壁这种可以藏人的建筑。为了辟邪，复壁的内墙常常涂抹朱砂。

我就这么一下子“暴露”了。皇上李世民下令进行甄别，把李祐建立的这个还没有起作用的细作网络给摧毁了，把人都抓起来杀掉了。

只有我，是个隐蔽的双面细作。从外人看来，我是李祐收买的秘密武器，罪应当斩，我被立即逮捕并被投入死牢，关押起来了。

我内心很淡定，除了国舅和皇上，谁都不知道我在太子府内隐藏起来的真正身份。而此前不久，我发现了一条更重要的线索，要紧急向长孙大人禀报。

7

我刚被抓，长孙无忌就趁着夜色，专门来到关我的牢房内，问我太子府的最新情况。

我也将我发现的太子动向，当面报告给了他。多年以前那次见面后，我就再也没有见过他了。这次见面，我发现他精神憔悴，神情委顿。也难怪，他位高权重，皇上倚重他，有人暗中嫉恨他，在权力中枢运作，操心的事多，如履溥冰，老得很快。

他支开旁人，紧紧握住我的手：“委屈你了，葛干，你是国之栋梁，双面细作很难做我知道的，正因为这样，我才倚重你啊。”

我向他报告了太子的异动。原来，齐王李祐谋反事件才被平息，太子李承乾和汉王李元昌联手谋反逼宫的事情，就正在发生之中了！

长孙无忌的脸色立即变了，可以说是大惊失色了。但很快，他的脸色又由灰白变得平常了。

他说：“葛干葛干，超人才干！关键时刻，你最能干。你是我的绝佳耳目，也是皇上的秘密武器啊。时不待我，我要马上回去，赶紧奏报给皇上，这还得了！你就按我说的办——”他急匆匆走了。

太子李承乾和汉王李元昌联手谋反逼宫，想让李世民提前下台这一极端隐秘的情报，如何被我发现的呢？全靠我的听功。

说来话长，那我就简单说。

近些年，太子李承乾发现父皇李世民经常把自己的弟弟魏王李泰带在身边，朝夕相处，他慢慢地由嫉妒、不满，就发展到疑心、怨恨和恼恨了。他觉得，父皇李世民一定是动了要换太子的心思。

李承乾企图谋反的意图，逐渐形成。尤其是贞观十七年（公元 643

年）之后，开始迅速增长。我在太子府内，聚集我的听力，能听到太子在远处屋子里的说话声。那一段时间，他和汉王李元昌、吏部尚书侯君集、左卫副率封师进、刺客张师政、左屯卫中郎将李安俨几个人，形成了一个紧密的小团伙。他们经常妄议皇上李世民对太子不公，非议长孙无忌权欲熏心，结党营私。

我就用我的耳朵，我的听功搜集证据。三月，李祐的叛乱谋反失败后，我听到太子李承乾对侯君集说："我这个齐王弟弟啊，真是笨到家了！距离长安那么远，还想着什么清君侧、反父皇，这样幼稚的谋反，真可笑啊。哪里像我，我这太子府的宫墙距离父皇的大内宫殿，距离是区区百步之遥，我要是在这里射箭，都能一下子射中父皇跟前说我坏话的那些马屁精。我要起事，在咱们这里的方便，哪里是齐王李祐能够比得上的呢？所以，要是谋反，就要一举成功。"

然后，就是太子的咯咯笑声，和侯君集的嘻嘻讪笑声。

这些情况，我都报告给了长孙无忌大人。由于我的存在，他得以及时掌握着太子府里的动静。这次在死牢里的会面，他面授机宜，不仅使我在外人看来能够逃脱罪责，有戴罪立功表现，同时还能保全我不暴露细作身份，最终全功而退。

这一点，只有智慧过人的长孙无忌才能做得到。

他出的主意就是，我作为李祐招供的叛乱集团名单上的细作，作为明面上的太子李承乾府中的护卫统领，要马上出面揭发太子李承乾和汉王李元昌企图谋反叛乱的最新情况，帮助皇上李世民一举剿灭太子的叛乱集团，让大唐社稷转危为安。这就会将功补过，甚至是功高盖世。

于是，我就要站出来说话了。

长孙无忌离开了监狱牢房，我顿了顿，大声对着狱卒喊："罪臣有要事禀报！有要事禀告！"

8

那么，太子李承乾怎么和汉王李元昌勾结在一起了呢？这个汉王李元昌又是一个什么样的人呢？我还要从头说起。

李元昌，是唐高祖李渊的第七个儿子，是李世民的同父异母的弟弟。早年间，高祖李渊曾封他为鲁王，后来，李世民当了皇帝后，觉得把李元昌放在土地肥沃、距离长安比较远的鲁地，对于宫廷来说不安全，就把李元昌召回，将他放在长安附近，封了一个汉王。

这个李元昌，首先是个艺术家。他的气质十分洒脱、落拓，似乎对朝廷政治没什么兴趣。他精于书法绘画，对魏晋以来的书画钻研很深。在汉王府里，他秘藏了不少魏晋时期的书法绘画精品。从书法上来讲，他很善于写行书，对王羲之、王献之这二王的研究学习很用功，得了他们的精髓，二王的书法魂魄在他笔下淋漓尽致地展现出来了。绘画方面，他很善于画马、老鹰、大雕、野鸡、野兔，一句话，飞禽走兽都是他擅长画的。

我曾经在太子府亲眼看到过他和太子写字画画。作为皇叔，他长发飘飘，每次来到太子府上，都是笑声朗朗。

那一天，我远远地听到他笑声由远及近，进入太子府了。接着，我听到他和李承乾论书说艺，写字画画。然后，太子也来请我们这些府里人，一同观赏汉王送给他的一幅画。画面上，有一只蹲在岩石上的老鹰，眼睛是半睁半闭，萎靡不振但似乎又雄心犹在。

李元昌说："太子，这只老鹰，你看像谁？"

太子也是绝顶聪明："那自然是像你，不像我啦。"

李元昌摇了摇头，说："还是像你，不像我啊，我是游鱼一条，自由就好，你是雄心在天，却插翅难飞呢。"

太子一听，脸上一变，但赶紧掩饰过去了："我不过是没长大的小公鸡而已，肯定不是你画的鹰。"

他又说："汉王叔啊，我知道你画的鱼栩栩如生，听说把你的画放在水里，鱼就能从画上游走，这是真的吗？"

李元昌哈哈大笑："太子殿下，那我就现场给你画几条鱼，咱们放到水里看看吧。"

说罢，他立即在画案上展开了画布，拿出画笔作画。不几时，在绢本画布上，就出现了几尾活泼可爱、鲜活生动的红白黑鲤鱼。

太子很高兴，举着丝绢画布，欣赏了一阵子，就放到了一口大水缸里。

我们都围过去看，都瞪大了眼睛，看看会有什么事情发生。

我看见那幅画慢慢浸入到水缸里，水浸湿了画绢。忽然，眼看着画上的几条鲤鱼，红的白的黑的，摇动着尾巴，扭着身子，从画绢上游了开来，游进了水缸里，成了几尾活着的鲤鱼。

太子取出绢布，我们再一看，画绢上空空如也，不仅几条鲤鱼不见了，连那刚才画的几朵莲花也不见了。

这是我亲眼所见。必须承认，这汉王李元昌是一个绘画的天才。

可是，他怎么会搅和到太子一同谋反的事件里呢？好长时间我也想不明白，所以，我集中精力，加倍去听来自汉王李元昌的声音。

9

我的听功此时发挥了作用。我听到了很多我想听到的话语，能听到的话语。那些窃窃私语，那些语焉不详，那些欲言又止，那些带着隐语性质的说话，那些明目张胆的、激昂的情绪性的爆发话语，我都能听见。

我仔细地分析，慢慢地记忆，最后就形成了太子李承乾图谋叛乱，形成了一个小集团的全部过程。

比方说，有一天，我听到太子李承乾和汉王李元昌又在一起写字画画。太子说："皇叔啊，咱们假设一下，假如有一天，我把我父皇就像他当年把高祖给拘起来那样，逼他退位，你会站在哪一边呢？"

我等了一阵子，才听到了李元昌那显得很随意，却实际上很坚定的回答："我肯定是站在你这一边啊。我从来都不喜欢唐王。你看这玄武门事变有多惨，兄弟失和，李世民他太心狠手辣……我肯定站在你这一边。不过，要是真有这一天，事成之后，我有个要求，你得答应我。"

听到了汉王支持他，太了李承乾欣喜若狂："汉王，请说——"

"皇上身边有个弹琵琶的姑娘，是我早就看上了的，你逼宫成功了，一定要把那个琵琶女给我，不要和我抢啊——"

李承乾哈哈大笑："汉王啊皇叔，没有问题没有问题，一点儿问题都没有，我怎么可能会和你抢这么一个琵琶美女呢。她一定归你了。"

于是，汉王和太子就这么达成协议了。

我赶紧把这一情况密报给了长孙无忌。

我分析，本来心气很高的李承乾，一直希望能成为父王李世民那样的绝代雄主，不仅有着漂亮的仪表，也有着让天下人惊叹的文功武治。但是，自从他患了脚疾，成了一个跛足之人后，他那一瘸一拐走路的样子，连宫女都在暗笑，不管父皇李世民怎么看待他，他在心理上已经有了微妙的变化。

李世民越来越宠爱嫡次子李泰，不仅不让他去封地，还让他留在身边开设文学馆，借着搞文学的名义去聚拢人才。李泰也心领神会，仅仅花了一年时间，就让文学馆的诗人们编撰了一部宏大的志书《括地志》，被父皇大加赞赏，得到的封赏远远多于他这个太子曾得到的。

消息传到了李承乾的耳朵里，他一下就崩溃了。这完全是要换储君的架势啊！李承乾内心的阴影就更重了。

他身边的一些人，也看出来了这些，就添油加醋，帮助谋划着，毕竟，他们现在跟的人是太子。

但太子此时的选择却是躺倒不干、自暴自弃。

我发现，有一天，他在太子府里架起了一口大铁锅，不知道他要干嘛。白天没有动静，我仔细谛听，到了晚上，从太子府外传来了一些动静，不光有人声，还有家畜的嗷嗷叫声。

我出来查看，原来是太子派了一些人搞恶作剧，让他们去偷了郊区老百姓家的猪和鸡鸭，拿回来屠宰之后统统放在那口大铁锅里，再放上各种西域作料，什么花椒、辣椒、波斯大茴香、没药、芫荽、大料、奇异果，满满地炖上一大锅，让太子府里到处都飘散着禽肉煮熟的香气，让府里的上上下下的人，都一起大快朵颐，然后狂饮美酒，烂醉如泥。醉了之后就是乱性胡为，男人到处去捉住府内的侍女，按倒了就奸。

一时之间，酒池肉林的故事在太子府内上演。

太子这么做，就很荒唐。我把这个情况报告给了长孙无忌，国舅爷对这个外甥的行径也是直摇头。

作为太子，李承乾还干了更荒唐的事情。他把身边的突厥人侍从集合在一起，全部换上突厥人服装，学说突厥话，在太子府里玩突厥人的游戏，一会儿玩放牧放羊放马，一会儿玩藩夷进贡的游戏。

接着，他搞了一次假死。他忽然大叫："我死了！我死了！你们，你们现在按照突厥人的丧葬风俗，骑马绕着我的尸体转圈圈，快点！都把脸上用油彩涂抹了，把我裹在坛子里，抬出去挖坑埋了！"

太子府里的荒唐剧，就这么一出出地上演。

10

李世民真正对太子不满的爆发点，是在一件小事上。李承乾还宠信宦官，他喜欢宦官给他找的一个男宠，这个男宠名叫称心，擅长歌舞，长得唇红齿白，白嫩嫩圆乎乎的，让太子很迷恋他，白天晚上都搂着称心，须臾不离。

李世民听说了这件事，动怒了，就派人上门把称心在太子府里直接处死了。结果，太子伤心欲绝，悲恸不已，在太子府里找了个花开不败的地方挖坑，就地埋了称心，还立了一块碑，经常在那里哭哭啼啼地祭奠称心，哭天抢地，不成体统。

这情况都由我密报到了长孙无忌那里，长孙无忌又禀报给皇上。皇上大怒，对李承乾更加不满。可太子毕竟是自己的亲骨肉，还得让他悬崖勒马，李世民就派德高望重的老师来教化太子，希望他改邪归正。

太子不仅不听父皇派的老师的谆谆教导，还想办法羞辱老师。

这一点和李祐一样。

老师知道他是太子，将来要继承大位，也不怎么得罪他。顶多不适应了就告病离去。这样前后换了好几个太子老师，让李世民很头疼。后来李世民给太子派来了一个很厉害的老师，他叫于志宁。

这个于志宁有点呆板，但十分认真负责，屡屡进谏，将太子大大小小的不是全部奏报。他倒是认真负责到极点了，让太子的愤怒也到达了顶点。李承乾忍受不了，有一天，等于志宁上完课回家后，太子就派我去刺杀于志宁。

我把这一情况紧急报告给了长孙无忌。长孙无忌给我发出秘密指令，绝对不能伤害于志宁一根毫毛。

这也正合我意。我怎么能去杀掉一个认真负责的太子师呢。那天晚上，我摸到了太子詹事于志宁的府上。太子让我去，我就必须去。但长孙无忌的指令我一样得执行。

我攀缘隐藏在于志宁府邸里的大梁上，从上往下看。我看到，于志宁这个老先生，母亲新丧，他为了祭奠母亲，睡在了薪火堆的木柴上，脑袋枕着一片黄土，泪流不止。

我灵机一动，找到了一个不杀他的借口。

我打道回府，回禀太子李承乾："于志宁的母亲刚刚过世，他在服丧期里，睡在柴火堆上，头枕黄土面朝天，是个大孝子，这个时候杀他，天道人伦都不合适。圣上会追查的。"

太子气急败坏，捶胸顿足，但也只好作罢了。

我也暗暗松了一口气。于志宁这样的忠臣，怎么能杀呢。我对太子的飞扬跋扈和骄奢淫逸，体会也更深了。

很快，于志宁服丧归家，不当太子师了。李世民又给太子找了一个老师张玄素，他就没有那么幸运了。张玄素对太子管得更宽更细，他给皇上的奏折比于志宁还多，都是说太子李承乾的不是的。

我也真佩服这些忠心耿耿的老臣，不为太子张目，只为大唐江山着想。

太子更加生气了，他愤恨至极，决定给张玄素一个大教训。但他这次没有派我去干脏活，而是派了一个家奴去了。

一天上早朝的时候，家奴埋伏在张玄素必经的道上，拿了一个大马锤，搞突然袭击，锤杀张玄素。但没有把他打死，张玄素被打成重伤，成了一个瘫痪在床的废人。

到了贞观十七年（公元 643 年）四月初，这些事积累起来，就到了裂变时刻。前面我说到的那些人，比如李元昌、侯君集等人，常常聚集在太子身边密谋，话里话外鼓动太子谋反。太子本来没有绝对把握，但李元昌、侯君集、李安俨等人，有军队、士兵、刺客、粮草等多方面的准备，都觉得时机差不多了。

他们弄了一个自认很周密的计划，打算一举拿下皇上李世民，逼迫他退位，就像李世民原先曾干过的那样。不成想，这所有的谋划，在我的听功之下，绝对跑不了。

我都听到了。葛干的耳朵不是白长的，什么都躲不过葛干的耳朵。

在这紧急时刻，我向长孙无忌密报了太子一伙的行动计划。就在太子打算举事的前一天，皇上派了刑部、兵部和长安城的禁卫军，一举拿下了太子及其谋反集团的所有人。大刑伺候之下，李元昌、侯君集先招了，接着，太子也招供了，他们的谋反计划灰飞烟灭、土崩瓦解了。

李世民下诏书，废黜李承乾为庶人，参与谋反的汉王李元昌赐死，把侯君集等人处死了。

11

那几天，局势变化很快。我还在大牢里关着，用我的耳朵，知道了这件事的进展。我想听什么，把耳朵朝向那个方向，我就能知道一切。

我听到了太子在审讯中承认谋反的过程，听到了皇上和大臣们的议论，如何处置谋反太子的廷议，所有大臣在皇上问到时，都说太子该杀。

李世民不想杀掉自己的亲儿子，他一直犹犹豫豫。最后，还是把太子废为庶人，看押起来，过些天再流放到边远的黔地去。

接下来，就要选立新的太子，可立谁呢？这可费了周折了。

那几天的廷议，我都能听见。在大牢里，我听到了遥远的地方，传来了中书侍郎岑文本和黄门侍郎刘洎的声音，他们上奏建议：立魏王李泰为太子。而国舅长孙无忌则建议，立李治为太子。

皇上抉择不下。这一天，廷议散了之后，皇上回到了寝殿休息。这时，李泰进来问安，他一瞧李世民的脸色，就知道父皇有心事。

皇上对太子企图谋反逼他退位的事情还是愤恨不已，说到了这些，李世民心乱如麻，脱口而出："皇儿啊，我打算立你为太子了！"

李泰赶忙跪倒："多谢父皇！吾皇万岁、万岁、万万岁！父皇圣明。"

"可有些老臣，包括你的舅舅，希望我立你弟弟、晋王李治为太子！"李世民叹口气，"可这个李治，平时就是呆头呆脑的，一点儿都不伶俐，哪里像你这么聪慧。"他忽然感到有点晕眩，就斜卧在床榻之上。

这时，李泰赶忙扑过来，跪在父皇边上，拉着李世民的手，说："父皇，不要担心，我知道，父皇也很体恤晋王李治，皇儿我现在已经有一个儿子，我在这里表态，今后，为了大唐江山和父皇心愿，我愿意把儿子杀了，保证传位于弟弟晋王！"

李世民听了这些话，惊呆了，他有些动容和震惊，搞不清楚李泰怎么忽然说出这样的话来，他的头更晕了，挥了挥手，示意让李泰离开。

那几天，几乎每时每刻，李世民都是焦虑万端的。确立储君，对皇帝来说历来都是头疼的大事，可这大事，现在确定起来，又是那么难，真是左右为难，难上加难。

下午，李世民的小儿子李治前来问安，李世民看到李治的脸色很忧惧。

他再三追问，李治欲言又止，然后说："李泰找到我说了，我过去和汉王李元昌关系交好，这下太子和汉王谋反事件暴露，汉王被赐死，我现在也脱不了干系。他威胁我说，我一定会被父皇惩罚的。所以，我很担心父皇谴责我。"

李世民安慰了李治："那是承乾干的事，与你何干？李家天下，哪个皇子、皇叔之间的关系不好？李泰他怎么能这么说？"

他对李泰也暗暗有些不满了。这就更让他焦心了。

四月六日，上朝廷议的时候，李世民将李泰的那番杀子传位弟弟的言论说与大臣们听，结果，立即引来了褚遂良的一番长篇大论。

褚遂良愤怒批判了李泰的这一言论，认为李泰聪明反被聪明误，太过功利，不可信，为大奸之言。都能杀掉自己儿子的人，品德上完全不可靠，又怎能被立为太子，为大唐江山担当皇帝大任呢？不忠不义不孝，实乃大奸大恶啊！

听了褚遂良的愤怒抨击，皇上陷入了沉思。

忽然，外面有人送来关押在狱中的李承乾给父皇写下的一封帛书。

李世民拿过帛书展读，众大臣倾听。

帛书上写道，父皇啊，我本来就是太子，我又有什么企图心？是李泰一直想把我取而代之，才使我纠集了一些人，为了自保而已，想先下手为强。都是李泰逼我的啊！要是他当了太子，这不是就落到了他本来计划好的圈套里了吗？

李世民把这封帛书一念，大臣们都觉得说得有道理，都陷入了沉默。

的确，李泰当了太子，今后再当了皇上，这李承乾、李治都逃不了被杀头。

长孙无忌说："正是这样啊，陛下！正是这个理！"

李世民说："那我明白了。要是立了晋王李治为太子，就可以解决这个矛盾，李治会善待承乾和李泰，他们都可以安然无恙了，也就不再会有争执了。"

这一天，是四月六日上午，注定这一天大事不断。廷议到了这里，忽然传来消息，李泰带了一彪人马，正在往皇宫这边赶来。

禁军首领禀报之后，众位大臣面面相觑，李世民问："李泰这个时候带人马来是要干什么？"

长孙无忌说："也许，李泰狗急跳墙，是想逼宫了……"

李世民大惊："传旨，立即将李泰拘捕！不许他靠近皇宫一步！"

于是，禁军统领接旨，立即带人出去迎击李泰。他们将李泰和他的人马在永安门外包围，并一一拘捕，然后全都关押起来。

这件事一直是一个谜。传说，李泰得到有人送信密报，说是皇上李世民在宫内遇到危险，让他带人前去救驾，而李世民得到的消息，却是李泰企图带人进宫，强行逼宫。这真是乱成一锅粥了。可见这皇帝大位、太子储君之位，到手都不容易，没到手之前的斗争就更复杂激烈了。

皇上李世民还是心事重重，头疼欲裂。中午需要吃饭休息一会儿。下午，他到了两仪殿，和四位老臣长孙无忌、褚遂良、房玄龄和李勣面对面，打算做最后决定，下最后决心。

看上去，李世民这几天下来也憔悴了许多，他对几位大臣说："诸位爱卿，我这三个儿子和一个弟弟，多么不省心！心里悲痛啊！现在成了这个局面，我觉得实在没有意思啊。"

他一下子扑倒在床上，大声叹息，忽然要拔剑去刺自己。

长孙无忌赶忙去抱住他，不让他刺伤自己。褚遂良上前，一下把剑夺下来，扔到地上。

长孙无忌说："陛下，现在无论如何也要选立一位太子啊！"

李世民泪流满面，说："我想，那，那就立李治为太子吧。"

长孙无忌立即高声说："谨奉诏，立晋王李治为太子！有异议者，臣请立即斩之！"

四月七日，李世民下诏立李治为太子，李治就是后来的唐高宗。

那几天的宫廷事变，就这样告一段落了。

经过了从李承乾被废，到李泰被拘，再到立李治为太子的风云变幻，皇上李世民承受不了一种只有他自己才知道的锥心的痛苦，他得病了，卧床不起。

在我看来，人是各有其命。比如李承乾，本来是个好好的太子，可他的脚病使他成了一个瘸子，这使他心理开始变态，导致了自己的覆亡。绝顶聪明的魏王李泰是被自己的聪明给害了，他看到李承乾不被宠信，就开始谋划当太子，结果说出要杀了自己的儿子、保证今后传位于弟弟李治的昏话来，让李世民对他更加疑心。李承乾和李泰，同出于一个母亲的兄弟俩在兄弟阋墙，两个人都完蛋了。倒是李治，本来有点智力缺陷，反应慢，平时一副傻傻的样子，却是傻人有傻福，最后当上了太子，还顺利接班，成为后来的唐高宗。

立储事件的结果导致了大唐王朝的潜在变化。再后来，李治的皇后武则天半路杀出来，抢了李家的江山，自己当了皇帝，改变了天下姓李好多年。

12

那么，我呢？作为一个隐秘的细作，我以我的方式参与了这场复杂的宫廷事变。我因举报李承乾和汉王李元昌谋反有功，很快由长孙无忌派来的人释放了我，说这是皇上李世民的恩典。

没错，这当然是皇上的恩典，皇上对自己的耳目、细作和眼线，自然不会卸磨杀驴的，而是会给予报偿的。

何况我还有功呢。我被加封为南海县公、上柱国爵位，领了岭南府的折冲都尉衔。可以说，我的级别很高，是从二品。在我们大唐，从官制上来说，尚书、中书、门下三省的最高级别为丞相级，而六部尚书也不过是正三品，我的官衔，比六部尚书要高一点。

我明白，给我加封了这么高的爵位，我也要隐退了。毕竟，做了皇上和国舅大司徒的细作，我知道了很多秘密，必须要远走高飞了，我的使命已经完成了。

国舅爷长孙无忌如愿以偿。他又让他的亲外甥李治当上了太子储君，这样，他可以继续担当大唐的护国柱石了。他的算计圆满了。

而我，要到岭南的瘴疠之地南海县去当县公了。

动身的时候，他派人来送我一程，国舅提出了一个要求，要废了我的听功。

废了我的听功？！是的，我这听功太过强大，大到能颠覆国家皇权，小到能听到任何人的腹诽呢喃，这太可怕了。

为了不再为别人效劳，尤其是不为那些搞阴谋诡计的人效劳，我必须成为一个没有了这绝世听功的人。我慨然同意了。

两个黑衣壮汉架着我的臂膀，一个白衣少年手拿托盘，里面有两根粗长的银针。一看他，就知道是大唐大内太医院里的高手。

我大声说："且慢！让我自己来！"他们愣了一下，松开了我的胳膊。

我取过了两根长长的银针，看着他们，将两根银针举到双耳跟前，一下来了一个刺穿耳膜，将银针扎进了我的耳朵。一瞬间，我在一阵剧痛中什么都听不见了。

我聋了，是我自己把自己刺聋的。自废武功！

是的，我一下子就聋了。他们冲我大声喊叫，在我眼前手舞足蹈，可我什么都听不到。

白色的绢帛上，流淌下来的是我耳朵里的血。我的听功废了。

是的，我的听功从此废了。此时，马车备好了，护卫也跟上了，我要上路了，去那迢迢的大道之上，江湖之远，去那遥远的岭南瘴疠之地。

也好，走得越远越好，离开宫廷内斗，离开那些血雨腥风。好在我还没有被碎尸万段，我还保全了自己的性命。

13

我后来活了很长时间，虽然我听不到，但是别人听到了，会写给我看。

贞观二十三年（公元 649 年）后，李世民驾崩，谥号唐太宗。接着，太子李治顺位当了皇帝，他也在位二十多年，死后的谥号是唐高宗。长孙无忌后来倚老卖老，企图继续把持朝政，结果被李治和皇后武则天联手翦除了。

武则天的人权倾一时，迅速把持了朝政。长孙无忌成了必须要搬除的障碍。他的结局并不很好，他被流放了，死于流放的路途中。

武则天在高宗死后自己当上了皇帝，把李家江山改了姓。这都是太宗李世民想不到的事情。想当年，李治看着憨厚，却敢和父皇的妃子私通，这都是前因后果。人算不如天算，谁都不要和老天来盘算。

这些事，我在遥远的岭南都知道。不过，虽然活得够长，我也年老体衰，不久于人世了。我是一个聋子，什么都听不到，但我能看见春华秋实，四季更替，看到儿孙满堂，你来我往，看到花开花落，草长莺飞，寒风料峭之后又是大地春回。一切都在轮回变化，我听不到但能看到这么多人世间的美妙变化，已经很满足了。

2018 年 2 月 15 日初稿，2 月 28 日改定

（本小说取材自《旧唐书》）

画隐

1

刺客，一定要刺杀别人，才能称为刺客。我算是一个刺客吗？对这个问题我有点疑惑。我是杀过人，但我不轻易出手，除非这个目标罪大恶极，有足够的理由去刺杀他。

很多年来，我碰到了欺男霸女的、伤天害理的、残害无辜的，我都出手惩戒之，极少数杀之。但我一直是独行侠，也没有人给我酬金，我是自己愿意当个隐形刺客的。

也就是说，刺客对于我不是职业，而是兴趣。

我的名字叫甄画隐，在东京汴梁，我有一家店铺，白天里，我卖些文房四宝，赚些银子过生活。我还喜欢画画，喜欢到处走走。本朝是四京制，东京开封，西京洛阳，北京大名，南京宋州，除了东京汴梁开封府是我生活的地方，其他三个京都，我闲了也曾去转了转，但觉得都比不上东京汴梁热闹繁华。

没有人知道我是一个刺客，刺客为了谋取酬金，要接单杀人，我则是侠隐隐于小店。江湖上有人听说过我，但我就像夜晚鸟的影子，你能听见鸟叫，但你却很难看到鸟的踪影。

作为一名刺客，我会夜行术、缩骨术、翻墙术，会飞檐走壁的轻功。我的杀人武器不是刀，虽然我的绑腿上别有匕首，后背上藏着一把短刀。我的杀人武器在我的袖管里藏着，平时都不拿在手上，关键的时候我的手一抖，那东西就到了我的手上。

它是我最拿手的武器——吹针。一根铜管，我瞬间吹出去毒针，杀人于无形，伤人于无影。

白天里，我开店卖文房四宝，总是听到开封的一些文人议论朝政，什么宋徽宗任用奸臣蔡京，到处搞花石纲，让江南人民苦不堪言，还迷恋旁门左道，被一些道士迷惑，炼丹药，打醮，给一些道士很高的荣誉，给他们盖道观，等等。宋徽宗还秘密派出使者，想与敌人的敌人大金国联盟，攻打大辽国。这简直是把大宋江山放在火上烤，当前的局势已经危如累卵了。

你看看，文人们买个文房四宝，还要忧国忧民发议论，实在让我觉得可笑。即使他宋徽宗祸国殃民，祸害的也是他大宋赵家自己的江山，和你有什么关系？我这么想，但我从来不插话，只是做我的生意。

你要问我哪种毛笔好，有什么特点，哪种宣纸产于什么地方，吸墨性哪一种强，哪种墨最香最黑，我就能和你说上话了，我就能打开话匣子了。

再说了，我又没见过宋徽宗，他虽然住在距离我不远的皇宫里，可他出行都是坐在车里，前后有重兵保护，根本就看不见。

你要说我对他有没有好奇心，本来我是没有的。一个小民对皇帝有了好奇心，那绝对不应该。有一天，一个买宣纸的东京画家说，宋徽宗画的花鸟棒极了，这一下子勾起了我的好奇心。他说，现在东京汴梁人都在说，徽宗皇帝是不爱江山不爱美人，只爱画画，整天和一群画家在一起舞文弄墨，不理朝政，这可怎么是好。

晚上我关了店门，自己画画。画累了，闲极无聊，就想到了那个人夸宋徽宗的画好的情景。我决定穿上夜行服，一身黑衣，悄悄地出门了。

2

这天晚上，我以夜行术、翻墙术，以飞檐走壁的轻功，造访了汴梁宫城。

在开封汴京，皇宫是戒备森严的，但对于我，却是如履平地。我一身黑衣，就像鸟儿在夜间飞行，一下就攀缘进了宫城。

简单地说，汴京的皇宫由高大的长方形的宫墙围着，面南背北，从南面的宣德楼一直到北面的拱宸门，是一条中轴线。我攀缘上角楼的屋檐，放眼望去，在灯火通明的开封夜景的包围之下，皇宫却一片沉寂与黑暗。这就更有利于我的夜行了。

在这条中轴线上，一进宣德楼下的大门，面对北方，右边是左掖门，左边是右掖门。继续往前走，就是大庆殿，这是皇帝举行大典的时候使用的地方，非常开阔，到了晚上黑灯瞎火。有巡逻的人，哈欠连天地走过去。

我继续走，行走如飞，我在那由飞檐斗拱勾连起来的木建筑上攀缘如猴。东边有一栋藏书阁崇文院，里面的书有一股香气，我在大梁上向下看，看到有灯笼点亮着。

右边有一座文德殿，钟楼和鼓楼在文德殿的南面并排而列，钟鼓报时。

西边就是中书省，我知道，宋徽宗的臣子一般在那里办公，提出各项意见，供皇帝参考。现在，下班了，里面没有一个人。

再往北，就是皇帝平时起居的寝殿和办公地点了。比如，西边从南往北是垂拱殿、紫宸殿、集英殿、福宁殿、宝慈宫、延和殿和宣和殿。这些大殿由大宋皇帝使用，留下的故事很多，大宋的文人喜欢写小道消息，叫作“笔记”，然后偷偷印了在外面卖。

东边首先是东宫，那是太子的居住地，然后是司天监和殿中省，最北面就是内侍省，负责掌管宫内的日常管理。后花园在西侧，奇花异草和山石亭台样样皆有，一楼一亭，决定了后花园的空间格局，太清楼遥遥地对着瑶津亭。

这就是大宋东京汴梁的皇宫布局。我造访了皇宫，从南到北，仔细地勘察了一番，倒也有些意思。

在后花园里，我盘桓了一阵子，流连在假山和奇异的树木花草间，不忍离去。这后花园是徽宗皇帝的最爱，他其实自小没有想过要当皇帝。他的父亲神宗驾崩之后，他的哥哥哲宗皇帝很短命，二十五岁就死了。结果哥哥死了，剩下四个弟弟，不知道谁应该即皇帝位。还是老妈说了算——那就排行第二的弟弟即位吧，就有了当朝的这个宋徽宗。

在那瘦、露、透、皱、丑的太湖石间流连，我以缩骨术变形为石头，一动不动，真是有些神形兼备了。我有点如醉如痴。真没有想到皇宫后花园里的太湖石这么多、这么美。

我忽然想，宋徽宗爱画画，画些花鸟虫鱼倒也挺好，但他和金国暗地里想联手抗击大辽，那就会置大宋江山于危险境地了。不知道他有没有这个眼光，我是看得出来这个危险的。大金国也是吃人的，他们觊觎大宋很久了，即使和大宋联手，也不过是权宜之计，干掉大辽国，大宋早晚会倒霉的。

我忽然听到在皇宫东北角的上清宝箓宫内，传来了道士们作法的声音。他们唱起道歌来是抑扬顿挫的。还飘来了一阵奇异的香气，这都是那个道观里的气味。我想到，其实，本朝眼前的最大危险，不是宋徽宗喜欢画画，喜欢画花草虫鱼玩物丧志，而是他被一些号称高人的道士包围着，沉迷于各种离奇道术，我早就听说了。在这种情况下，误国误民的事情发生的概率就非常高。

这一天对皇宫的探访，检验了我的夜行术、翻墙术和飞檐走壁的轻功。大宋皇宫虽然戒备森严，在夜幕的掩护下，我却能进出自由。

我是甄画隐，回到了自己的店里，躺下来的时候，已经是后半夜了。我在想，沉湎于道教的宋徽宗，真的是一个无道昏君吗？要是他是无道昏君，我刺杀他又怎么样呢？那些道士，真的是绝世高手吗？他们是高手，我也不服气啊，要不要会一会他们呢？

3

宋徽宗沉迷于道教的事情，社会上早就有所耳闻。有些江湖骗子就是要靠这个来吃饭，来达到自己的目的。

大宋皇帝喜欢道教。还是哲宗在位的时候，有一天，他的孟皇后吃鱼时不小心喉咙里卡了一根刺，御医手忙脚乱，进行了一番诊治，也没有把那根鱼刺取出来，有人推荐了道士柳混康，说他肯定能取出皇后喉咙里的那根鱼刺。

于是，哲宗皇帝下诏让柳混康进宫。

柳混康一进内宫，也不开药也不占卜，只是在一张纸上画了道符，把这张纸烧成了灰，然后把纸灰和蜂蜜搅和在一起，冲水后让孟皇后吃了。结果孟皇后竟然把鱼刺给吐了出来。柳混康从此名声大振。道士在皇宫里的地位从此提高，在社会上也威名远扬。

徽宗即位之后，想起来了这个柳混康，问旁边的人，这个道士跑到哪里去了？旁边的人说，他回到了茅山上当道士去了。当年哲宗给他修建了一座道观。徽宗说，那就赶紧请回来呀。徽宗给他写信，叫快马送去，可见他是如何沉迷于道术了。

柳混康就被请回到了皇宫内，宋徽宗和他促膝长谈，还送给他一幅亲自画的老子像。

不久，根据柳混康的建议，徽宗把传说生活在汉代的道教三兄弟，又叫三茅真君，重新加以封号，在宫廷里祭奠，亲自写青词和祭文说，三茅真君能给大宋江山带来一千年以上的福祉，不仅造福人民，还会让宋代江山永远延续。

必须把他从迷途中拉回来，可迷途的鸟儿不知返。柳混康还提议徽宗，让皇帝给自己所主的本命神，修建了一座宫内道观。宋徽宗就常常在这座他本人的本命道观中，在自己的本命星神像和北斗七星神像前举行祭奠仪式，进献水果，激情朗读他写下来的祭文。

大臣们都跟着瞎起哄，没人真信，可皇帝喜欢。他们背后放风说，徽宗在精神上被道士控制住了，不理国事，江山社稷危殆了。但徽宗对柳混康非常好，还亲自抄写了《七星经》《度人经》《清净经》，赐给柳混康做礼物。

朝内有反对势力，请了刺客前去刺杀柳混康，将柳混康刺伤，并告诫他立即离开京城，否则下次就要他的命。

柳混康被刺身未死，也不敢声张，不得不离开了京城，回到了茅山上。

柳混康那一次被刺，受伤严重。回到茅山不久就死去了。他的弟子谈净之继续被徽宗皇帝请下山，担任皇家祭祀仪式的司仪，主念道教的经文，还将神符和咒语之术用于宫廷内部的占卜。

如果有些宫内的人得了怪病，驱邪术就派上用场了。喷火术是这个道士最常用的，什么都用喷火术一烧，即使那人的病没治好，也被呼啦啦蹿出来的火苗子给吓好了。

这都是前些年的事情。现在，徽宗皇帝信赖的，是一位叫汪老志的道士，还邀请他住进了宫中。

4

有天晚上，我再次进入了皇宫中。夜行是我最拿手的，连猫在晚上都来不及看到我，也就是说，猫看到我的时候，我已经不在它的视线里了。

再高的宫墙也挡不了我。借助绳索和金钩，我进入宫内。我喜欢先躲在翰林院里面。到了晚上，这里空无一人。十间屋子都是相通的，有供翰林学士使用的屋子，还有一座大堂，叫作玉堂。

玉堂的东西两面墙壁上，各有一幅巨大的画作，东边的是董羽画的沧海图卷，西边是晏殊画的六曲山水图卷。在我眼前，在昏黄的灯笼光的映照下，沧海横流，波涛汹涌，雄峰耸立，云山雾罩，看上去，两幅画上的人物，宛如在大海上隐现的神祇，又是在山林间奔走的仙人，让我看得如醉如痴。

我在想，我自己的画风要不要再豪放一点呢？

听到巡逻的人走近，我用缩骨术，一下子把自己变得单薄和缩小了，远看成了画幅中的一个人物。我的衣服皱褶，神似一片山石丛林，我就能躲藏在一幅画里了。我还真成了画隐。

我能听到遥远的对话声，有人在宫内走动。是什么人在走动？这天晚上，徽宗没有在他的画室和蔡京聊天吗？徽宗喜欢的道士汪老志在哪里练习功法呢？我要靠近他，我必须对他致命一击。

汪老志是徽宗最信任的道士，他一年四季都只穿一件衣服，一件道士袍子，每天也只吃一顿饭。

柳混康死后，徽宗遍寻得道的道士，最后请汪老志入宫，并御赐一个称呼给他——“洞微先生”。那一段时间，徽宗的妃子刘明达去世不久，徽宗很想念她，就询问汪老志她的情况。

汪老志说，她是上真紫虚元君，她也很思念皇上，她还常常梦见皇上。徽宗听了大喜，加封汪老志为观妙明真洞微先生。

徽宗崇尚道教，还亲自修改了冬季祭祀大礼的流程，把由宦官和宫女组成的先导队列，换成了一百个手拿白色拂尘的道士在前面引路，使整个冬季祭祀的队列宛如仙人游行，充满梦幻。

我进入了宣和殿，在这里，夜晚静悄悄。白天则是一片忙碌景象，徽宗正在让人编纂一部《画谱》，要把他所见到的和收藏的六千多件精美的画作一一存档，并进行整理和描述。

宣和殿里墨香四溢，到处都是画作，卷轴，墙上也是画作，而一件六联屏的屏风上，比真人略小的汉唐高士人物屏风，最适合我藏在画中，我用缩骨术变成了画隐，隐于屏风的画中。

我在观察隐藏在旁边侧室内静修的道士汪老志。

我闻到了一阵香气袭来。接着，我看到一个青袍老人急速从影壁侧面走出来，他手拿一把宝剑。

他似乎知道有人靠近他了。我在画中，他看见我了，但很疑惑，又似乎没有看见我。我稍微动了一下，他举剑就刺，我从屏风中一跃而出，背部的短刀依然在手，刀剑相击，铿锵作响，火花四溅。

短兵相接中，我知道这汪老志身手不凡，他是闪展腾挪，我是腾跃俯仰，战作一团。

兵器掀起的微风将宣和殿里的那些画作震到地上，卷轴纷纷展开了画面，牡丹、芍药、锦鸡、马鹿纷纷现身，让人眼花缭乱。

我们是两团黑影，在宣和殿内左冲右突，争斗不已。

这一打就是几十个回合。汪老志白发飘飘，道袍飘洒，我是黑影憧憧，神出鬼没，我们在宣和殿里，互相击杀。

他猛地撒手，散出迷迷香，一阵迷雾在宣和殿里散开，他企图毒杀我，但我早就预先吃了解药，不会中毒。

打斗中，我再次跃入屏风，缩骨之后不见了。

汪老志的剑劈空而来，顿了一下，没有刺中，刺破屏风。我已在屏风背后。

隔着屏风的细纱，我将袖管里的吹针取出，迅疾地一吹，前三根毒针和后四根毒针相隔时间很短，短到了无法形容的那么短，七根毒针射出，谁都躲不过。

这七根毒针，前三根扎中了他的左前胸，后三根扎中了他的右后背。

他大叫一声，倒在了地上。

我采集的剧毒蜘蛛毒马上就在他体内发作，眼看着他的脸色由白变黑了。他已无力再继续和我缠斗了。

我从屏风的暗影中走出俯身察看，说："汪老志听着，你装神弄鬼，干扰朝政，人神共愤。火速离开这里，再也不要回来。"

他一动不动，已经昏迷了。

我翻身攀缘出宣和殿。没有多长时间，我在暗处看着他在宫人的搀扶下，离开了宫殿。我这一次击败了汪老志这个老道，让他中招发了蜘蛛毒。

第二天，就传来了汪老志回茅山修养的消息。他走了。我想他不会再回来了。

5

两个月之后，我感觉宫内平静了，夜晚又来到皇宫里。这一次我潜伏在睿思殿中。

没多久，就看到宫人握着灯笼长柄，挑着大红灯笼在前面，后面是徽宗的轿子在走。徽宗来到了睿思殿里侧室的一处书房，在那里画画。他细心地描绘着一幅花鸟，画面上，一只五彩锦鸡栩栩如生，顿时使得满室生光，我在屋顶梁椽格子里隐藏。徽宗在那里仔细地描画着，一点都察觉不到我的存在。

在这一年，天降旱灾民不聊生，辽兵大军压境边境吃紧，朝廷里暗流涌动，危机四伏。而这个皇帝，所有的心思还是他的花石纲，他的花鸟虫鱼，他的明堂修建和艮丘的施工。

我就要下手了，这是一个千载难逢的好机会，我在房梁上倒翻，准备向他吹出我的毒针。

忽然，一阵脚步声杂沓响起，外面进来了几个人，急匆匆地走在最前面的，就是当朝的宰辅蔡京。

我飘然无声地跳下来，躲在屏风的后面，和屏风里面一个仙人的画影重叠在一起，缩骨隐藏了起来。

只见徽宗看到蔡京，笑了笑："朕的'定鼎礼仪使'到了。看到你我很高兴，有什么好消息带给朕吗？"

蔡京跪下施礼，然后站起来："启奏陛下，是坏消息。修建艮岳的花石纲，在半路上被劫匪打劫了。而且，江南向北的道路上劫匪横行，他们不仅打劫官府，还啸聚山林，图谋抢劫官兵粮草，越闹越大。"

徽宗手拿画笔忽然愣住了，他把毛笔一扔，脸上泪如雨下，这是谁都没有想到的，皇帝听到了这个消息，竟然哭了："哎呀，百姓艰难啊，盗贼就是百姓变的，联想起最近的旱灾，那朕修建明堂和艮岳的计划，是不是引发了天怒？朕会不会遭到天谴？天怒人怨，这是对朕的惩罚。工程先停一停，对山东、河南、湖北几个路的灾区，要赶紧开仓放粮，救助百姓要紧。”

蔡京说：“艮岳所需的金银数量十分庞大，还需国库支持，抓紧修建艮岳，给百姓放粮，是不是缓行？”

“不不，不能缓行，要立即进行。这是天谴啊。朕必须重视，不能让老百姓最后落到了吃土吃树皮的地步。必须立即开仓放粮赈灾。”

蔡京躬身，示意旁边的人立即传旨照办。

我一听，心下有些感动。这个皇帝没有传说中的那么颟顸和愚蠢，而是挂念着苍生百姓。我在屏风阴影中一动不动。

忽然又有一个宦官进来报告说，皇帝派去茅山邀请道士汪老志出山的人回来说，汪老志发了急病，已经去世了。

徽宗叹息说：“汪老志也去了。朕还能让哪位道仙帮忙啊？国事家事天下事，事事都让朕操心。这些道仙，都是神人，就像那个柳混康，还有他的徒弟谈净之，来去无踪。去了，就去了吧。他早先就和我说，道人归隐山林修仙才是正途。”

蔡京说：“汪老志去世，是很可惜。但我听闻，开封近日来了一位道仙，他叫钟灵素，神通广大，法力无边，能预言吉凶祸福，非常灵验，道法超群，驱邪、占卜样样皆能，臣想引荐给皇上。”

徽宗说：“过几天再说，你且走近来看看朕新画的花鸟图吧。”

说罢，他们移步到旁边的画室。走过屏风的时候，徽宗忽然看到了屏风上的影子重影了，那是我在那里躲藏。我一动不动，徽宗迟疑了一下，伸出手想摸一摸，但没有再做什么，而是快步走了出去。

宫人们手提灯笼跟在后面，到另外的画室看皇帝新画的花鸟。

我还在屏风画中隐藏。刚才好险，我差一点就被徽宗发现了。等到所有人都走了，我从暗影中走出来，翻上房梁，从通风窗钻出去，在内宫的大殿屋顶夜行，顺着宫墙，逃出了大内。

我都无法解释，为什么我没有刺杀徽宗皇帝。我距离他那么近。

只能说，我并不讨厌他。你要是见到了这么一个才华横溢，柔和慈祥的皇帝，也不会下毒手的。

何况，我亲眼所见，他近年的梦想，就是修建一座最神奇美丽的皇家宫苑——艮岳的花石纲都被劫匪打劫了，他没有生盗匪的气，还说盗匪也是百姓变的，他惦记全国各地的旱灾，还下令赶紧开仓放粮。

作为一个画隐刺客，我这一次刺杀是既算失手，也算得手了。失手之处在于没有刺杀目标，而得手之处在于，我发现徽宗皇帝并不是一个昏庸的帝王。

6

在我自己的家里躺着，两个我在我的脑海里辩论。一个说："徽宗没有那么不好，他惦记着天下民生，我不能向他吹出毒针。"

另一个说："蔡京这个人最坏了，不仅揽权擅权，他还心怀叵测。你是把汪老志赶走了，可是他又请来了一个钟灵素。这个钟灵素的道行更高，更能迷惑人，徽宗马上就被他给迷住了。"

一个说："钟灵素要是迷惑了皇上，那我就刺杀他！"

另一个说："对，只要是他玩弄妖术，就应该杀掉他。汪老志已经毒发而死了，就是你干的。"

两个我不再争论了。似乎除掉妖言惑众、神神鬼鬼干扰朝政的妖道，是我的责任。我必须冷静观察，沉着应对，静观钟灵素的表现。

那天，我并不想杀了汪老志，但我的蜘蛛毒针还是很厉害，他没有扛过去。

自从能够出入大内皇宫之后，我有些喜欢宋徽宗了。这个皇帝是一个艺术家皇帝，可能是从古至今少有的。

我听说，唐太宗喜欢书法，尤其喜欢二王，他自己的字也写得很好。唐玄宗喜欢歌舞，常常在长安宫殿里，举行西域和汉地的歌舞晚会。梁武帝和南唐后主一个喜欢在宫内搞诗人雅集，另一位干脆就是一个著名词人。但是，在绘画、书法、文章、诗词、收藏几个方面都很出色的皇帝，一千年来，我看只有一个大宋的徽宗。

我决定暗中观察钟灵素的作为，采取行动。

有时候，我在夜晚进入宫内，是为了看看宋徽宗是怎么作画的。他的瘦金体书法太风格化了，实在令人喜欢，劲瘦而有力，似乎带着刀剑的寒气与豪迈，却又有文人的那种天地方圆、得大自在的洒脱。他也常常把自己的书法作品送给臣下，或者与画家们一起品赏绘画作品。

他的画作有的非常风格化，比如《金英秋禽图》，画面内容分为三段，第一段画面上，一只喜鹊很巨大，羽毛栩栩如生，其他的喜鹊却只露出脑袋和侧影，第二段画面上是一丛秋菊在绽放，配以兰草妩媚，第三段则是两只蝴蝶舞蹁跹。精美绝伦，妙趣横生，动中有静，灵气飞动。

徽宗还和多位画家一起绘制了巨作《文会图》，这也是我很喜欢的一幅画作。这幅画，以八位文人雅士在郊野树下雅集作为题材，把唐太宗喜欢与文人雅士唱和、曾经重用了十八个学士的典故，和徽宗自己重视建立国家画院的举措联系起来。

这幅巨作后来有多个摹本，画面上，松下交谈的两个人物在多个摹本中接近真人大小，被放大绘制，用来装饰徽宗喜欢的几间画室。而我，夜间探访画室，刚好就能隐藏在画中，以我的缩骨术，能够成功替换成这幅画中的很多人而不被察觉。

这成了我的一个小小的爱好和秘密。隐于画中，这是千古以来没有任何刺客能够做到的，我做到了。

我还非常喜欢王希孟送给徽宗的一幅青绿山水长卷《千里江山图》。

蔡京写的跋文中，盛赞王希孟画这幅画的时候，只有十八岁。

徽宗十分倚重和宠信蔡京，蔡京那个时候正在主持修建徽宗要他主持督办的明堂。

明堂是一座组合式的祭祀建筑，史料中记载，王莽新朝时期曾经修建过一座明堂，后来被光武帝刘秀给拆掉了。几百年前，武则天也修建过一座，在她去世之后也被毁掉了。这两位在历史上都以篡位而被非议。

那么，徽宗修建明堂的想法早就有了。明堂的功能，主要是祭祀天、地、日、月、河、海和三皇五帝各位神灵祖先，同时，徽宗前面的几位大宋皇帝的牌位，也可以放在明堂中祭祀。修建明堂需要花费很多金钱，也遭到了一些大臣的反对，但一个契机出现了。

有一天，湖南沅陵的县令报告说，因为一场大雨，导致了山洪暴发，结果从深山老林里冲出来二十七根非常巨大的杉木，县令想进献给朝廷，用于皇宫内大型建筑的栋梁构造。

这一消息令徽宗十分振奋，他立即让蔡京督办此事。蔡京就行动起来，并让自己的三个儿子帮助他实施皇帝的宏伟计划，确保按照徽宗皇帝心目中的样子，建好明堂。

他们组织了一万多工匠，而徽宗也非常关注明堂的修建，要知道，他也是一位建筑学家，亲自组织人撰写《营造法式》，规定了建筑的制式、规矩和规则。

施工进展顺利完成，徽宗下诏宣布，明堂建成。

他还宣布，在明堂中供奉的只有昊天上帝和宋神宗，也就是他父亲的牌位。他还宣布，道教天师将主持明堂的仪式。

7

那么，这场明堂竣工剪彩的重大仪式，由谁来主持呢？自然就是道教天师钟灵素了。

钟灵素到来不久，徽宗不仅为他在宫城之内修建了玉清和阳宫，那是有一百四十多个房间的道观，前所未有。而且，徽宗又在宫城的东北角的外围，把原先的上清宝箓宫增建扩建，这两座道观都由钟灵素使用。

钟灵素第一次由蔡京引荐给徽宗的时候，宋徽宗问他会些什么道术，钟灵素答道："本道人不仅熟知人间万事，也知道天上和地下的事情，一句话，就是无所不知也。"

钟灵素手拿一本《神霄天坛玉书》说，就是这本神书，帮助他掌握了招引雷电、预测吉凶、治病救人、驱除魔鬼的法术。他已经修炼得样样皆能了。

徽宗对钟灵素的恃才傲物十分惊讶，但也因此很喜欢他。钟灵素还能作诗，他非常会吹牛，把徽宗吹得天花乱坠，说天界一共有九重天，就是九霄，而徽宗本人是最高的神仙天帝的长子，叫作长生大帝君，他把天界的事务交给了弟弟青华帝君管理，自己下凡，前来统治大宋，是神仙下凡在人间。

徽宗对他的这个说辞十分信任，开始宠信他了。

在那段时间里，一旦宫内出现一些怪事，比如某个宫女突然犯了疯病，宋徽宗立即请钟灵素到宫中，钟灵素就在宫内树下埋上一根九尺长的铁棒，作法驱邪，后来，这个宫女果然好了。

钟灵素还当着徽宗的面，请人从街上找来一些瘸子、瞎子、聋子，当着宋徽宗的面烧掉纸符，用来调制神水，让这些人喝下去。他们立即恢复了健康，跟常人一模一样，不再是瘸子、瞎子和聋子了。

但我知道，这一定是他事先安排好的骗局，那些瘸子、聋子和瞎子本来就是健康人，是他花钱安排的。我估计蔡京也知道，但就是蒙蔽了徽宗一个人。

所以，徽宗就让钟灵素在上清宝箓宫每个月讲道，那些宗室贵族、朝廷官员、太学生和市民都来旁听。

有一天，他在讲道的时候，天上突然出现了很多仙鹤在飞翔，这变成了巨大的祥瑞事件，让徽宗心旷神怡。他按捺不住激动的心情，还专门画了一幅绢本设色的《瑞鹤图》。画面上，半幅是他的题跋，详细记载了那次祥瑞出现的情况，半幅图是他画的二十只仙鹤，飞翔在上清宝箓宫的飞檐斗拱之上。

这年的二月，钟灵素对徽宗说，他要宣布青华帝君即将降临人间，来给自己天界的哥哥徽宗送信。

于是，徽宗带着一千多人来到了上清宝箓宫，从傍晚一直等到了半夜，其间他们在一起唱和诗词，看钟灵素作法，钟鼓齐鸣，仙乐阵阵，好不热闹。

那天晚上，我也来到了附近，在屋顶的檐角处向下观瞧。

到了半夜，在很远的天空中出现了一个白色的火球，还带着隐隐的雷声，向这边移动，照亮了上清宝箓宫聚集的所有人，那个闪亮的火球爆炸了，徽宗等大惊失色，众人都闭上了眼睛，等到再睁开眼睛，眼前出现了两个穿着鲜艳衣服的少年，说他们是青华帝君专门派来的侍者，手拿一份卷轴书信，要把这封信交给自己天界的哥哥长生大帝君，就是现在的徽宗。

徽宗展读这封来信。青华帝君在信中说，他们最终会在天界相遇，而徽宗在阳间的寿命是一百零八岁。徽宗十分欣喜，为了纪念这件事，还专门刻了一块碑石。他就更加信赖钟灵素了。

在钟灵素的影响下，他下令全国各地都要修建道观神霄宫，都要在里面设置他自己的化身，就是长生大帝君和他在天界的弟弟青华帝君的神像。有些地方就把最大的佛寺改为神霄宫，这就等于限制了佛教的发展。既然道教的人叫作道士，徽宗还把僧人的称呼改为德士，并把释迦牟尼封为大觉金仙。

这一切引起了很多人的不满，太子赵桓那个时候还不到二十岁，对钟灵素的各种伎俩，他都派人在事后进行调查。比如天空火球，太子调查出来，那是钟灵素放风筝，带着装了黑火药的烟火球燃烧形成的。那两个青华帝君的侍者，就是上清宝箓宫刚刚从江浙一带物色来的年轻道士假扮的。

钟灵素平时就在布袋里装着剪纸鹤，他安排好时间，一撒纸鹤，就让人准备好放飞他在郊外饲养的真白鹤，白鹤就飞起来了。很多人就会把纸鹤和飞起来的白鹤联系起来，以为是出现了祥瑞。

到了夏天，开封都出现了旱灾，宋徽宗下令钟灵素施展雷电之法祈雨，此时，钟灵素被徽宗宠信多时，他也干下了很多荒唐事，蒙骗皇帝和世人很久了，该了结了。

8

我决定在这个时候，伺机揭穿钟灵素，让他的骗局当众败露。只见钟灵素带着自己的徒弟在开封城墙上奔走，呼号，烧符，怎么祈雨都不灵，两天了，就是不下雨。

钟灵素不灵了。到了第三天，钟灵素施放了一个气球升入空中，其他的弟子们都在开封城墙上奔走呼号。几千人在围观，大家开始将信将疑。

这个时候我现身了，在人群中我吹出吹针把他的气球刺破了，他乘坐的气球一下子漏气了，很快掉了下来，栽到了一个污泥坑里。

钟灵素被人救起来的时候十分狼狈，几千人都看到了他被污泥弄脏了。这下作法失败了，他的骗局败露了。

愤怒的人们围住了他，要把他的道服撕烂，他不得不挣脱开市民的拉扯，逃走了。

当天，徽宗听了报告也很生气。按照徽宗的命令，贬斥他，要他立即回老家浙江宁波。

傍晚的时候，我追上了他。他的车停下来。

他下了车，看到了我：“你是谁？”

我说：“我是甄画隐，我是来要你命的人。”

他问：“是谁让你来要我的命？难道是徽宗皇帝？”

我说：“你不要问。但你的死期就在今天。”

他哈哈笑了：“不要吹牛，你会死在我的铁拂尘之下。”他的手里，果然拿着一把特制的铁拂尘，拂尘的每一条都十分锋利。

现在，我们站在原野之上，护卫他的几个人都走开了。

我和他决斗。他以他的钢丝拂尘和我对阵。

我手里的短刀在手，我绑腿里的匕首也将出鞘。

我们旋转着，我身着黑衣，他身着白衣，我们战在一起，十分激烈。

我的雪花刀异常锋利，每一次靠近他，我以短击长，都能将他的铁拂尘削去一些。

我计算好了他的铁丝拂尘的长度，一点点地削去拂尘的那些铁毛刷。

直到他手中的铁拂尘，渐渐变成了一把秃毛刷。

他愤怒地将手里的秃毛刷拂尘投向了我，我以刀背磕开，然后我向下一抖，袖子里的吹针筒就在我的手上了，我用力一吹。

三根针先飞出去，击中了他的左前胸。

他转身就跑，我又一吹，四根针飞出去，深入他的右后背。

我的七星梅花针前三后四，射中了他。

他倒地了，他的脸上浮现出诡异的笑容来。

我知道那是蜘蛛毒在发作。然后我转身，隐入了一片如同水墨画一样的暗影里。

我是甄画隐，我除掉了妖道钟灵素，没有人知道这件事，即使是徽宗，也以为他早就回到故乡了。

9

大宋的命运即将发生巨大变化，但谁也没有想到这变化会来得这么快。徽宗在金兵大军压境，即将对开封发起猛攻之前，禅位给了太子赵桓，是为宋钦宗。很快，金兵攻破开封，将宋徽宗和宋钦宗俘获之后，连同所有的皇室成员和家眷，全都送往北地，是为“北狩”。

我跟随部分宋室宗室逃到了南方，稳定下来后，在南宋临安开了一间宣纸铺子，像过去在东京汴梁一样，卖些宣纸毛笔之类。

谁都不知道我是一位刺客。白天，我卖文房四宝，晚上，夜行在临安的宫城附近，看那宫内欢宴不断，夜夜笙歌，看宫外市面上繁华依旧，人来人往，看那世事变幻，真的是其乐无穷。

2020 年 1 月 23 日

辩道

1

我到现在还记得当时那一次佛、道两家辩论的场景。

很久以前，全真教曾宣扬儒、佛、道三家可以兼修，全真教教长丘处机更是不远万里，前往大雪山下，向成吉思汗宣扬道教的养生之道，得到了大汗的赞许。所以很长时间以来，道教都很受尊崇，占据着很高的地位。

但丘处机和成吉思汗去世几十年之后，情况发生了变化。道教在北方的势力日益扩展，发展太快，以至于少许地痞、混子痞子也变成道士，他们欺压良善，侵占佛教寺庙和儒生学堂，蒙古人开始侧目了。

事情就是从我的师父、少林寺长老福裕借着阿里不哥前往哈拉和林开蒙古大汗会议的时候，向蒙古朝廷告状开始的。

我师父的告状信引发了很多事情的变化，这是我后来才明白的事情，就像是蝴蝶扇动翅膀的时候，根本就不知道草原上的风暴即将来临一样。

我师父的告状信是他本人亲自拟定的，上面说：道士们欺负蒙古人统治的地域过于辽阔，依仗当年成吉思汗对丘处机许下的一些诺言，到处收买田地，广积财富，还勾通官府，强占佛寺，捣毁了一些佛寺的佛像，摧毁圆寂的得道高僧的佛塔，驱赶信奉佛教的善男信女，实在无法原谅。福裕长老还附了一张道士恶行累累的具体案例，列表呈上。

蒙哥在那一次的大汗会议上，听了阿里不哥代念的福裕长老的告状信，立即派遣当时他信赖的国师那摩，前往漠南地区，全面负责处理道士退还所占佛寺田产一事。

那摩国师一路星夜兼程，南下处理蒙哥大汗亲自交代的任务。他找到了当时全真教的教长张志敬，并出示了少林寺福裕长老亲笔写下的道士侵占佛教寺院和田地，毁坏寺庙造像的具体情况。

张志敬道长并不承认，认为这是福裕长老的诬告，拒不承认。张志敬道长开始给他讲道理，那摩国师来自克什米尔，听不懂张志敬道长说的话，他的汉语不好，沟通起来很困难。

他就带着张志敬前往德兴府，觐见忽必烈。忽必烈当时正是郁闷的时候。他被解除了兵权，在德兴府，也就是河北涿鹿休养，不想去掺和蒙哥和阿里不哥两位兄弟因大汗之位的较劲。

张志敬道长到达后，忽必烈听取了道教欺负佛教和儒家的情况。

他问道长应该怎么办？张志敬道长辩解了半天，忽必烈十分生气，因为在他管辖之下的河南、山东等地的道教势力这么大，范围这么广，一呼百应，且都在修习《老子化胡经》，也是他没有想到的。

张志敬手拿拂尘，为道教和道士辩解，忽必烈听不下去了，他脾气来了，让近臣刘秉忠和古鲁斯把他打了一顿。张志敬被打得满脸是血。

蒙哥大汗要对四川一带发起南征，他出发前传令忽必烈，命在德兴府举行一场佛、道的辩论，来争一争到底谁是谁非。

忽必烈很高兴能在蒙哥亲征蜀地时，主持这样一场务虚辩论会。作为主持人，他决定在自己的官邸举行，进行了辩论会场布置，派人邀请了儒、释、道的代表人物前来开平，参加这场日后影响深远的大辩论。我就是在那个夏天，跟着福裕长老前往开平的。

后来，开平成了忽必烈的龙兴之地。蒙哥大汗南征不久就在重庆合川钓鱼城离奇战死。南宋军的投石机扔的石头击中了瞭望台，蒙哥刚好在瞭望台上指挥和瞭望，高高的瞭望台崩塌，他瞬间坠地，重伤不治而死。

蒙哥死后，阿里不哥认为自己应该继承蒙古大汗的位子。经过了一番争夺，忽必烈出人意料地继承了蒙古大汗的高位。

2

我们到达开平后，福裕长老年纪大了，住在毡房里休整，我喜欢就出来到处走。我记得，那时候是草原最美的季节，到处都是金莲花在开放，杂草生花，非常茂盛，人走进去瞬间就看不见了。可在草原深处，野兔、狐狸、獾子和其他动物很多，蚱蜢、蝴蝶和蚰蜒在草丛中蹦跳和爬动，一派生机盎然。一条条草原河流弯弯曲曲，在太阳底下发亮。

开平正在大兴土木，按照一座城市的规划在建设。忽必烈的府邸也是一座不起眼的新宅子。在宅子的后面，在忽必烈的开平府邸的后院里，有一个跑马场一样的院子。

辩论场所就设在这个院子里，搭了一个台子，三边有帷帐围着，参加那一场辩论的台上坐着的代表都是高人，忽必烈坐在最中间，刘秉忠坐在他身后。佛、道、儒三家代表各六人，一共十八人，围坐成半圈。

其中，道教代表有掌教道长张志敬，还有樊志应道长，王树宏道长等。

佛教代表来自多个地方，有来自克什米尔的那摩国师，有来自吐蕃萨思迦派的高僧八思巴，他后来也成了忽必烈信赖的国师。还有来自大理的思纯法师，来自河西走廊的法师等。

儒家代表有儒生窦默、姚枢、廉希宪、张文谦等。

福裕长老这次不上台，在台下坐着。院子里人很多，我们坐在马扎上，靠右边前排的位置。福裕长老给我说，你看那个刘秉忠，他可是一个奇人，十多年前，他本来也是一位居士，跟随海云法师前往漠北觐见忽必烈，就被忽必烈留在身边成为近臣了。

福裕长老旁边有个人插话说，嗯，忽必烈最喜欢他，这个刘秉忠对儒、佛、道、巫、《易经》都很通达，观天象、懂音律，他还能够根据《易经》的千变万化，推算出时势的运转，深得忽必烈的信赖。他们之间的关系好到了经常彻夜长谈到天明，或从白昼谈到天黑，这是非常少见的。

福裕长老点了点头："传说刘秉忠和忽必烈之间还有一个密约，那就是，掐算人间时势和人物命运的事，忽必烈要求只有他们两个人之间知道，你知我知，天知地知。忽必烈在成吉思汗的子孙辈中的地位很高，掌管漠南汉地，权势日益隆盛，那他就得更加倚重刘秉忠了。"

师父说着话，我注意到台子下面坐了几百人，他们都是来听辩论的。第一天上午的辩论，主要是围绕着《老子化胡经》的要义展开。

需要解释一下的是，前段时间福裕长老委托阿里不哥在哈拉和林所做的申诉，已经由忽必烈帮助解决了。道士退还了侵占的佛寺和田产后，给忽必烈报告了处理结果，因此，在这次辩论会上，忽必烈不再对那个事情进行追究。

这一天可以说是风和日丽，白云缭绕，有一阵子还下雨了：有一块云彩飞过来，刚好覆盖在我们的头顶，就洒下了一阵清凉。我没见过太阳雨，所以我对太阳雨和雨后展现的彩虹，都感到很神奇。

我那个时候小，听不懂他们在辩论些什么，好像先是一个僧人出列说，《老子化胡经》基本上可以判断是伪造的，这本书荒诞不经不说，还将胡人和华夏分开，将佛教排斥在外。

道士们则据理力争，手持线装《老子化胡经》，一句句进行抗辩。眼看着道士们嗓门大，僧人们疑问多，最终也没有分出来一个胜负。

最后，道士把手里的《老子化胡经》呈给了忽必烈，忽必烈一边翻阅，一边问："这是何人写的书？"

张志敬答："这是汉地自古就有的书，其中内容采自汉武帝时期史官司马迁写下的《史记》，距今已经有一千多年了。"

忽必烈又问："那我问你，是不是从古到今，只有汉地才出皇帝？"

这个问题很不好回答，张志敬比较机敏，回答说："不是汉地才出皇帝，其他地方也出皇帝，只是称呼有区别。"

忽必烈问："那别处的皇帝和汉地的皇帝，是不是都拥有一样的位极人尊，至高无上的权力和地位？"

张志敬说："一样的。"

忽必烈点了点头，没有再发问，上午的辩论就结束了。大家该吃饭了，我的肚子也饿了。福裕和尚敲了一下我的脑门。

3

佛、道两家辩论了一天，也没有分出胜负，到了第二天上午，辩论还没有开始，忽然从院子外面来了一个瘸腿的和尚。他说，他是游方僧，要和道士们比比技艺。

忽必烈问身旁的几位僧人，那摩国师，八思巴，道济等僧人，这个和尚是谁？他们都说不认识这个和尚。

忽必烈饶有兴味："好啊，那你就比试比试。"

道士樊志应武艺高强，他先出来迎战。

忽必烈说："僧人有法号吗？会什么技艺？"

和尚施礼道："贫僧法号道济，略通些武艺，道士会什么，我便会什么。"

忽必烈有了兴致："那好，那就请樊志应道长先来。"

樊志应说："我看你瘸，不和你比武艺，怕你说我欺负你。我和你比比记忆术吧。"

道济和尚抚掌大笑说："好啊！"

樊志应就取来了一册参加这次辩论会的名册，看了一遍后，把书册交给了刘秉忠，让刘秉忠当检验官，樊志应就闭上眼睛，开始背诵了。

果然，他一个个地把名册上所有参加这次辩论的人名，按照名册上的顺序都背了出来，一字不差。

"嗯，一字不差，果然记忆力超群。"刘秉忠向忽必烈禀报。

忽必烈赞赏："不简单。看道济禅师的了。"

道济和尚说："请刘秉忠先生取来一篇他写的文章吧。我知道他文采斐然。"

刘秉忠笑了笑，取来了他写的一篇文章，叫人递给了道济。

文章有三千字，是他写给忽必烈的关于筹建开平府的上奏。道济展开，看了一遍，又让人还给了刘秉忠，然后就来回踱步，一字一句地抑扬顿挫，竟然全部背诵而出。

刘秉忠一手拿着他写的文章，一边赞叹："果然一字不差！"他把文章又交给了樊志应，说："看看道长能不能背得出？"

樊志应取过来，看了看之后，背了十几句，已经是勉为其难，却汗如雨下，后面的一句都背不出来了。

刘秉忠说：“好，这一场比试，道济和尚胜。”

忽必烈兴致很高，大家的情绪也调动起来了。辩论会要是这么开，就有意思了。忽必烈问：“还有道长应战吗？”

一个不知名的道士，从台下坐着的人群里走出来。他鞠躬示意，表示愿意挑战。刘秉忠说：“报上法号！”

道士说：“贫道紫云道长，擅长呼风唤雨。”

大家一听，都鼓起掌来，还有人喝倒彩，估计是根本不相信他能呼风唤雨。

我看到他手拿一支毛笔，张开一只手掌向大家示意，手掌里什么都没有。然后，他用毛笔在手掌心里写了一个字，又举起来让大家看。

大家都看到了，他的手掌心里写了一个“雷”字。

说时迟那时快，大家看到，本来是白云朵朵的天上，白云很快变成了黑云，并且快速聚集成雨云。接着，我们听到了不远处传来了隐隐的雷声，紧接着就起风了，风很迅猛，把大帐刮得呼啦啦响。然后就是哗哗的大雨下起来了，从外面席卷而来。

“黑雨！黑雨！”那个紫云道士在念念有词。

果然是下起了黑雨，雨滴落到了我手里，像墨汁一样黑。众人纷纷站起来，打算躲到旁边的毡房里去。

这个时候，只见道济和尚跃步上前，从背囊里取出一个葫芦，举起葫芦朝四周一挥舞，那团团的黑色骤雨立即就向他手里的葫芦口聚集，仿佛存在的一股巨大的吸力，大雨顷刻被吸了过来。所有的黑雨在外面还在下，但在我们头顶却没有了，形成一股黑色的流体迅速地向葫芦里流去，很快就云开雾散，大雨骤歇。

道济和尚看到云收雨停，天空晴朗了，然后把手里的葫芦朝草地上一倒，葫芦里的黑水都倒了出来。

作法的紫云道士手拿毛笔，脸上有羞愧之色，躬身退下。

大家鼓掌大笑。我看看我的手上，我的身上，一点黑雨的影子都没有了。这个道济和尚了不得。

忽必烈感到越发有趣了，说："道士还有什么妙招？使出来看看！"

这时，在台下的人群中，又站起来一位道士，只见他手拿拂尘一挥，众人头晕目眩的时候，却见从旁边的毡房里走出来三位女子，每个女子都绾着高高的发髻，身穿华丽的衣裙，身上环佩叮当响，腰身柔软，就像是一阵风一样来到了众人的面前，大家聚精会神瞅过去，一旦谁和女子的眼神相遇，就感觉被雷电击打了一样，感到了浑身酥麻，眼波飘摇，摄人心魂。

这几个女子的到来实在让现场的气氛为之一变，在场的人都是惊叹声和魂飞魄散的赞美声。我头晕目眩之际，看见三个女子开始起舞了，她们的肚脐眼露在外面，我想看又不敢看，不敢看却又看见了。哎呀，把持不住了，小腹在燃烧。女人的舞蹈让人眼花缭乱，每个动作都是诱惑男人的狐媚之气，一股奇妙的香气飘洒在周围，男人们躁动起来了，眼睛发红。女人在前面跳着跳着，走向了坐着的几百人中间起舞，挑逗着每个人，舞姿妙曼生动，逗得每个人流口水，心魂荡漾，不能自持了，每个人心中的心魔开始起舞，身体也变得躁热，好像血管在燃烧。有的男人呆呆地站起来，然后一起跳起舞来，各种姿势动作都有，场面顿时变得热闹和有点不堪了。

忽必烈感到场面有点不好收拾，就示意刘秉忠前去阻拦女子，要她们不要继续跳了。

刘秉忠还没有来得及走上前，道济挡住了他，说："不要动，看我的。"

三个女子继续跳舞，依旧在那里不停舞蹈，开始疯狂旋转，转得所有的人都感到了眼晕，没有人注意到刚才那个拿着拂尘的道士站在一边，不停地用拂尘挥动，似乎在远处指挥着这三个舞蹈的女子。

道济忽然跳了起来，趋步上前，一把从旁边侍卫的腰间拔下了宝刀，再一跃就到了三个舞蹈的女子跟前，手起刀落，一、二、三，道济和尚手里的刀咔嚓咔嚓砍了三刀，刀刀都砍到了三个女子的身上。

我惊呆了。道济杀人！而且所有人都惊呆了。

三个女子哎呀呀倒地，一阵旋风刮起，大家惊叫："和尚杀人啦！和尚杀人啦！"所有的人都大惊失色，感到这道济和尚是不是疯了，竟然敢在众目睽睽之下，竟然在佛、道、儒三家高人都在场的情况之下，公开杀人。

只见道济和尚手起刀落，三个妖艳的美女顿时倒地，鲜血四溅，汩汩流动。台上的十八个儒释道高人个个都十分惊惧，纷纷站了起来，忽必烈旁边的卫士上前护卫住主公，忽必烈也有点反应不过来，对刘秉忠说："刘、刘、刘——"

刘秉忠大喝一声："拿下那个和尚！"

道济忽然大笑不止，说："且慢，你们看看她们是什么东西吧！"

这时大家定神一看，女人倒地后很快不见了。原来，不过是三条卷起来的花毯，而刚才四溅开来的鲜血，现在仔细看，不过是水而已。

道济和尚向忽必烈鞠躬说到："道士的伎俩，不过是幻术而已。"

再看那个手拿拂尘的道士，已面有愧色地退下了。

4

忽必烈问："道济法师，这幻术真的存在吗？"

道济和尚说："那我再来表演一下吧。"只见他趋步上前，一把抽出了一个护卫的宝刀，拿起来的那一刻，寒光一闪，众人心头一凛，不知道这个道济和尚要干出什么事情来。

只见他一刀就把自己的脖子砍断了，他的头飞了出去。身首分家，众人一片惊呼。他的脑袋飞走的时候，他自己的双手一把把头接住了，然后，他的脑袋对着旁边一个发呆的卫兵说："你接着我的头，再拿一坛酒来！"

旁边那个卫士战战兢兢地接住他的头，他的头还在说话，笑着看着自己的躯干站立在那里纹丝不动。

我很揪心，发现鲜血没有从道济和尚的脖颈处喷溅而出，似乎违背了一般的常识。

只有刘秉忠已经知道，这是道济和尚使用的幻术。他赶紧下令让人拿来了酒一坛。卫兵把这坛酒放在了道济和尚的双手上，他的躯干没有了头，手脚却依然灵活，因为边上卫士手中他的头继续指挥着躯干。

头说："喝酒！"只见他的躯干双手举起了那个酒坛子，就把酒呼啦啦往自己砍断的脖颈处倒。

酒哗啦啦响着四溅开来，顺着道济和尚的脖颈处倒了进去。而这边卫士拿着的他的断头上的脸开始变红了，跟喝醉了一样。

道济说："好酒啊！好酒！我快喝醉了。"

然后，那边的身子盘腿缓慢地坐下来，拍手做歌一曲，唱得很好，众人大惊失色的时候，慢慢也不怕了，觉得十分开眼，觉得这道济和尚简直是匪夷所思之人，他们无法相信眼前所见就是正在发生的。

等到一曲唱完了，道济的身子站起来，走到了捧着他的头的卫兵那里，双手把头接过来，然后往自己的脖颈处一放。

大家看到，道济的脑袋和身体又合二为一了。

众人都发出了一阵惊叹，然后掌声雷动。

忽必烈也有点恍惚了，问："道济禅师，你怎么解释？"

道济鞠躬道："不过是幻术而已。是大家的想象，我使用了幻术和障眼法，还有移花接木术，以迎合大家的想象，造就了这一幻觉而已。正所谓空即是色，色即是空。”

忽必烈说：“幻术就是幻觉的意思，我明白了。”

道济和尚说：“为了给大家表演幻术，我再露一手。”说罢，他从地上抓起一把带草的土，取过水壶，将土和成了一个泥团。我们眼看着他把一团泥捏成了一只小羊，道济一边捏一边念念有词，他手中的那只小羊就活了，放到地上，开始迎风而长，越长越大。

“活了，活了！”众人感到很神奇，纷纷围拢过来，看看这只羊到底是不是真的羊。那只小羊顷刻间长成了一只大羊。是一头很肥美的草原羊！还开始咩咩叫，四下撒欢尥蹶子，打算冲出人群。

道济和尚让人赶紧抓住它：“这羊要赶紧杀，然后烤熟了，和尚不吃，给大家尝尝才好！”

众人都大声喝彩，一起鼓掌。我也看得很兴奋，福裕长老又敲了敲我的脑门，意思是，机灵点，不要太兴奋。刚才女人出来了我就过于躁动了，几乎把持不住，被他看见了。

刘秉忠说：“如禅师所说，赶紧来人，把羊杀了，拿下去烤了。”

有两个护卫过来把羊抓住，一个人扭住羊头，另一位一刀就把羊的脖子割开，摁到了草地上，羊的鲜血流了出来。然后他三下五除二，就把这只羊剥了皮，取出了内脏，放在木盆里，把全羊用一根木棍穿起来，就这么屠宰好了。

道济笑着说：“那就拿去烤个全羊吧。”

那两个人把肉羊抬下去，在外面烤全羊。

忽必烈说：“哪位道长还有神功要露一手？”

张志敬、樊志应两位道长互相对看一眼，手拿拂尘一挥，在道士群中再次站出来一位，鞠躬说：“贫道道号普光子，愿意一试身手。”

道济还站在场子里，他有点懒洋洋的样子，瘸腿使得他走路并不稳当，身上的僧服有点散乱了，他整理了一下。“来吧，旁门左道我不怕。我佛慈悲，佛法无边，不怕妖魔，尤其是心魔，更不足惧也。”

那个普光子道士头发都白了，扎着高高的道士发髻，只见他手拿一把折扇，一挥动，从随身带的袋子里取出来一叠纸片，向空中一撒。

那些纸片飞散入空中，然后飘出了这片区域，飘到了整个场子的外面。

众人正在诧异的时候，就听到了似乎有人在远处擂响了战鼓，由远及近，渐渐逼向了这里。

5

等到这声响靠近的时候，大家明白了，这是一群马正在迅速逼近辩论场所。没等大家反应过来，大门被一下撞开，一群骏马撞破了帷幕、围墙闯了进来，人喊马嘶，每匹马的马背上，都有一个身穿铠甲，手拿武器的骑兵。我们坐在马扎上的人纷纷后退，只见这群骑兵足有几十人，向道济和尚冲去。

“戒备！”刘秉忠一声喊，二十四位铁甲兵立即在忽必烈身前身后形成了保护阵型，利刃朝外。

我看到，不知道什么时候，道济的手里已经多了一根拐杖，骑兵和他对打，发出了铿锵之声，我明白了，道济手中的拐杖不是木质的，而是钢铁拐杖。他闪展腾挪，飞身一击，就见一个骑兵脑浆迸裂，被击下马来。

这真是一场恶战，闻所未闻，见所未见。一个道济好像在迎战千军万马，这么说肯定是夸大了，但道济和尚迎战几十个手里拿着刀、枪、剑、戟等长短兵器的骑兵，场面令人震撼。

只见道济或者如风雷闪电，在马上马下奔走，手中拐杖所到之处，血液喷溅，人喊马嘶，或者静如立石，并未移动，而冲向他的骑兵却人仰马翻。一时间看得在场的人眼花缭乱，心惊胆战。

这一场恶战让人不明就里，也不知所以，但一场恶斗让大家也看得是津津有味，目瞪口呆。

道济的打法我细细品味，还是看出来了。他是迎快打慢，声东击西，指东打西，隔山打牛。顷刻间，也许只是那么一阵子，几十匹马上的骑兵都被他纷纷打下马来，就像暴雨击打下来的落花，就像天空忽然下了雹子，人仰马翻了。这个场面可真是狼狈而壮观，人头滚滚，断胳膊少腿的，马嘶之声悲惨至极，有的脱缰而逃，逃出了这个地方，有的被刺中心脏，死在大家的眼前，一阵抽搐，血腥味在眼前弥漫。

最后一个骑兵骑马逃走，道济将拐杖像投枪一样投出去，拐杖正中马匹之上那人的后心，他应声倒在了地上。

等到尘埃落定，道济稳稳地站定，大喊一声："止！"

大家定睛一看，刚才还一片混乱，到处都是鲜血迸溅，人喊马嘶，人仰马翻的场景，忽然就变成了绿草茵茵之上，只是飘浮着一些碎纸片。

道济和尚捡起几张纸片，却是剪纸剪出来的人和马，不过是纸片而已。

刘秉忠接过去，铁甲护卫散开退后，忽必烈接过来仔细察看："是纸马和纸人。"

刘秉忠说："道济和尚胜出。"

道济躬身说："启禀忽必烈汗，这是普光子道士的纸人纸马的幻术，被贫僧破解了。"

大家一听，或者窃窃私语，或者交头接耳。没想到刚才那一阵子的人、马和兵器的格斗，竟然都是一些纸人纸马。释放纸人纸马的普光子道士十分惭愧，他被道济打败了，只能垂手站在一边。

忽必烈笑了："道士们有这些道行，很有趣。我看，道济和尚是个奇人，他都能抵打得过。哎，对了，刚才道济和尚变出来的那只羊烤好了没有？"

"好了！"有人一声喊，接着，两个护卫抬着烤好的一只全羊，走进来了。

大家都闻到了一股烤羊肉的香气，十分兴奋，个个都是垂涎欲滴。

刘秉忠问道济和尚："大家可以吃吗？"

道济说："当然可以吃啊。"

和尚道士都没动，儒生可以吃荤。那些看热闹的蒙古士兵纷纷解下了腰间的短刀，上前割取烤全羊的肉。这个割一块，那个割一块，烤得滋滋冒油的羊肉让士兵饥肠辘辘，立即大快朵颐了。

等到他们吃完了，道济笑了，说："尘埃本来无一物，变作牛羊仍是土。"

他刚说完，那些吃了烤羊肉的兵士全都捂着肚子，开始吐了。只见他们吐出来的烤羊肉，都变作了泥块。

刘秉忠说："你们快去漱口吧！"那些兵士出去找水漱口了。

忽必烈说："有意思！这样的比试，比昨天的辩论要强，很有意思。道济禅师的道行很高，我希望你给我讲讲佛法。"

道济和尚说："恕贫僧不能从命。"

张志敬站出来说："忽必烈汗让你讲佛法，你到底能不能讲？我看你就是一个骗子和尚，根本就不懂佛法吧。"

道济淡然一笑："贫僧确实有点急事，本来赶过来是想看看你们的热闹，没想到，是我自己搞了一番热闹。今天不过是给大家增添一些趣味，想必大家辩论得太辛苦了。佛法无边，道行深邃，看每个人的悟性了。我走了！"

说完，道济和尚纵身跳起，朝一处白布大帐一跃，我们都看见他冲入那白色大帐，瞬间不见了，只是他的身形还印在白色的幕布上。

大家都呆了。有人跑过去察看，果然不见人了。

道济和尚就这么不知所终。

6

我所知道的就是这些。后来，这场辩论又持续了一天，但我却觉得索然寡味了。我把手支在下巴处，我的脑海里，跃动的都是道济和尚的身影。

太阳落在了草原的地平线下，黑夜从大地深处上升，这场佛、道辩论进行了两天，听取了儒士们的意见后，和刘秉忠耳语了几句，忽必烈下了决断：

“既然汉地的皇帝和其他地方的皇帝，说的话一样尊贵，那就有一个问题了。在别的地方的史书里，没有老子化胡的记载，偏偏你们道士拿来的书记载了，不足信。我看，《老子化胡经》是伪造的。化胡化胡，是要化哪个胡？一派胡言。佛、道辩论，我宣布，道教失败。罚全真教大道长张志敬不得再担任教长职务，贬为平民。樊志应等在场参与辩论和斗法的十七个道士，全部削发变为僧人，进入龙光寺修行。”

众人听了，都很惊愕，忽必烈又传命令：“焚烧道教经文四十五部，归还佛寺所属田产二百三十七处。由刘秉忠具体安排执行。好了，辩论大会结束，大家散去吧。”

就这样，一场佛、道的辩论以道教的失败而告终。

他们散去了之后，开平府人来人往，只有我还在那个场子里没有离去。我跑过去抚摸留在白色帐布上那道济和尚留下来的身影。他的身影开始是栩栩如生的，随着时间的流逝，也在快速变化，慢慢变得淡了，稀疏了，模糊了。

第二天我再去看，就只剩下一点点人形的影子了。

可我却越来越崇拜道济和尚了。在我的眼前，道济和尚勇斗道士的那一幕幕不断重现。

福裕长老知道我在想什么，他第三次敲了敲我的脑门，说他要回少林寺了，我自己多保重吧。

福裕长老知道，我要去寻找道济，拜他为师。

我现在还在路上奔走。我在寻找着道济和尚。

茫茫大地之上人海如潮，那么多人如影如幻，可道济和尚却是无比真实的存在，他穿越幕帐不见了，可他就在我的眼前，我一定要找到他。

2020 年 1 月 21 日

绳技

1

情况变得紧急了。

燕王的大军一路南下，经过两年多的苦战，占领扬州之后，朝廷里就乱了套。建文帝十分焦躁，满朝文武也很焦虑，却拿不出什么好主意。

方孝孺给建文帝出了一个主意，那就是和燕王划江而治，算是割地求和。一句话，长江以北全给你啦，燕王朱棣啊，这还不行吗?

建文帝同意了，派庆成公主前去扬州，和燕王朱棣见面，带去了求和并划江而治的意愿。

庆成公主是朱棣的堂姐，从血缘上和关系上，两人都比较亲近，想来他们姐弟俩是能说上话的。实际上也是这样，燕王朱棣和堂姐庆成公主一见面，场面就十分感人，堂姐弟俩一下子抱头痛哭，久久不愿分开。稍后，等情绪平复一点之后，燕王说了自己起兵南下，纯粹是被逼迫的，是不得已。那侄子，那建文帝太狠了，向叔叔下手，看似削藩，不是真削藩，是要他的命啊。

庆成公主也说明了来意，那就是，建文帝想要求和，给出的条件是划江而治。朱棣老奸巨猾，没有正面回答，心里想，现在来谈条件，已经晚了，我都逼到你家门口了，我这两年多的仗白打了？嘴上却说，当年父皇给他在燕北的封地都没有保住，要被削去，现在又冒出来这划江而治的说法，又从何说起？

朱棣告诉姐姐庆成公主，说：公主姐姐啊，您就回去告诉我那个侄子建文皇帝，这一次，我燕王南下的目的，没有别的，就是清君侧，只想保住大明的江山不被围绕在建文帝周围的那些奸臣所败坏。我没别的企图心。另外呢，我还想给父皇上上坟，添添土，烧烧香，顺带朝觐天子建文帝，求他免去一些亲王的罪责，然后，我就回北平了。

朱棣这么说，庆成公主也就没有再多说什么，又寒暄了几句，也没有心情吃饭，就告辞回去。

朱棣送她到门外，又意味深长地说，咱姐弟俩，过几天就在南京见面了。他的话不言自明。

庆成公主回到南京城里，赶紧给建文帝报告了此次前往燕王军营见面的情况，并潸然泪下。

建文帝一听，知道划江而治不被燕王接受，那下一步他肯定要渡江而来。一旦渡过长江，这南京城能不能守得住，就是一个迫在眉睫的问题了。

他又找来了方孝孺，询问他布防情况。

方孝孺这个大儒信誓旦旦地说："不打紧。我听探马回来说，燕王的部队几年征战，队伍疲乏劳顿，军中疫病多发，士气低落。再说了，叔叔和皇帝侄子打仗，朱棣天理不存。现在是六月酷暑，长江又是天险，怎可能让他燕王轻易过了长江？”

“长江是天险，可也得好好守住才行。”建文帝忧心忡忡。

“陛下，臣已经周密计划，布置兵士前去袭击燕王渡江的船队了。朱棣的船队很小，等到他的小船队火烧连营，灰飞烟灭，别说渡江，他到时候想回北平都得问我们同意不同意了。”

“南京总掌长江水师的是哪个将领？”建文帝又问方孝孺。

方孝孺慷慨激昂：“江北铺子口的水师是盛庸在统领，他英勇顽强，作战勇敢。江上水师总指挥是都督佥事陈瑄，他多谋善断，指挥的水师实力强大，肯定能消灭燕王的区区杂牌水师。”

2

就在燕王的大军占领扬州后不久，我开始四下找寻能在关键时刻派上用场的武林高手。

我是建文帝的护卫统领，我相信高手还是在民间，而不在庙堂。现在庙堂里他们的本事就在于天天吵架，对实际发生的情况毫无帮助，而我要为建文帝想到最后的一招，那就是出逃。

我隐约觉得会有这么一天，只是当时我没有说。

有一天，我到南京郊外的集市走了走。那里是引车卖浆者和打把式卖艺的人的集合地。我换上平民的衣裳，前去走了走，看看有没有什么民间奇人，能被我发现。

武林高手素在民间，我就看见了不少练武术的在那里表演。有表演梅花桩的，两个赤膊高手在梅花形的高木桩上游走，对阵。打了一会儿就分出了胜负，其中一个应声跌落在梅花桩之下。

一棵树下，有人在练习沙包功。只见一根绳子绑着一个沙包，沙包来回激荡，一个汉子左右躲避并不断击打沙包。

旁边还有一个人在练习排打功，只见他手拿一块砖往身体各个部位打，把自己的皮肉排打得鲜血直流，嘴里还在不断地吆喝着。

再往前走，看到几个人正在练习轻功，小腿绑着沙袋，加助跑不断地向一面墙壁冲去，试图翻身而上，却不断跌落下来。

看来，轻功绝不是一天就能练成的，得练十年以上。

还有人在练扫堂腿，不断前扫、后扫，用腿横扫一根木桩子。他的腿肯定很坚硬。忽然有个人冲出来，他一阵筋斗翻起来，连着翻了好几个筋斗，又翻着筋斗不见了。这是翻腾术。

看了一圈，这些打把式卖艺的，我稍微能入眼的，就是空手夺白刃的功法了。只见一个人手拿双刀，舞成了一片雪花飞舞，另一个人表演空手夺刀。这要看眼法、身法和步法的灵活了。只见那人左冲右突，一下就近身而入，顷刻间到了舞刀人身旁，拳掌齐出，双刀被磕击落地。

我鼓了几下掌，扔了几个铜钱。

都不是我想找的人。我继续溜达，看到前面一群人围着看表演。

我走过去，原来是有人在那里表演蹬碗，这就是杂耍了。只见一个漂亮女子躺在一条长凳上，一只脚接旁边的一个身穿蓝色粗布衣衫的男人扔过来的碗，一只接一只，都挪到另一只脚上，蹬了十几个碗，没有一个掉下来的，姑娘用力再一蹬，那一摞碗飞向了空中，她从长凳上翻身而下，单手凭空一接，那摞粗瓷饭碗都被她接到了手里，毫发无损，没有一只碗掉在地上。

她向大家躬身表达谢意，但却不出声。难道是个哑巴？

我一看，这个姑娘眉清目秀，留着一条很长的辫子。隐约感觉到她身手不错。旁边的那个蓝布衫汉子十分精壮，看年龄是这个姑娘的父辈。

我就上前问："你家姑娘年方十几？还有什么绝招没有？"

身穿粗布衣衫的汉子看着我："我家小女红莲，年方二八。绝招？当然有了。但不给钱，不表演。"

我掏出了一锭银子："这点银子，够不够？不够再给。"

汉子说："够了！那就让红莲给你表演个绳技吧。"说罢，他从身后的一个袋子里取出一卷指头粗的绳子，交给了红莲姑娘。

红莲姑娘笑盈盈的，朝大家鞠了一个躬，然后就又回到了场子里。围观的人越来越多了。只见那姑娘来到场子中央，将那一卷绳子的绳头取出来，一点点地解开，解到了一定的长度，她就抓住绳头向空中抛去。

我看到她抛上去，绳子落下来，她再抛，绳子又落下来。她继续抛，那绳子越抛越高，绳头飞着飞着，就不再落下来，而是伸向了看不见的地方，伸向了街巷深处的某地，似乎绳头挂在了那里，姑娘猛地一拉，绳子很吃力，绷紧了，成了一条倾斜向上的绳桥。

姑娘把手里剩下的半卷绳子交给了她爹，汉子把绳子一拉，绳子又绷紧了，只见姑娘腾身一跃，就站在了绳子上，如同狸猫一般轻巧，嗖嗖嗖就走了上去。红色的绳子在她脚下轻微弹动，依旧绷直着。

我还没有反应过来，只一眨眼，姑娘从绳子的尽头消失了。众人看呆了。姑娘凭空消失，这绳技之高妙，我从来没见过。

我们还在诧异中，片刻后，她笑吟吟地出现在我们的背后。

原来，她早就从绳子那一端下来，从我们的身后绕过来了。

我明白这是一位高手。我赶忙拉住汉子，说要和他喝一杯。

我把父女俩拉到了旁边的酒肆中。汉子说，他姓林，是河北沧州人，因北方战乱，燕王起事南下，战事不断，他带着女儿才逃到了南京。

我了解到他还擅长土行术，而他家小女林红莲，最擅长的，就是绳技。红莲确实是个哑巴，不会说话。

我问："她是哑巴？看不出来。您的土行术，是能在地底下飞快地行走吗？”

他笑了：“呵呵。所谓的土行术，不是真的能在土里行走如飞。那是不可能的。土行，是善于在地底下挖掘通道。我的土行术，就是挖暗道，打通各种横井竖井，然后逃跑。这南京城地下有很多明道暗道，还通着水系。我能在南京城地底下挖通通道，自由出入南京城。”

我很高兴，建文帝现在最缺的就是他这样的奇人了。“我需要你帮忙，告诉你吧，我是建文帝身边的人，今天就是为了来找奇人的。我找到了。你家红莲姑娘的绳技，也非常神奇，闻所未闻啊。”

“小女的绳技，今天只是露出一点点，这绳子可以抛得很高，再高的城墙，她都能把绳子抛过去，然后顺着绳子跑上去。”

我简直是喜出望外。我想，一旦建文帝到了危厄，这对父女就能派上用场了。他们的土行术和绳技都是绝技。作为建文帝的护卫统领，我必须替主子着想。建文帝优柔寡断，燕王朱棣的人马步步紧逼，早晚南京城会有一场谁都无法预料的血腥之战，必须未雨绸缪。

3

方孝孺完全夸大了盛庸和陈瑄统领的长江水师的实力和作战能力。实际情况是，六月三日，燕王在浦子口江面，一举击败了盛庸的水师。消息传来，建文帝心急火燎，命令陈瑄率长江江南水师立即增援盛庸的部队。

在城墙垛口远远看去，只见陈瑄的水师旌旗招展，在长江之上浩浩荡荡，接天而去。

建文帝说：“这样的威武庞大的水师出马，他燕王岂不瑟瑟发抖，立即投降？”

但陈瑄带着水师却不是去增援盛庸的，他是去投降的。

陈瑄要率部投降的消息传入江边的燕王军营中，朱棣大喜过望。

为什么？因为他的部队大都是骑兵和步兵，水军很少，为了渡江战役，他派人从扬州运河上临时拼凑、征集了一些船只，数量少、载重轻，很难完成他的渡江计划。这下陈瑄统领的长江水师不战而降，对于他实在是雪中送炭。

他赶紧下令安抚和嘉奖陈瑄，又悄悄让自己的部将接管了陈瑄的实际指挥权。

这时，南京方面也得知了陈瑄叛变的消息，建文帝一口气没上来，在朝廷里当场晕厥了。方孝孺赶紧让太医来，诊治救护了半天，建文帝才苏醒过来，却愣怔半天，无法言语。

方孝孺征得了建文帝的首肯，派兵部侍郎陈植去长江塞防部队督战。

陈植作为兵部侍郎，他十分焦急，心里清楚，假如长江防守部队的军心涣散了，士气低迷了，胜败的天平就会倾倒向燕王朱棣。

他到了长江城防部队里谈话摸底，发现这些士兵都知道燕王朱棣能征善战，心里十分惧怕，加之水师统领陈瑄都迎降了，这对他们的心理冲击很大。这仗还怎么打？普遍认为没法打。

陈植召开军队统领高级会议，有一位姓金的都督也明说了这个仗没法打，自己也想投降，结果被陈植严加斥责。陈植认为，此时金都督不仅不想打仗，还要临阵变节，不顾君臣仁义，简直猪狗不如。

两个人吵起来了。金都督恼羞成怒，在他的部队指挥所里，金都督纠集了党羽把陈植杀了。然后金都督率领长江塞防的士兵向朱棣投降了。

这金都督心里喜滋滋的，他以为自己率部投降会得到燕王的厚待，还想邀功请赏。燕王朱棣却十分老辣，他立即下令，杀掉了赶来投降的金都督，他认为这人关键时刻毫无气节，丧失做人为官的基本底线，应该斥责并严厉惩罚，杀头以儆效尤。

同时，朱棣下令用最好的棺木盛殓被杀的兵部侍郎陈植的尸体，厚葬忠臣陈植，还大张旗鼓地派人把他埋葬在白石山。

4

六月的渡江战役打响之前，朱棣祭祀了长江之神，同时宣读了一篇誓词。誓词强调，大明的江山社稷是明太祖打下来的，必须要捍卫大明的秩序，保卫大明的子民安危，清君侧而使大明江山不被建文帝身边的坏人动摇根基。

这一天天气特别好，江上波澜不惊，天上白云飘飘，燕王下令渡江，渡江战役打响了。

由于陈瑄率领的长江水师已经投降燕王，现在朱棣的水师十分壮大，在长江上一字排开，浩浩荡荡，旌旗招展，万船齐发。船上的士兵盔甲鲜明，兵器闪闪，旌旗猎猎，气势如虹，战船在江上连绵几十里，向对岸开去。

盛庸前几天被打败，并未投降，他重整了水师，从高资港口快速出击，迎战朱棣水师。

只见江面上，炮声隆隆，水花四溅。这一番战斗进行了一个上午，才分出了胜负，盛庸的水师在气势上矮了一截，他的战船有的被击沉，有的被凿沉，有的逃跑了。盛庸水师败落了。剩下的战船都落入了朱棣的手里，南岸的驻军大营也被燕王的骑兵偷袭击垮。

盛庸逃跑了，手下将士死伤枕藉，大部分投降了朱棣。

燕王朱棣命令，将投降他的所有建文帝水师的船上都挂上黄旗，在长江之上来回巡游，宣示着燕王的胜利。

但他没有急着立即进攻南京。他知道，南京城内还有二十万士兵守卫，急于进攻，会使他们同仇敌忾，哀兵必胜的。再说附近的镇江还有建文帝的精兵守卫，一旦他们从侧翼打过来，朱棣就腹背受敌了。

善于用兵的朱棣决定先把镇江拿下来，然后再给南京致命一击。

长江之上，投降朱棣的建文帝水师船只挂着黄旗来回游走，的确使得镇江的守军胆战心惊，军心涣散。

燕王又悄悄派出说客，找到镇江守将童俊，试图劝降童俊。童俊眼看着长江塞防已经完全解体，建文帝的水军如今大部分都在朱棣的手里了，就横下一条心，率部投降了燕王。

镇江被拿下来，燕王的心里就有底了。他继续西进，到达龙潭，从这里都能看到南京钟山的影子了。

消息传到了南京城内的建文帝那里，他是心急如焚。他听了方孝孺的建议，将南京城外的居民都迁入城内，无论物品、存粮和各种用具，全都运回南京城内，广积粮，深挖洞，准备进行南京守城保卫战。

同时，建文帝厉兵秣马，一边让人操练城内的十多万守军士兵，口号震天响，以壮士气，一边又派出曹国公李景隆、兵部尚书茹常前往龙潭面见朱棣，继续表达愿意割地求和的心愿。他还派了朱棣比较亲近的亲王谷王和安王一起随同前往。

就像见庆成公主那样，朱棣看到来客，把原来给庆成公主的话又说了一遍，还讽刺谷王和安王，“两位兄弟亲王，建文帝的削藩都削到了你们头上了，你们来做说客，脑子是不是有病啊？”

他们没有任何收获，回来了。看来朱棣发起攻城之战，置建文帝于死地是肯定的了。

一向有些优柔寡断的建文帝，在廷议的时候反而坚毅了起来。他说他倒是不怕死，但担心的就是南京的臣子和老百姓。有的人臣建议，说得皇帝陛下得赶紧走，劝说他立即南走浙江，或者去湖南也行，总之南京是要放弃了。

建文帝没有了主意，控制不住情绪，在大臣的面前痛哭了起来。

方孝孺安慰了他，说必须要死守南京，决一死战，天道在他这一边。一边要守城备战，一边赶紧派人出去，四处寻求勤王。

建文帝让魏国公徐辉祖和其弟左都督徐增寿抓紧布防守卫京师城池，一边派人出城，寻求勤王之兵。

5

燕王的大军距离南京只有一步之遥，他的部队包围了整个南京城，就像是铁桶一样，里面的人插翅难飞。消息说，他即将发起总攻，只要是不投降，就屠杀全部守军。

我在这个时候劝说建文帝，赶紧逃走吧!

但建文帝十分坚决："不，朕要与南京共存亡。"

等到了傍晚，传来了燕王的大部队从金川门进入南京的消息。连方孝孺都着急了，他跑来劝说建文帝："走吧！陛下必须离开了。留得青山在，不怕没柴烧。"

"可勤王的士兵在哪里呢？"建文帝还在盼着勤王的部队驰援南京呢。他不知道的是，他派出四处求援的骑兵信使，都被燕王的部队擒获了。燕王还缴获了密封在蜡丸里面的求救密信，燕王更加痛恨建文帝了。

此时，进入南京城的燕王士兵正在清剿建文帝的队伍。南京城内到处都是喊杀声，尸横遍野。不知道是哪里着火了，火光冲天，滚滚的浓烟飘散进了皇宫，南京城到了最乱的时候。

很多大臣力劝建文帝离开。燕王的大军正在一层层地包围着南京城，进城的士兵也不断杀败守城的士兵，在向皇宫逼近。

方孝孺得到消息，燕王密令，见到建文帝先杀了再说，谁先杀了建文帝，谁就是头功一件。那些如狼似虎的将领和兵士正在向皇宫这边赶来。

方孝孺又去布置守卫宫城的防卫了。

我劝说建文帝："人心已经散了，人心都在陛下这里。可燕王如狼似虎，与其死在他手里，不如现在就走吧！"

"好吧，我走。可我怎么走呢？"建文帝愁眉不展，他似乎从来都没有料想到会是这样一个结局。

我们却都想到了这一点。有他的旨意，就好办了。我立即着手实施建文帝出逃计划。

我找来红莲姑娘，让她给建文帝化装。红莲心灵手巧，这个哑巴姑娘是侠女一枚，她随身斜背着一个包袱，打开来，都是她用来装扮人的东西。在给皇帝化装之前，我向建文帝鞠躬，说："陛下，请恕罪！"

建文帝眼神空茫地摆了摆手，意思是都听你们的吧。

红莲姑娘手脚麻利，她用剃刀三下五除二就把建文帝剃成了一个秃瓢，然后拿出准备好的黄色僧衣，让建文帝穿上。

建文帝穿上了僧衣僧鞋，苦笑了一下："还真像个和尚。可是我这么出宫，目标不是更明显了吗？"

我们护着建文帝来到了内宫大门，我指给他看站在院子里的人。只见有黄压压的几百个和尚，正站在院子里候着呢。我说："陛下混入到他们中间，谁都认不出来的。"

我拉着建文帝，迅速走到了和尚的队伍里。这些和尚一共有三百人，趁着暮色向宫外疾走。

一出宫门，我们就闻到了浓烈的硝烟气息。到处都是奔走的百姓，哭号的孩子和咒骂的老人。南京城乱了，陷入了恐慌之中。人们在大街上奔走，方向却不一样。到处都是逃跑的人。三百个和尚的出现也没有引起太多人的注意，建文帝混在他们中间，实在看不出任何分别。

第一道城门在混乱中，被我们通过了。大批燕王的士兵和我们相向而行，却并未阻拦这群和尚。

暮色低沉下来，南京城内火光熊熊，到处都是“抓建文帝！抓建文帝！”的呼喊。

我紧紧地护卫着建文帝，我能感到他薄弱的心跳，感觉到他外表很平静，内心却很悲凉。我也能感觉到他内心的坚毅在一点点增强。他明白，现在他必须要活着逃出南京，才是对燕王朱棣的最大否定。

6

眼看到了第二道关，这时，前面已经被燕王的士兵封锁了。道路被堵得水泄不通。从城里往外逃的人特别多，但都过不去。我们这群和尚有三百个，也在人群中间拥挤着，无法通过。

这时，我要启用我的第二个方案了。

前面说了，红莲的父亲老林是一位土行高手。我早早就让他开始挖掘地下暗道了。他挖的暗道连通了贯穿南京的河汊，还直通秦淮河。

这么一来，从南京城的地底下走，建文帝也是可以逃出去的。

“走，这边走。”我拉着建文帝朝一处街坊急走。到了一处院落里，我指给他说：“陛下，咱们从这口井里钻进去，然后进入地下暗道，我们可以一直通达秦淮河，然后再上船，从河道逃到外城，有接应的人带陛下向南走。”

建文帝神色凝重地点了点头。他才三十多岁，但这几天似乎老了很多。我们下到了枯井之中。这时红莲又取出了一套淡蓝色的衣衫给他换上，脚上也换成了轻便的布鞋，建文帝变成了一个布衣男子。僧衣僧鞋被红莲卷起来，塞到了一处缝隙里。

在枯井中，我们适应了一阵井下的暗黑，我点亮了油布毡子火把。一阵小风将火苗吹向一个方向。这个时候，我看到建文帝的眼神亮了一下。那是希望的火苗，点亮了逃生的通道。一条横向延伸的地道，出现在我们面前，而在通道的深处，传来了一个沉闷的声音："往里面走，我在这边等你们呢。"

原来，那是红莲的父亲。他用他的土行术，在我的布置下，将一条暗道贯通了。

我们猫腰前进，建文帝在最前面，我和红莲跟在后面，很快和老林会合了。

老林拜见建文帝，泪如雨下。建文帝苦笑了一下。我们都知道，此刻的建文帝已经不是过去的那个皇帝了。

建文帝说："不必客气了。我也不是皇帝了，从此之后，你们就按照朋友的称呼，称呼我吧。"

老林在前面走，我们喘着气跟着，在地道之下东拐西拐，走了半个时辰，只有老林知道南京城的地下是多么复杂。一条条暗道连接了横井和竖井，有的还是废井，废井又连接了下水道，下水道连接了暗河，暗河连接了明河，明河直通秦淮河。

"真是没有想到，这南京城的地底下，还有这么多的横井、竖井和暗道。"建文帝的体力不支，我搀扶着他，走走停停，走出了暗道，走到了外面，算是过了第二关。

我们距离逃出南京城，就剩一点距离了。

从暗道出来，靠近河道，一条空船在一处渡口等待着。

我们四个上了船，继续朝前走。忽然，岸上出现了一群士兵，看到了我们，大喊："停下来，检查！检查！"

老林不停，继续使劲划船。

那些士兵开始放箭了。嗖嗖的箭射过来，我手里的刀，红莲手里的短剑在格挡着。我们护卫住建文帝。老林赶紧划船，向另一侧的河岸划去，打算靠岸。只听见他"啊呀"一声，我一看，老林中箭了。

“你们快走！不要管我！”黑暗吞噬了老林的最后时刻，留下了他最后一句话。

我会永远记住他的这句话，不要管我，你们快走！

红莲泣不成声。我们停顿了一下，看到老林的身体软了下去，鲜血从后背渗出来。我一看，多亏了他的土行术，我们才到达了这里，而我必须保卫建文帝，顺利逃出南京城。

7

我们上岸，继续奔走。走啊走，眼看着城内火光冲天。有那么一阵子，建文帝无限眷恋地遥望着皇宫的方向，那是他在里面待了四年时光的皇宫。从此，那里再也不会属于他了。我能够想象到建文帝此刻悲愤和绝望的心情。这时，我听到了遥远之处的厮杀声。

阵阵硝烟飘来，可以想见，守卫南京城的士兵还在继续和燕王的士兵厮杀。而我们要继续出逃，逃出南京城。

我感觉，此刻的建文帝意志坚定。四年多以来，他即位后，削藩，勤政，免税，做了很多好事。他肯定是一个好皇帝。但现在情况变了，燕王的部队已经攻入了南京城，南京城不再是他的了，王朝也不是他的了。就像他现在已经脱去了皇帝的冠冕和服饰，穿着布衣，潜藏在民间一样。

我们抵达了城墙边，我知道，此刻，我们不能朝金川门那边走。南京城的任何一道城门，都被燕王的部队把守着，进出门洞的人都被严密盘查，他们唯一的目的就是抓住建文帝，不让他跑了。这一点我们都很清楚。

面对横亘在我们面前的高大的城墙，建文帝发出了绝望的哀叹：“这下，我是插翅难逃了！”

“不，陛下，您可以越过这道城墙。因为，红莲有绝技。”我笑了笑。

哑女红莲不动声色，从背包中取出了一卷绳索，还是几个月前我见过的那套绳索。

我说："陛下，请看。"

"不要再叫我陛下了，陛下没有了，我现在就是无名之人！"建文帝说。

红莲解开了绳圈，然后把半卷绳子交到了我的手上。她站开来，距离我们一丈远，开始把手里的绳头向天上抛。

一下，两下，三下，四下，五下，六下，七下，八下。

她越抛，那绳头飞得越高，直直地飞上天，就好像天上有一个人在接她抛上去的绳子一样。即使在黑暗中，我们也能看见，那绳子抛着抛着，就斜斜地越过了南京城那高大的城墙。我用力一拉，绳子绷直了。

"走了！"我喊。只见红莲把建文帝的手一拉，建文帝就已然腾空而起，红莲在前面腾跃，双脚走着，建文帝在她手拉着手的助力之下，两个人沿着绳子斜斜地向前走去。

我看呆了，我确实看呆了。尽管这一切都是我策划好的，可当这一幕终于出现在我眼前的时候，我还是看呆了。是的，红莲这绝妙的绳技真是让我大开眼界，让我觉得匪夷所思，又眼见为实，让我长呼了一口气，又短短地惊叫了一声。

我看见红莲姑娘拉着建文帝的手，在那细细的绳子上迅速上升，腾腾腾就跑了上去，跑进了黑暗里，越过了南京城的城墙，然后不见了。

那一天，很长的时间里，我都在城墙的这一端，紧紧地拽着绳子。绳子绷得很紧，我不知道绳子的那一头到底挂在了哪里，这简直是如有神助，是我怎么都想不通的事情。

我呆呆地站在那里，我早就看不到他们了。

我知道建文帝一定逃出了南京城。许久，我感到手里紧绷的绳子忽然一松，眼看着从斜刺里的黑暗中，那绳子猛然地就弹缩回来，像一条死去的长蛇没了生气那样，掉落了下来。

我慢慢地把绳子一圈一圈拉着，收在自己的手里，然后放进背囊。我笑了，建文帝从此逃出生天，我的任务完成了。

我转身向那火光冲天的内城而去。

在那里，燕王的士兵正在杀伐，而鲜血在泼洒，兵器在格击，火焰在燃烧。我的使命完成了。即使是死亡在等待着我，我依然向那个方向反身而去。

2020 年 1 月 18 日

剑笈

上篇

在蜀地，清乾隆年间有一位叫邱伯仁的书生，是个秀才，还没中举。几次考试都落榜了，又到了该结婚的年纪，经媒婆介绍了一位来自江对岸蜀山脚下的大城镇的大家闺秀，这家有个十八岁的姑娘，姓梁，名如云。父亲是个盐商，常年在水路上行走着。

提亲的时候，是邱伯仁先到女方家。他记得很清楚，那个叫梁如云的姑娘很大方，还没过门，就掀起帘子瞧他，结果让他看到了脸。要知道这蜀地姑娘的脸很金贵，一般提亲的时候看不着，主要是看看男方家境如何，八字合不合。

姑娘家长得很秀美，她的脸是瓜子脸，皮肤很白，如同皎洁的一弯月亮，还有一点羞涩。女人一旦有了羞态，那就是有了一种扭捏和含蓄的美感了，两个人四目相对，目光的躲闪、追逐和逗趣那一刹那，是两个人心领神会的。一时之间互相都很来电，邱伯仁觉得这个姑娘很不错，于是在女方家里展露出了自己的全部才华，吟诗，作画——七步成诗，双手作画，真是才华横溢啊。双方互相都看上了，生辰八字也很合。

于是就定亲了，邱伯仁把定亲的礼物都给了对方。梁盐户很和善，对未来的女婿也很满意。就约定了成亲的日子，是在几个月之后。在邱伯仁上马要走的时候，梁如云姑娘偷偷给了他一个锦盒，说："里面的东西算是姑娘我的定情物，结婚之后，可以打开来看。"

几个月之后，简直是转眼之间，邱伯仁和梁姑娘如云成亲的日子就到了。邱伯仁家这边，早早就派了大轿子去接新娘子。新娘子的家比较远，需要先骑马、坐船过河，然后再换轿子。所以，梁姑娘家为了嫁女顺利，昨晚就到达邱家附近一处镇子住下来了。

到了中午，接新娘子的轿子到了。梁盐户在轿子前面骑在马上，一路赶来。看到姑娘家的人到了，邱家宅子一时就非常热闹了。新娘的轿子落地，梁姑娘盖着大红盖头下了轿子，步态轻盈，跟着胸前戴着大红花、头戴黑色金丝瓜皮帽的新郎邱伯仁进了院子，而新郎新娘的父母大人这时都已经寒暄完毕，端坐在厅堂之上，等待新郎新娘前来跪拜了。

一拜、二拜、三拜，还没有拜完，忽然，参加婚礼的百十多号人都看到了一阵大风，这阵子大风是一阵黑色的旋风，从江边迅速转移过来，顷刻之间就刮到了婚礼的现场，把婚礼所在的邱家宅楼冲击得摇摇晃晃。这么大的风，奇怪的风，在这一刻刮起来，实在是有点怪异。

而且，在旋风的核心，大家都看见，有一个白色的物体在旋转，远看看不清楚，近看，却发现就像是乘风破浪一样带着雨点来临的白色物体，是一个长须白髯的老头。

他穿着长衫，背上背着一把宝剑，一下子就降落到了众人的面前。

这阵子大风和雨点把新郎的大红花、新娘子的红色盖头都吹跑了。大家都看到了新娘子梁如云的姣好的面容有点苍白了，一下子花容失色了，表情也冷峻起来了。

白髯老人“唰”地一下子就把背上的宝剑拔了出来，对新娘子梁如云说：“看剑！”而新娘子也一下子就跃上了二楼，不见了。

老人不理会在场的任何一个瞠目结舌、不明就里的人，而是提着衣襟，一掌就将现场很多人击倒，然后追上了二楼。

“看来，他是来找新娘子的。”邱伯仁的父亲，邱老财主扶了扶黑色瓜皮帽，心惊胆战地说，“亲家，这是哪儿跟哪儿呢？”

亲家梁盐户也是张嘴结舌：“不知道啊不知道，我家姑娘可秀气呢——”

邱爸又问儿子邱伯仁：“儿子，你这正在过门的媳妇，她、她惹了什么事情了？”

邱伯仁赶紧提着马褂跟了上去。他听到此时的楼上噼里啪啦响，剑把空气劈开，一阵阵寒气逼人。一听就知道开打了。是那个白胡子老头和他的正在过门的新娘子梁如云在开打。可为啥要打呢？谁都不知道了。

一时之间，众人都只见有两团影子而看不见人，但见有桌椅板凳哐里咣当地折断了，纷纷地掉落了下来。

这是一场恶战啊，在一个白胡子老头和一个妙龄姑娘之间发生了。而且，不知道什么时候，梁如云的手里也多了一把宝剑，那宝剑寒光闪闪，她如同一朵旋转的红云，那个老头如同一团旋转的白雾，红云和白雾就在众人的头顶旋飞。

这都是什么事啊。邱伯仁喃喃自语，我娶个媳妇，招来了这么一个白胡子老头儿来搅局。他忽然想，媳妇今天已经进邱家大门了，这梁姑娘就算是他家的媳妇了，不能看着自己的老婆和人打架吧。所以，情急之下，邱伯仁不管自己根本就不会武术剑术，是个呆子书生，忽然冲进去，在旋风般缠斗的两个人之间一下子立定，说：“停下！你们为什么要打，还得我这个新郎知道吧。”

旋转的红云白云立即停住，邱伯仁看见，此时白胡子老头倒挂在房梁上，梁如云姑娘站在水缸沿儿。

白胡子老头笑了，说：“真是个呆子书生啊，你老婆是个剑术高手，你都不知道。她把一函剑书秘籍还给我，就可以了。那是她的师父、我的师妹宝珊多年以前在秦地终南山学剑的时候，从我们师门偷走的东西，那可是我们旋风剑派的镇派之宝。我师父去世之前，要我来一定要索回这件秘籍。这是属于我们旋风剑派的东西。”

邱伯仁转身问梁如云：“老婆，今天是我们大喜的日子，如果他说的是实话，那你就把他说的那个东西给他，反正那东西本来就是人家的。咱们还得接着拜堂成亲，好好生娃过日子呢。”

梁如云淡淡一笑：“他胡说呢。根本没有他说的那东西。哪里有什么旋风派秘籍啊？旋风派是个什么东西？看剑！”说罢，她腾空而起，手中一扬，白光一闪，宝剑已然刺向了对方。梁如云把邱伯仁一推一送，让他躲开，自己继续缠斗，和白胡子老头又打在了一起。

这一次两个人的斗剑，把邱伯仁看得是眼花缭乱，他屏气凝神，仔细观瞧，这一次他才明白，自己真的娶了一个武林高手，一个女剑客。自己新媳妇的剑法果然了得，她长袖飘飘，襟袖一抖，那把看上去很短的宝剑瞬间就变长了，一下子就飞到了白胡子老头的脑袋边。

这一刻，剑之所指，身形随之。刺、劈、砍、点、挂、挑、提、拦、绷、截、抹、粘，梁如云的剑法是行云流水，收放自如。白胡子老头也应对自如，一转身，他的头发散开，本来十分柔顺的白色长发这时却像一根根的铁丝一样坚硬，剑光碰在白色的铁丝头发上，火花四溅。

两个人这么一直打到了傍晚，众人看得都累了，坐在饭桌跟前老是不开婚宴，都很着急。两个斗剑的人在天黑的时候，也没有分出胜负，婚礼也无法继续进行。忽然，老头往后一跳，对梁如云说："姑娘，明天再战，你记住，把秘籍还给我就好了。"

说罢，就如一朵云一样飘了一下，闪过了围墙，在夜幕中不见了。

邱伯仁赶紧过来扶住梁姑娘。没吃上婚宴，其他亲戚朋友早都纷纷走了。这婚礼等于没有完成。

梁如云打了大半天，也很疲倦。邱伯仁一脸迷惑和期待地看着娇喘呼呼的新媳妇。油灯点着了，在烛灯之下，她才向自己的新婚丈夫说了实情：

她的确有个女师父叫作宝珊，那宝珊剑法高强，是个被逐出旋风派师门的游方女道人，这白胡子老头看来就是宝珊的师兄。多年以前，宝珊游方到了蜀地，见到在院门口玩耍的梁如云就很喜欢她，从她六岁时就开始教习她剑法。

梁姑娘学习的这门剑法，是旋风派剑法的襟袖剑，剑是软剑，平时可以藏在女人衣服的襟袖里，需要的时候手一抖，剑就出来了，十步之外，可以夺人首级。

邱伯仁听到这些，吓得脸色苍白，他哪里想到，自己能娶到一个绝世高手女剑客啊。"我做梦都想不到，不做梦，也想不到。"

"可我已经是你家的人了。"梁如云幽幽地看着他，提醒他，"一拜天地，二拜父母大人，夫妻对拜，这三拜我们都进行完了是不是？"

邱伯仁老实承认："是、是，三拜都拜完了。"

梁姑娘有点害羞地提醒他："就差婚宴丌宴，和结束之后入洞房了，是不是？"

邱伯仁面露喜色说："对呀！就差这点了，那咱们——该入洞房了！"

梁如云的脸如一朵红云："傻瓜。且慢。等他明天再来了，我打败他了再说。你不要着急。你知道那个白胡子老头要找的剑术秘籍在哪里吗？”

邱伯仁想不起来：“我哪里知道呢。”

“在你的手里，我早就给你了啊。”

邱伯仁这才恍然大悟：“春天定亲的时候，你给了我一个锦盒，对吧。我藏在谷仓的夹墙里了。我当时就觉得，里面一定是个宝贝。但我完全忘记了。”

梁如云说：“那就是旋风派的祖传剑术秘籍，是他们的宗师一代代传下来的，后来，被我的师父宝珊偷走了。这宝珊师父教了我十年剑法，包括她自创的襟袖剑，然后，她就走了，把这剑术秘籍留给我了，说，有一天假如有人来找这秘籍，说明我已经死了。现在，你看，白胡子老头找到了我，这说明我师父宝珊已经被找到并被他们杀了，已经不在人世了。那这时我和他们之间，就有了杀我师父之仇。我是只认师父不认门派。所以，这剑术秘籍，我不能给他。”

邱伯仁都有点哆嗦了：“老婆，可、可是你、你能打得过他吗？我看他，那个白胡子老头也很厉害呀，他毕竟是你的师父的师兄，是师伯，剑法高强啊。”

梁如云淡然一笑：“夫君，你真是个秀才。遇到事就怕事。不要怕，我不会输的。今后，我也会教给你这剑法的。剑术秘籍到了我家，就要我们自己传下去了，等我们有了孩子，孩子的剑法，要由我来教他们。”

邱伯仁一听生娃就高兴了，又问：“明天那个老头真的会来吗？”

梁如云说：“夫君，他肯定来，他和我最多战个平手。我要用襟袖剑把他刺伤，让他战败而走。但剑术秘籍我是不会给他的。”

这天晚上，他们就分房休息了，没睡一块儿。让那些蹲在婚房墙根儿想听房的几个坏小子很郁闷。房间里什么声音都没有。

原来啊，这天晚上邱伯仁睡不着，觉得光靠新媳妇和白胡子大师伯缠斗，不见得会赢。于是，他半夜醒来，赶忙带了两个跑腿的，骑马去了几十里外的蜀江府，请那边的驻军帮忙。他认识驻军的丁统领，丁统领被他闹醒，有点气闷，忽然看到他拿出了银子，又因为是朋友，听他又说了这么一个情况，一边掂量着银子的分量，一边就说："哪里有结婚还来搅和的？这不让人洞房还行啊！有没有王法了？有没有规矩了？有没有道德品质了？"说完就答应立即派八十个兵丁，和他星夜赶回来。

到了上午，吃罢早饭，参加婚礼的人还没有来赶中午的婚宴，那个白胡子老头又来了。他站在院子外面，朗声说："梁姑娘，把我们旋风派的剑法秘籍给我，我就走了。"

梁如云今天换了一套蓝色长裙："老人家，您这是干扰我出嫁啊，闹到了现在，我的婚礼都没法进行下去。太过分了！这是旋风派一贯的作风吗？"

白胡子老头不说话，已经跃上了屋顶。这邱家宅子大，有前后五进，上百间房子，四代同堂，人丁兴旺，亲戚众多，一时间镇上几百人都来观战，很多人过来看热闹，围在院子外面叫好。只见一团白云，一团蓝雾不断地从院子外面打到院子里面，从楼上到楼下，从栏杆到天井，到处都有他们的战斗。这又打了大半天，斗得天昏地暗，也分不出胜负。

这时，邱伯仁比较焦虑了。眼看着中午的喜酒婚宴的时辰到了，又无法开餐，他很着急，娶媳妇的程序不能被这白胡子老头给搅和了。于是，他和隐藏在附近树林里的带队的马副统管一说，八十个兵丁身着铠甲，背着弓箭手拿大刀长枪，齐刷刷地奔出来，将围观的人驱散开，然后将邱家大院包围了。

马副统管骑着高头大马，对着屋顶上飞来飞去，和梁如云战成一团的白胡子老头说："秦地的白胡子贼人，休得到我们蜀地捣乱！赶紧投降，否则，我们要放箭取了你的性命！”

白胡子老头看见呼啦啦几十个援兵包围了宅子，严阵以待，让他插翅难飞。站在高墙上，他哈哈一笑：“你们奈何不了我！”

梁如云也停下了打斗，缩剑入袖，娇喘呼呼。此时，只见万箭齐发，那些兵丁开始放箭。万箭穿心，白胡子老头手中旋风一样舞剑，竭力抵挡。断箭纷纷从空中落下来。

邱伯仁看着想，这个老头的确是剑法高强啊。接着，马副统领一声令下，八十个兵士冲进院子，排成四列靠近射箭。

白胡子老头心生一计，打算劫持梁姑娘，靠近她的身形一把抓住了她的脚腕。梁姑娘如同一条鱼猛然悬空，脱开抓住她的脚的老头的手。梁如云又和白胡子老头战在一起，白胡子老头下了杀手，忽然，邱伯仁听到梁姑娘“哎呀”一声，白胡子老头的剑已经刺中了她的肋下。

与此同时，三支箭同时射中了老头的肩膀和胳膊，白胡子老头受伤了，脸色大变，他大叫一声，然后几个飞跃，就在屋檐上消失不见了。

烈日当午，此时的大地一片寂静，众人都惊呆了。

梁如云受伤了，邱伯仁赶紧扶着她进了屋子，叫来了大夫治疗剑伤。伤倒是不重，但剑尖刺入了她右边肋骨下，有五个出血点，形状酷似梅花花瓣。还有一点异香，伤口那里没有怎么流血。

经过了简单的治疗，梁如云神色淡定，邱伯仁暗暗佩服，婚礼照常进行。所有人都涌进了邱家大宅，为他家的邱伯仁结婚喜宴的开始喧腾了起来。场面十分热闹。那些请来的八十位兵丁，也加入贺喜吃喜酒的众人堆里，马副统领不仅不用给份子钱，还悄悄拿到了一袋银子，邱伯仁向他道谢，他很高兴，“保一方百姓平安，那是自然，那是自然。”

一时之间，婚礼可以照常继续进行了。大家都松了一口气，来来来，喝喜酒，喝喜酒！众人高兴起来了。此时，邱家大宅吹吹打打，人人奔走来往，吆吆喝喝，十分热闹。婚宴开始了！

梁如云眉头小蹙，毕竟受伤了，她和邱伯仁挨着桌子敬酒，邱伯仁很骄傲，自己娶了一位武艺高强的老婆，长脸啊，这可是意外之喜啊。梁如云此时也是娇艳如花。女人在出嫁之时，最是美丽非凡。梁如云笑靥频频，不过，她的眉头不时也紧蹙一下，显然身体受伤还是牵动了她的感觉。

到了晚上，邱伯仁和梁如云乘兴入了洞房，夫妻行房，梁姑娘不断娇喘尖叫、呻吟和嗔怒连连，胯下见红之后，邱伯仁精尽人在，枕着梁如云香汗淋漓的小臂膀，问她，“老婆，疼不？”

梁如云掐他：“疼啊，你看那手帕上的点点红。你个小坏蛋。”

“我是说剑伤那里啊，老婆，你中剑了，还有一朵梅花呢。”邱伯仁摆出一副粑耳朵的样子。蜀地的男人都是粑耳朵——就是怕老婆，他娶了一个剑术高手老婆，以后更得粑耳朵了。他牵挂的还是老婆受伤的事情。

梁如云说：“剑伤好多了，不疼。可我有点奇怪，为什么伤口不出血，却还有点异香散发出来。”

“那我闻闻。”邱伯仁凑到了梁如云的香体肋骨下面，闻到了一点不易察觉的古怪的香气，“老婆，那是你的天然体香。”

梁如云这时忽然感觉到急火攻心，头晕目眩。定了定神，她说：“夫君啊，我在想，那个老头刺伤我，可能用了梅花毒剑。我中毒了。假如我真中毒了，就会不久于人世，你会如何？”

邱伯仁这下子完全是瞠目结舌了。

梁如云说：“那我会教你剑法，让你成为绝世高手，你得把这剑术秘籍传下去，知道了吧？”

中篇

梁如云的确中了毒剑，那毒药七天之后就开始隐隐发作了。五朵梅花不断扩大，伤口一点点腐蚀着梁如云那美好的身体。

邱伯仁很心疼新婚妻子，梁如云开始教邱伯仁学习剑法。

这邱伯仁一介书生，但聪颖异常。一招一式，每天都在练习老婆教给他的剑法。而且，梁如云发现，丈夫学习剑法的悟性很高。他们取出来那函剑术秘籍，一同研习。这旋风派是秦地的重要剑法门派，门徒众多，从唐代一路下来绵延近千年，代代有高手，江湖恩怨件件牵扯。

秘籍果然内容丰富，邱伯仁学到了很多精髓。他发现，旋风派剑术博大精深，堂奥多多。他们夫妻俩精心研究，琢磨，不断精进。邱伯仁学剑开始由入门到中等水平，然后进入高阶段位，剑法逐渐精湛。

梁如云给邱伯仁讲解："这旋风派剑术，讲究的是五法，眼法、击法、格法、刺法、洗法。"然后给丈夫一一演练。

邱伯仁和老婆梁如云日子过得琴瑟和鸣，手中的剑不断精进，劈、削、刺、抹，空气中都开始有尖利的呼啸声了。

梁如云又把师父宝珊传给她的襟袖剑法，也给他演绎出了男性版，变成了袍袖剑法，因为男人穿袍子。邱伯仁就穿着长袖袍子来练习这剑，渐渐地，袖袍一抖，剑已出手，可以杀人于三十步之外。很快地，他就已经是剑法上乘了。

夫妻俩如胶似漆。几个月之后，梁如云就有了身孕，但她的眉头不时紧蹙，看着夫君邱伯仁的剑法不断提升，她很欣慰，说："嫁给你，我从来都没有后悔。夫君啊，只是，假如我没法给你生个孩子，在生孩子之前就走了，你不要悲伤啊，你就再娶一个老婆，多生几个孩子，继承我们的剑法。”

邱伯仁停下了练习，他知道老婆说的是真心话。也许，天注定她是要和他有这段姻缘，也因为天注定，她会很快和他告别的。

又过了几个月，怀孕的梁如云因为那五朵梅花剑毒发作，内脏溃烂而去世了。肚子里的孩子也没有留下来，母子双亡。

邱伯仁哭得眼睛都肿了。他手里拿着那函装着剑术秘籍的锦盒，仰天大叫：“我不要这剑术秘籍！我只要我老婆和我的孩子！还给我老婆和孩子！苍天啊，你还有眼没眼啊！”

没有人回答他，苍天也不说话，只有乌鸦哇哇叫着，在空中不详地盘旋于邱宅之上。

没多久，他的父母亲都染病去世，产业没人打理，家道很快中落了，只是宅子还在，邱伯仁去考举人，再次失败，他有点一蹶不振了。

梁如云去世之后，应试失利，前途渺茫，邱伯仁郁郁寡欢。他是方圆数百里的知名人物，为了找点事做，也为了念想妻子，他开设了一家剑术馆，结果一时之间有几百人前来报名，争当他的徒弟。

邱伯仁教习这些人练习剑法的方法很独特，那就是，让他们上午的时候每人都盯着一口盛满了水的大水缸看。

“不要动，就一直看。也不许眨眼睛，不许揉眼睛。”他说完，手里拿着鞭子，走来走去，盯着徒弟的表现。假如谁偷懒了，揉眼睛了，他上去就是一鞭子，惩罚徒弟毫不手软。

再就是，下午的时候，要他们每人手里托着一块砖，放平了，不能动，练习臂力。砖头每十天加一块，由一块不断地加上去，一直加到七块。

上午看水，下午托砖。这两下子，一练就是三年。别的根本不练，说是剑术馆，可那几百个徒弟进门一年、两年，看水托砖，连师父的剑都没有见过。

第三年开始，很多人就都跑了。他们在背后抱怨："这哪里是练剑啊？这是耍猴呢吧？我们又不是猴，我们是人！"

邱伯仁也不理会。他的丧妻之痛，早已深入在骨。而那深深的悲痛心情，却在教习徒弟的过程中逐渐缓解了。没人的时候，他也常常独自练习秘籍上的剑法，有时候也有虚无感，觉得自己的命运很不好，得了这套秘籍，却丧失了妻子和孩子。考举人又不中，到底自己应该有一种怎样的人生？

第三年年中，那些徒弟基本跑光了。剩下十几个，也很不满意。纷纷议论：师父什么时候教我们练习剑法啊？他到底行不行啊？是不是他武功全废了，就是为了混口饭吃，才招揽我们来的？大家都怨气纷纷，有点动摇了。

有一天，徒弟们商量好了，终于忍不住了，带头的一个问："邱师父，我们跟了您两年多，没有看见您练过一次剑，您到底有没有剑术啊，不行的话，把学费退给我们，我们就都走了，这天天看水托砖，哪里是练剑术啊。您这不是欺骗我们呢？"

邱伯仁冷笑了一声："一群蠢货啊。没有悟性，没有恒心。好吧，你们跟我来。"

那十多个徒弟跟着他来到了一片空地上。身穿白色绸褂的邱伯仁，手里拿着一个袋子，发给他们每人一把黄豆，又给他们一个陶罐，里面是煤灰，让他们把黄豆涂抹上煤灰，说："我舞剑的时候，你们挨个朝我撒豆子，看看我身上会不会有黑点。你们都看见了，今天我的衣服很白。"

徒弟们都很高兴："撒豆打您，等下您就是斑点狗了！"

邱伯仁微微一笑："只怕你们到时候成了呆呆狗了。"

众人这时只听见“唰”的一声响，再一看，邱伯仁的手里不知道何时就多了一把剑。那是一把软剑，但却锋利又坚硬。只见他静若处子，将剑放在脑后，“唰”地起势，立马就动如脱兔，身形飘摇起来，动作迅疾到了几乎看不清他的脸了。众人看呆了，只见那把剑在邱伯仁的手里唰唰地伸吐，如同闪电一般。只听见邱伯仁大喊一声：“撒豆！”

徒弟一定，纷纷朝飘向师父的那团影子撒去黄豆，一团疾速而来的影子飘过，听得见黄豆噼啪作响的声音，却不见有豆子砸在邱伯仁身上。

过了一阵子，邱伯仁将剑一收，停了下来，呼吸十分平稳，却看到他一袭白衫，身上一个黑点都没有。众人呆了，真的成了呆呆狗了。而他们自己手里的黄豆早就丢过去，一手煤灰还在。

他说：“呆狗，去把那些豆子捡起来看看。”

所有的徒弟这才回过神，赶紧去捡起黄豆来看。他们又惊呆了，原来，那么小的黄豆，每一粒的身上都有被剑砍伤的痕迹。每一颗黄豆都是如此。这邱伯仁的剑法果然高强啊。

邱伯仁说：“你们啊，就是没有恒心。练剑要循序渐进的，人是不能一口就吃个胖子的。我不是叫你们上午盯着看水缸里的水吗？现在，你们每人守着一口水缸，把一只苍蝇丢进水面。”

徒弟们照着做了，每人守着一口水缸，每口大水缸的水面上，都有一只活苍蝇在蠕动挣扎着。

只见邱伯仁吸了一口气，腾空一跃，轻飘飘跃上一口大缸的缸沿，手中的剑已经出去了，他唰唰唰几下子就点着大缸的边沿，跳过了十几口水缸。然后在不远处跳下来，说：“你们再看看水缸里的那只苍蝇。”

徒弟们再仔细看缸里水面上的那只方才还在拼命挣扎的苍蝇，每一只都成了两半了。

邱伯仁说：“所以，上午看水，下午托砖，还要再练习几年，才可以学剑啊。”

众人听了，一哄而散，心想，这剑术太难学了。这三年那三年，前三年后三年，我们哪里有这个毅力呢？虽然邱伯仁武艺高强，可他们也没有这份毅力啊，于是就都走了。

邱伯仁看到他们都走了，仰天长叹一声：“如云啊，你看看现在这些人，难道我们的剑术绝学就要绝迹了吗？我可不想轻易让它失传啊，现在这些人，真让人失望。”

邱伯仁就继续独自琢磨剑术，并把他琢磨到的新剑法，写成书册，作为那套剑法秘籍的续编。从读庄子《论剑篇》开始，遍读哲学、武学书籍，他总结出一生二，二生三，三生万物来。一招两式，三节四套，五往六还，七削八刺，十二套三十六步，一百八十手，全部写下来。

他精心把自己写下来的新剑法和原来那锦盒里的剑术秘籍放在一起，束之高阁，藏在房梁下屋顶上一处很隐蔽的地方。

其他徒弟跑光了，却来了一个新徒弟。有一天，他听见门口有人喊：“邱师父，我想学剑！”邱伯仁坐起来，心想，看来还是有人想向我学习剑法嘛。

这个人叫作栾树，他家离邱伯仁家不远，就是家境比邱伯仁家差一些。栾树此前也一直在读书学习，打算去考取功名，无奈几次考试也都没有中举，有点灰心丧气了。

终于，他来找邱伯仁，说要想向他学习剑法剑术。

同为落榜生，邱伯仁一看这是一个聪明人，心里欢喜，说：“前面那些人向我学习剑法，都受不了，都跑了，你行吗？”

栾树说：“我肯定行，我这个人有毅力，没有毅力的人，我知道你是看不上的。”

邱伯仁哈哈笑了，说："对于笨人来说，毅力很重要，对于聪明人，毅力就没有那么重要了。聪明人有悟性就可以了。我看你是一个聪明人。不过，你也要跟着我观水、托砖，再加倒悬，我先看看。"

这栾树比一般人的确聪颖一些，无论是观水、托砖，还是倒悬——把自己倒吊在房梁上保持不动一整天，天天如此，都能坚持下来，而且显然在不断精进。比如观水，他渐渐能看到水面最细的波纹了。托砖，他能左手端着八块砖，右手用剑去劈砍，八块砖立马全部被整齐地砍断了。倒吊金钟，他纹丝不动一整天，还到了能够倒吊着睡觉的地步。

所以，这一阶段只是一年工夫，他就出道了。

邱伯仁暗暗称奇。接着，邱伯仁开始给他教授剑法了。他说："庄子说，夫为剑者，示之以虚，开之以利，后之以发，先之以至。"

栾树点点头。对于剑术招数，栾树学得也很快，又是一年，基本上把旋风派剑法和袍袖剑法，都学到手里了。只是女式的襟袖剑法，因为邱伯仁是男人，没有把男式的袍袖剑和女士的襟袖剑之间的区别告诉他。邱伯仁觉得这个栾树很聪明，也许会出点什么幺蛾子，就多少留了一手。

有一天，邱伯仁说："栾树，你看，你跟着我学习了两年多，剑法基本都学到了。你很聪明，学得快，我就这些本事了。不过，我想叮嘱你一句，学剑之人，一定不要好勇斗狠，要把这武艺藏在身上，不能轻易显露。你知道吗，少林寺里面，可能一个扫地僧的功夫恰恰是最高强的，而人家平时是不显山不露水的。所以，你要谦虚谨慎才好。"

栾树很高兴，他说："师父，我听说，您还有一函剑术秘籍，天下所有最厉害的剑法都在其中记载，能不能让我看看？"

邱伯仁眉头一皱："你怎么知道有这个书的？"

"我听说，当年，师母嫁给您的当天，就是因为这部剑术秘籍，她和一个白胡子老头剑客打了整整两天，几乎耽误了你们的婚事。后来，那个老头被府上的兵士包围，中箭而走，而师母也受了毒剑，不久就去世了，把秘籍留给您了，是不是这样，师父？既然我是您的得意门生，那就把书给我看看吧。”

邱伯仁听到栾树这么说，忽然十分想念老婆梁如云。他脸上的表情现出了悲伤、惊骇、欣喜和苍茫，一阵阵的白云和红云在脸上飘过。一瞬间，他回忆了很多往事，尤其是老婆临终前劝他再另娶老婆生孩子，传习剑法的事情，如今几年过去了，他还是非常想念她，无法另娶。

但听到栾树问到了剑术秘籍，他脸色又阴沉下来，喃喃地说，“没有，没有这样的剑术秘籍。记住我说的话，你学成了，不要随便显露，也不要和人比武比剑术，我知道，你就是喜欢不服气。”

栾树跪倒在地：“师父！您放心，我肯定不和别人比试，我还是去念书考举人吧。文举人不行，我就去考个武举人。”

有一天，邱伯仁有事出门，去巴山买东西。就安排栾树帮助看家护院，带着几个人巡逻。

等到他半个月之后回来，晚上走夜路，快到家的时候，在一处荒弃的空地上，忽然，他听到有人在打斗。他一听，就觉得是栾树在那里。

他悄悄地跟过去，发现果然是栾树，他正在一片空地上与三个人对阵，那些人显然是外地来的。

他不出声，看到栾树剑术已然十分精湛，他和三个人对打，敏捷、轻盈、潇洒，在斗剑中很快就把那几个人打败了。人家败走了，他看着背影喊：“笨蛋！把你们师父喊来，我全都能打得过！告诉你师父，我叫栾树！”

邱伯仁觉得很失望。他隐蔽在暗处，觉得自己看错了人。他就悄悄从别的路回家了。

从此他对栾树很冷淡，也不再教他任何剑法了，很疏远栾树。

栾树一开始不知道是怎么回事，后来，了解到师父知道他和别人比剑法到处打斗的事情了。他知道再也不好向师父学习剑法，师父也不会教他了，就不再去找邱伯仁学剑了。

过了半个月，邱伯仁再次出远门，栾树听说了，前来送行，师徒还算以礼相待。邱伯仁骑马上路，走了半天，忽然觉得有点什么问题，立即赶回家。因为，他觉得栾树在这一天他离家的时候露面，来到他家里有点奇怪。

他急忙回家，仔细地检视一番，果然发现，他藏在屋顶下房梁上的一个隐蔽地方的那函剑术秘籍锦盒，不见了。

邱伯仁大怒，立即前往栾树家去找他。但栾树的家人告诉他，栾树已经走了，说是往北面方向去了。

邱伯仁就知道，这栾树是偷了他的剑术秘籍，远走高飞了。邱伯仁大叫："老婆梁如云啊，我对不起你！"

下篇

那函剑术秘籍锦盒就是栾树偷走的。那天，他名义上是来给师父送行，实际上，他是来观察师父的一举一动的。

那天和师父告别，栾树仔细观察着师父的举动，说话，眼神，动作等。他在揣摩那剑术秘籍会被师父藏在哪里呢？目光就随着师父的目光和眼神走。而邱伯仁不经意地朝隐藏秘籍的方向一瞥，那轻轻的一瞥，是因为下意识的不放心，潜意识的放不下，只是一瞬间，就被栾树看见了。

栾树绝顶聪明，他记住了师父的这一瞥。等到师父骑马上路，他立即返回到师父家，进去之后，悄悄翻身上了房梁，在那个方向仔细寻觅，闭眼闻味道。为了得到这套剑术秘籍，他在家里闻锦盒的气味，闻书籍的气味，闻包书籍的蜡纸的气味，早就有所准备了。

他果然闻到了房顶下房梁上一处夹层里，剑术秘籍锦盒的气味，最后寻找到了锦盒。他取出来，欣喜若狂，拿着锦盒，回家简单收拾了一下，立即起程，赶忙就走了。

栾树一路向北走，为了让师父没法找到他，他先躲在巴山上一处荒弃的寺庙里继续修习剑法。他发现这剑术秘籍里的内容博大精深，不光有秦地终南山旋风剑派的剑法，还有少林派、华山派，以及师父自己创造的剑法，一招一式，有文有图。每一条剑经，都是一条深奥的门道，从这一门道进去，剑法之堂奥和复杂，是他过去完全没有领会过的。

那几个月，他如痴如狂，完全沉浸进去了。修习剑法很用心，虽然是不正之人，可着魔如此，也是人间奇葩。

半年之后，他挥剑自如，剑不到枝已断，剑不离身，鸟已气绝。栾树感觉自己已经是无敌于天下了。

他决定下山，浪迹天涯，行走在江湖之上。他心里想："师父，你是不对的，男人就应该知道江湖之远才对。海阔凭鱼跃，天高任鸟飞，我走了！"

他一路向东北方向走，走了古蜀道，进入陕西境内，到处挑战武林高手，打败了不少高手，也不断地遇到盗贼袭击。那个年月，表面上是什么盛世，实际上是兵荒马乱，民不聊生。侠客和盗贼伏击他，他也反击侠客和盗贼，因为剑术高强，出手即有死伤，剑一出鞘，必然有强盗或剑客被他斩杀。他行事又比较张扬，一路上得罪了不少武林帮派，也杀了一些盗匪，得罪了白道黑道。一时之间，栾树的名声就在四下传播开来了。

他一路向着东北方向走，打算前往京城，也察觉到路上有很多暗中跟着他，打算伏击他的人。那些人可能都是他出道之后在路上结的仇家。侠客、帮派、行商、盗贼都有。不过，他根本就不怕。我是见人杀人，见佛杀佛，只要是有人挡道，我就干掉你！他这么想，也是这么做的。

很多剑客、盗匪根本无法近身，因为他剑术高强，防备也做得好，别人很难靠近。而那函宝贝剑术秘籍，也一直被他背在身上，晚上睡觉的时候才解下来，枕在枕头下面，从来不离开他半步。

这一天，他进入繁华的洛阳城，玩了几天。有一个晚上他在一家妓院过夜。和一个温香软玉般丰满体贴的妓女缠绵悱恻半天，累了，他就搂着那个女人很快睡着了。

半夜里，他忽然感觉不对劲儿，一睁眼，就看到从床下钻出一个人，显然是一路上跟着他的，一出声，挥刀向他砍来。那一刻是电光石火一般迅捷，他一翻身，那把砍刀就砍在了他身边的熟睡的妓女的身上，那个女子都没有吭声，就死了。

再看栾树，在黑暗之中呼啦一下腾空而起，冲破了窗棂，消失在夜空之中了。

第二天，在一家小酒肆里，三个男人在一起喝酒，他们高高兴兴点了猪头肉和各类小菜，吃得不亦乐乎，其中一位的背上背着的，就是栾树从不离身的那个锦盒。这个剑客喝着酒，啃着猪头肉，说：“别看那家伙武功高强，我这一刀，还是让他受惊不小，估计身体要恢复一阵子了。他这宝贝秘籍都丢下了，这下我们回去可以有功了！”

另外一个说：“老大，还是你厉害啊。咱们从陕西一路跟过来，这次算是得手了，等吃完这顿饭，咱们就该上路打道回府了吧？”

第三个说：“还是趁热继续追踪他，设圈套把他杀掉，拿着他的脑袋回去，才能真正交差。官府也会高兴，他在江湖上得罪的人太多了，已经上了通缉令了。我们得为国为民为自己人除害啊。”

忽然，此刻是白光一闪，不见人，却见从窗外飞进来一柄利剑，顷刻之间，就把说话的这一位的脑袋给削掉了，他的脑袋一下子滚到了地上。

背着剑术秘籍锦盒的那一个大吃一惊，他刚站起来，他的脑袋被回旋着飞回去的剑又砍掉了，咕噜噜地滚到了桌子上，掉落到装着猪头肉的大盘子里，和猪头并排靠着，眼睛还是睁着的，嘴还在动。

接着，店里发呆的食客看见，这时从外面走进来一个蒙面的黑衣人，他左手一把拿过死人身上的锦盒，右手反手就用没有脑袋了的尸体身上的单刀，直刺第三个活着的要跑的人。这第三个人大喊一声，被单刀刺穿身体，将身体和他坐的椅子连在了一起，鲜血喷溅而出。

这个黑衣人反身出门，就不见了。

呆了半晌，店里的酒客和店家伙计才追出去，哪里还有人影？这蒙面人早就不见了。

蒙面人自然是栾树。栾树从洛阳出发，吸取教训，开始走偏僻的道。他又向北进发，在山西一些僻静地方待了一阵子，又向东边走，最后，他来到了京津一带。

在北京，沿着红色的宫墙外走着，他很感慨。一度他曾经跃上了宫墙，看到了皇宫之内那壮阔的皇城，大殿飞檐斗拱，气势恢宏，后院峰回路转，花团锦簇。但很快被皇宫守卫发现，箭雨之下，他也逃脱了。

他再也不敢在皇城根儿露面，知道这乾隆皇帝心狠手辣，估计他也是上了黑名单，就去了天津葛沽，在那里开了一家车行，帮助人家拉货挣钱。一晃，十多年过去了，栾树一直过着安生日子，不过也还是一个人，如今，也四十多岁了。

有一天，他忽然很想去杭州看看。其实，活这么大，过了这么多年，他终于懂得点师父教诲他的一些话了。在京津一带混，他学会了把武艺藏起来，只是一个车行的小老板。他知道，多年以来，因为他当年一路上杀了不少江湖中人，从陕西、河南那边，那些武林帮派的人一直在找他。

前段时间，他听说一些剑客在北京、天津寻找他。他发现了他们的行踪，有的剑客被他消灭于无形无声，有的剑客则被他避开了。

他学会了狭路相逢勇者胜，避开锋芒藏起来，后发制人巧得胜，善于藏拙不露头。

这么多年他还是一个人，江湖上行走，很难娶妻生子。寂寞了，他就去妓院解闷，在妓女那里寻找温柔乡。车行生意稳定，他挣了不少钱，不过他知道杭州很美，没有去过杭州，很想去看看。

这就一路南下，第一天，就到达了济南。

逛了大明湖，出了大明湖的大门，忽然，栾树看见有个四十岁左右的女人，带着个十多岁的妙龄女孩，在大明湖牌坊门那里舞剑。那个小姑娘的剑法非常高妙，一看就知道是练家子，这让栾树有点惊奇。

他不动声色，看那女人带着女儿舞剑。

女人对围观的人说："我的丈夫死得早，我们成了孤女寡母，生活无着，非常艰难，现在呀，我带着女儿流浪到了济南府。我是想用剑术为我家女儿招亲。有能看上我家女儿的，请和她比试比试。她今年十四岁，正当年，也该嫁了，可一直没有合适的人家。有没有愿意比武的人？"

栾树听她说话，似乎带着点蜀地的口音，心里一动。他看到那个十四岁的姑娘也很漂亮，水灵灵，粉嫩嫩的，就像一朵娇滴滴的花骨朵一样，不由得他不动心。

看见没有人上前，栾树跃跃欲试，他一下子跳入场子里，说："我是路过，看个热闹，因为我年纪有点大了，过了四十了，和姑娘不合适。但我也会两下剑法，不过是进来凑个兴头罢了。”他拿起一把摆在那里的剑，开始和那个小姑娘对打。

这一试手，栾树就感觉到有点小吃力。姑娘年纪那么小，怎么剑法却这么的黏滞老道，让他的剑法发挥不出威力？他想不通。只见她旋转腾挪，总是和他的剑跟着走，就像是一股旋风，你怎么动，那旋风也跟着动。

几个回合下来，分不出胜负，栾树有点着急了。这时，忽然姑娘的妈妈叫道：“停！”

他们停下来，大家看得正热闹，还不明就里，女人说：“你这个人剑法不凡啊，可你也不通报上姓名来。”

栾树说：“我姓树，树先生，是个秀才。树秀才。”

女人靠近他，说：“树秀才，幸会！我看这里不是比武的好地方。人多眼杂，我们现在去另外一个地方比试一番吧。说实话，我这个做妈妈的已经有点看上你这个年纪不小的秀才做女婿喽。”

栾树的警惕性忽然提高了：“我们去哪里比试？这里不挺好的嘛，再说了，其实，我还要赶路去杭州……”

“不远，就在城东的空地处，我带你去见一个人。他是个算命的，让他也看看你吧，看看命相合不合，这样，好事不就成了？”她说着，那个小姑娘就冲着他笑，让他心乱如麻。

栾树感觉有点蹊跷，但他觉得，这个小姑娘那么漂亮，两个女人，又能把我怎么样？不管遇到谁，我自己的剑法，谁都不怕。就跟着母女俩一起，来到了城东的空地上。

空地上没有什么人，只有一片树林和几间茅屋。一些卖茶叶的，和过路的行脚商人。

在那片空地上，女子说：“就在这里吧，看看你能不能把我女儿打败，你打败了，她就是你的了。”

栾树心想，我还打不败一个十四岁的姑娘？刚才打成了平手，现在我要占上风了。他出手就和那个姑娘战成一团。但一交手，栾树却感到更加吃力了。姑娘的眼睛很大，笑盈盈地看着他，只要是他的剑锋所到之处，她的剑总是能够如同游鱼一样跟随。他按照那剑术秘籍上的剑法，不断使出绝招，可是一一都被姑娘化解了。

栾树气喘吁吁，姑娘香汗淋漓。他凭借余光感觉到，附近的树林、茶店多了不少人影。他显然被包围了。

他想，自己是陷入圈套了。可到底是什么圈套，他还不知道。但眼下，脱身是个关键。情急之下，他使出了杀手剑法，就是袍袖剑法。这袍袖剑法，是用藏在袍子里或者裹在腰间的软剑，也就是鱼肠剑——一种非常薄的利剑，在脱手的一刻撒出去，几十步之外就能取人首级。

这是很要命的一招。也是一个大杀招，不能轻易使用。栾树感觉，他这一下不把姑娘的脑袋砍下来，也要惊动那些隐藏起来的高手。

他的袍袖中突然飞出来一把剑，像一条银鱼一样，飞向了姑娘的脖颈。那个姑娘一仰身，白光闪过了，而她的衣襟之下，也闪出一道灰光，她的手里又多出一把剑来，如同一条轻巧的鲶鱼一样，同时削向了他的左手腕和右脚踝。

只听见栾树“哎呀”一声，扑通一下子，就跪下了，左手顿时血流如注，右脚也不能动了。

这时，从树林里和茶店里走出来一堆人。他们呼啦一下子就围了过来，很多人拿着各种大刀匕首大锤和长剑的，纷纷上前，盯着栾树。只见一个穿着白衣的中年人挡住了大家：“且慢，且慢！我看看他的伤。栾树，你还认得我吗？”

此时，栾树的左手腕的筋脉和右脚的脚筋都被姑娘的剑削断了，疼痛难忍，他听说话人的声音很熟悉，抬头一看，大叫一声：“师父，是您啊，师父！邱师父！”

原来，眼前的这个白衣男人，正是他的师父邱伯仁。邱伯仁挡住了那些吵吵嚷嚷要立即要了栾树性命的江湖中人。看来呀，他们早就在这里埋伏好了。

邱伯仁转身对那些江湖中人说：“我女儿已经把他的手腕的筋脉和脚筋都削断了，他的武功和剑法，自此都废了。”接着，他把栾树身上的锦盒解下来，对那些人说：“这剑术秘籍，现在就还给你们旋风派。这样的话，我们和你们之间，栾树和你们之间的所有恩怨，就此了结。你们就宽恕他吧！这段江湖恩怨持续了几十年，我的老婆梁如云也死去了。可这段恩怨，今天就化解了，行不行？”邱伯仁向大家拱手作揖。

众江湖人士退居一边。带头的接过了锦盒，说：“好！秘籍还给了我们，我们可以交差了。因为奉当今皇上旨意，朝廷正在编修《四库全书》，我们要进献这套剑术秘籍，给纪晓岚总编修。栾树的武功现在也废了，这段恩怨，有因有果了，的确可以了结了。”他手一挥，那些人就都立即走了。

栾树这时才感到羞愧难当，他疼痛非常。但他很不解：“师父，你怎么会在这里？”

邱伯仁吩咐那个女人说：“彩霞，你给他赶紧上药，保住他的筋脉还能活动。栾树啊，这个女人是我的老婆彩霞。梁如云死了之后，你又把我的剑术秘籍偷走了。他们后来找到我，问我要秘籍。我说你偷走了。他们就到处追踪你。我后来就娶了彩霞，生下了这个女儿，叫邱彩云。彩云继承了我的所有武艺，包括我的剑法。你在江湖行走，杀死误伤了不少人，他们都要报复你。但你行踪诡秘，他们找不到你，就都到蜀地找我了。说是只有我出面，才能抓到你，这件事才能最终了断。我说，那我把他找到，废了他的武功，叫他不再有缚鸡之力，就可以了？他们说行。这不，我们就这样相遇了。现在，一切都了结了，秘籍也还给了旋风派，他们拿去给朝廷进献。朝廷现在到处搜罗秘籍藏书，皇帝让纪晓岚在编修《四库全书》呢。这样，他们也不再向你寻仇了。”

栾树恍然大悟，他给师父邱伯仁磕了三个头，泪流满面：“我对不起师父啊，我的德行不配当您的徒弟啊。”

邱伯仁和彩霞把栾树搀扶到旁边的茶棚那里，说：“你的武功已经废了，你的恩怨了结了。你拿走的剑书还给他们了。现在，马车也备好了，你母亲要你回家，回蜀地的家！你说，你还想怎么样？”

栾树说：“叶落要归根，浪子要回家。我现在已经是废人一个了。那就听师父您的，我就和你们一起，回四川老家吧。”

2018 年 2 月 16 日

（本小说部分取材自《古今怪异集成》）

后记

我小时候练过几年武术，那是从初一到高三那段时间，我在新疆昌吉州二中读书的时候，在州业余体校二中武术队参加武术训练。

当时，是我们的语文老师黄加震担任武术队总教练，他文武双全。虽然是课余训练，每天我们早晚两个时段的高强度训练加起来有三四个小时，现在想想也是很艰苦的。我们都是从蹲马步开始练习基本功，再到练组合拳，再到学习长拳、南拳、通背拳套路，器械里面，刀、枪、剑、绳、镖我也都练过。上了高中，又练了练拳击和散打。武术队很多师兄弟、姐妹，多次参加全国武术比赛，拿到各项比赛金银牌的有不少。在他们中间，我是比较一般的运动员。我上了大学后就停止训练了，因为我上的是大学中文系，同学都不怎么爱动，我也改踢球了。

黄加震老师是上海人，早年毕业于扬州师院中文系，后来来到新疆昌吉州中学任教。二十世纪九十年代初期，他调回到上海，继续在嘉定区和普陀区的中学任教，直到退休。

二零一六年夏天我参加上海书展期间，去探望了黄加震老师。我是带着上海小说家陈仓一起去看的黄老师。黄加震老师见到我这个徒弟很高兴，他早就穿好了对襟练功服，将他珍藏多年的武术器械全部拿出来，摆满了一屋子。长刀、短刃、明器、暗器，加起来上百件，令我目不暇接，令陈仓也兴奋不已。后来，我们师徒二人来到他家楼下花园，他一个弓步，将关羽当年要的那种青龙偃月刀一横，单手将大刀举在头顶呈四十五度——这是很难的，大刀非常重，接下来让我练，我一个弓步，将青龙偃月刀一举，几秒后那大刀就咔嚓落了下来，砸到地上了——我这四十多岁的徒弟和八十岁的师父比，还是差了很远。

当时我就想，到二零一九年，黄老师就八十大寿了，我的人生中难得有这么一位文武双全的老师辅导我成长，我也应该写一本武侠小说，献给黄老师祝寿才好。

我十五岁的时候就写过一部武侠小说，是个小长篇。当时是因为看了金庸、梁羽生和古龙的小说，来了劲头，结果也没有写成功。这两年，我在繁忙的工作之余，常常把偶然浮现在脑子里的灵感，记在一个笔记本里，慢慢酝酿。成熟了就写出来，这像某个作家说的那样：写作就像是挤脓包，疖子熟了，那就赶快挤出来。

多年来，我也读了《燕丹子》、汉魏笔记、唐传奇、宋代笔记、明清侠义小说、民国武侠小说，等等。那么我的这个短篇小说集，可能也有我阅读经验的影响和呈现，读者自己去体会吧。

现在小说集篇目的排列顺序，并不是按照我创作的时间排序，而是按照小说所涉及的年代排序的。比如，《击衣》写的是春秋晚期的刺客豫让的故事，按照年代顺序就放在了最前面。《龟息》是以秦代为背景，《易容》是以王莽新朝覆灭为背景。《刀铭》写的是东汉，取材于《后汉书》。

《琴断》取材于大家耳熟能详的魏晋名士嵇康的故事。《听功》的时代背景是唐代，以唐太宗李世民换立太子事件作为小说叙述的线索，取材自《旧唐书》。《画隐》就到了宋徽宗时期，我非常喜欢宋徽宗的书法和绘画。《辩道》和蒙元时期忽必烈召开的一次佛、道两家辩论有关。《绳技》写的是建文帝和燕王朱棣之战后的下落问题。《剑笈》的背景则是乾隆皇帝让纪晓岚编修《四库全书》，部分情节取材自《古今怪异集成》。

我这一组十篇小说，就这么梳理出一条从春秋战国，一直到清代的两千多年中国古代刺客、侠客和侠义精神的脉络。我把一个个的刺客和侠客放在某个著名的历史事件中，对历史情景进行重新想象和结构。因此，这一组小说都应该算是历史武侠小说。至于是不是十个武侠客，我觉得只多不少。

我写短篇小说的时候，喜欢一组组地写，有一种图谱式的组合。其实，我是为了强调小说题材的特异性，类似音乐的不断回旋，写一篇是肯定不行的。一组组的小说，用多个拼图的侧面，来加深题材的丰富性和深度。

我写作的时候喜欢听音乐，这音乐只是单纯的音乐，不能有歌词，不然那歌词就把我写作的思绪带飞了。二十多岁的时候，我是一边听摇滚乐、爵士乐写作，为了我的小说语言也能找到音乐的调性和年轻人的感觉。三十岁之后，我听的都是欧洲古典音乐，作为我写作的声音背景。四十岁之后，我听的更多的是古筝和古琴。这与成长中变化的生命状态和心境有关。

常有人问我，你是怎么转换大脑的？你那么忙，怎么就能很快转换到写作频道的？是的，平时我的工作很忙，对于我来说，工作又是第一位的，总要首先干好。写作是业余的。那么，从工作状态转换到写作状态，音乐起到了很大的作用。背景音乐一响起来，我就入定了，进入写作的澄明状态。

音乐虽然抽象，也能带来写作灵感。比如，有段时间我常听古琴曲《广陵散》，听多了，就想到了嵇康。不知怎么眼前就浮现出嵇康打铁的样子，以及钟会前来拜会他的情形，然后，就出现了一个少年侠客，无名，他在嵇康被杀后来到四川，用古琴琴弦杀了钟会——我的想象就在古琴乐曲中浮想联翩起来。这就是《琴断》的由来。

我也不喜欢被读者看成一成不变的作家。更何况，中国作家的写作资源是那么的丰富，对自己拥有的财富却浑然不觉，所以要有文化自信，要能讲好我们的故事。

我写小说超过三十五年了，不断寻找新的写作资源，对于我是很重要的。写小说，非常具有创造性，所以，我写起来总是非常快乐。但我不喜欢重复，就经常换换手，换换写作的题材，左手写了当代的，右手就写历史的，也许以后还写写科幻的。这能让我保持写作的兴致，让读者也感到新鲜。

邱华栋

2020 年 1 月 30 日

图书在版编目（CIP）数据

十侠 / 邱华栋著 . -- 南京 : 江苏凤凰文艺出版社，2024.1
（邱华栋文集）
ISBN 978-7-5594-7515-2

Ⅰ . ①十… Ⅱ . ①邱… Ⅲ . ①侠义小说 – 小说集 – 中国 – 当代 Ⅳ . ① I247.7

中国国家版本馆 CIP 数据核字 (2023) 第 013731 号

十 侠

邱华栋 著

出 版 人	张在健
责任编辑	曹 波
特约编辑	王美元
出版发行	江苏凤凰文艺出版社
	南京市中央路 165 号，邮编：210009
网 址	http://www.jswenyi.com
印 刷	三河市双升印务有限公司
开 本	650 毫米 ×920 毫米 1/16
印 张	15.5
字 数	210 千字
版 次	2024 年 1 月第 1 版
印 次	2024 年 1 月第 1 次印刷
书 号	ISBN 978 - 7 - 5594 - 7515 - 2
定 价	88.00 元